シャドウ・ガール 1

文野さと

Sato Fumino

レジーナ文庫

登場人物紹介

アレクシオン

エイティス国女王の
幼馴染《おさななじみ》である青年伯爵。
リシェルに強く惹かれるが、
使命感ゆえに厳しく接してしまう。

リシェル

ダレルノ国の下町に住む
駆け出し女優。17歳。
父はエイティス国の元王子で、
その縁で女王の影武者となる。

アンゼル
リシェルの母方の伯父で、
下町の劇場の支配人。
フェビアン
リシェルと同じ劇団の
看板役者。
女性の人気が高い。
オーガスタ
エイティス国の侍従長《じじゅうちょう》補佐《ほさ》。
リシェルを優しく見守る。
アディーリア
リシェルの従姉で、
エイティス国女王。
国民から慕われる傑出した
女君主。27歳。
アロウ侯爵
エイティス国の元宰相。
飄々《ひょうひょう》としているが、
かなりの策士。

目次

シャドウ・ガール1

プロローグ

幕が――幕が上がる。
目の前に広がりゆく、客席という名の恐ろしい海。
だけどもう後戻りはできないの。
大勢の人々を前に、私は私でなくなる。
いいこと？　リシェル、震えていてはだめ。
顔を上げて、背筋を伸ばして。右のつま先から一歩前へ。
大胆に、かつ気品を漂《ただよ》わせ。頬を柔らかく、でも瞳には力を込めて。
そうすれば自然に微笑《ほほえ》みが浮かぶ。そう、涙だって自由自在。
私の言葉で観客は驚き、笑い、そして泣く。
ここは私の支配する世界。
そう。

私は、女優。

ほら今、私がこの世界の女王なのよ。

声に艶《つや》を含ませ、最高の台詞《せりふ》を、鮮やかによどみなく。

さぁ――


「貴方《あなた》を待っています」

＊

あれはなんだ？

眼を逸《そ》らすことができない。

彼は知らない街の、知らない場所で、たった一人だった。

いや、実際は隣によく知る人間が座っているし、周りには隙間なく大衆がひしめいている。が、今の彼には認識できない。その空間は闇に満たされていたが、この程度なら夜間の戦闘訓練に慣れた彼の眼には妨《さまた》げにならないはずだ。

しかしその瞳には今、青い光の中に浮かび上がる人影しか映っていなかった。

そこには海の女王――ではなく、女優。

至高なる存在とは異なる、ただの小娘。この上なく平凡な姿。

なのに――なぜこうも眼が釘付けになっているのか？　彼にはわからなかった。

彼は不明瞭《ふめいりょう》な状態が大嫌いである。つい最近まで軍人だったこともあり、論理的思考を常としているからだ。

どんな現象も、それに至る理由というものがある。状況が把握できない環境で、分析不能な事態に陥《おちい》るなど、もっての外《ほか》だった。

なのに。

――距離はそれなりに離れているにもかかわらず、娘の眼は自分を――自分だけを映しているような気がする。

これは錯覚《さっかく》だ。だが、それならばあの睫毛《まつげ》が震えている様《さま》さえ見て取れるのは、いったいどうした訳だろうか？

彼女の黒い瞳が揺れ、白く光るものが盛り上がった。

ああ、泣いている。

愛しい男を想って。

心拍数が上がる。顎《あご》に打撃を喰らった時のように、頭がぐらぐらと揺れた。体は大量

の空気を欲しているのに、肺は窄《すぼ》まり、息苦しさだけが募《つの》ってゆく。

男は耐えかねて、少しだけ身じろいだ。いつの間にか握りしめていた掌《てのひら》が濡れている。

娘が、白い長衣《ちょうい》の裾《すそ》をさやさやと揺らして前に進んだ。

それが、彼の一生続く〝目眩《めまい》〟の始まり。

幕は上がったのだ。

第一場　芝居小屋で見つけたものは

百席ほどの客席は満員だった。

この季節、冬にはまだ間があるとはいえ、夜ともなればさすがに冷える。しかし、さほど広くもないこの空間は今、熱気と歓喜にあふれていた。

ダーレ市の下町にあるアンノワール劇場は、小さな芝居小屋である。厳密に言えば、元は倉庫だった石造りの建物を改築しただけの、庶民の劇場だ。暗闇で上手い具合に隠されてはいるが、かなり古びていることは否《いな》めない。桟敷席《さじきせき》や貴賓席《きひんせき》などはなく、舞台に向かってやや傾斜しているフロアに、小さな座席が並んでいるだけ。座席の列の間は狭く、体格のいい者なら前の席の背に膝《ひざ》がついて、座りにくいことこの上ないだろう。

そんなささやかな芝居小屋なのに。

さして大きいとも言えない舞台は、一つの世界と化していた。

照明は青。舞台は海。そして船。

「はははは！」

頭の後ろできつく編んだ黒髪を無造作に翻《ひるがえ》し、小さな海賊が高らかに笑う。

「勝った！　我らの勝利だ！　見よ、敵の船はしっぽを巻いて逃げてゆくぞ！」

背景の書き割りが舞台の袖で巻き取られていき、煙を上げた船が遠ざかってゆく。安っぽい仕掛けながらも、なかなかの演出効果だった。

「者ども！　勝鬨《かちどき》を上げよ！　我らが母なる海の女王、エローランに感謝を捧げよ！」

「オオオ！」

変声前の少年のような澄んだ声音に、野太い男達の胴間声《どうまごえ》が重なった。物騒な曲線を描く蛮刀《ばんとう》が高々と突き上げられる。

「万歳！　我らが頭目《とうもく》リュドミラン・シードール！　万歳！　我らがキスリング号！」

男達から讃《たた》えられ、小さな海賊の瞳が煌《きらめ》く。鋭い者なら、その黒い瞳が照明の光を受けた瞬間、夜の海のような深い藍色《あいいろ》となったことに気付いたはずだ。

「守り主たる海の女王、エローラン！　我が海賊王リュドミランに祝福を！」

その時、目にも鮮やかな金髪の美青年が進み出て、腰に赤いサッシュを巻いた少年海賊——リュドミランを肩に抱き上げる。そして、手下達が歓声を上げる甲板《かんぱん》の上を、威風堂々《いふうどうどう》と練《ね》り歩いた。

リュドミランは腰にさした剣を抜き放ち、子分達の頭上でぐるぐると振り回した。

「皆よく戦った！　我らが勝利を海に捧げよ！　エローランに感謝を！　万歳！」

よく通る少年の声に、海賊達が一斉に唱和《しょうわ》する。

「万歳！」

暗転。

あっという間に威勢のいい甲板の風景はかき消えた。客席からは、ほっと肩の力を抜いたような空気が伝わってくる。さっきまでの大声は徐々に静まり、波音のごとき弦《げん》の調べが空気を震わせる。

やがて青い光がゆっくりと舞台に浮かび上がる。

ここは海の底なのだ。やがて弦の調べに透明な歌声が重なった。

誰《た》そ彼《かれ》？

この身と心を打ち震わすは？
黎明《れいめい》の光の中に佇《たたず》むは？
我と同じ、海に染められし瞳を持つ君
我が名を呼びし者よ
愛しいリュドミラン！

海の女王エローランが舞台の奥から姿を現した。長い黒髪が白いレースの長衣《ちょうい》の上で波を打つ。歌い終えた女王はゆっくりと顔を上げ、同時に瞼《まぶた》を持ち上げた。その瞬間、涙が一粒、頬を滑り落ちる。

彼女はそっと前に進むと、顔を上げた。それまで彼女が守り通してきた少年を想って。

「貴方《あなた》を待っています――」

その歌には、豊かな声量も巧《たく》みな技もなかったが、透明な〝音〟となって人々の耳に染み入った。

そうして舞台がゆっくり闇に沈んでも、人々はしばらく歌の余韻《よいん》を探すかのように静まり返っている。しばらくして波のように拍手が湧き起こった。

「ブラボー！　リシェル！」

「いいぞ！　海賊リュドミラン！」

「女王エローラン！　今の歌をもう一度！」

「リシェル！　リシェール！」

舞台が再び明るくなり、出演者がその上で横並びになった。カーテンコールである。観客は総立ちになり、惜しみない拍手を役者達に与えた。先ほど主役のリュドミランを肩に抱えた金髪の青年が登場すると、黄色い歓声が一段と高くなる。

「きゃあああ！　フェビアン様！」

「フェビアーン、愛してる！」

声の主である若い娘達は感極まって泣き出し、勇気のある何人かは、花束や小さな贈り物を手に舞台の下へと走り寄った。青年は慣れた様子でそれらを受け取り、美しい微《ほほ》笑《え》みと投げキッスを返している。横に控えた他の役者達も慣れているのか、ニヤニヤしながらその光景を眺めていた。

そして最後に、海の女王と少年海賊の二役を演じた少女が登場した。

再び歓声が上がる。少女――リシェルは恥ずかしそうにお辞儀をする。舞台の上ではあんなに活躍したというのに、芝居を終えた今は、フェビアンに比べると平凡な印象だった。

一人の子どもが進み出て、おずおずとリシェルに花束を差し出す。彼女は嬉しそうにそれを受け取り、照れたような笑みを返した。

「ありがとう。坊や」

拍手と歓声がさらに大きくなった。


「……ゼル伯爵？　シュトレーゼル伯爵、どうされたかな？　なんだかぼうっとされておるようだ。貴公にしては珍しゅうなぁ。もしかして先ほどの舞台、案外お気に召《め》したのかな？」

からかっているかのような老人の声に、アレクシオン・ヴァン・シュトレーゼルは我に返った。

目の前の粗末な卓には、手つかずの料理と酒がところ狭しと並べられている。

「あ……」

――今まで俺は海の底にいたのだ。青い闇と儚《はかな》い人影を見ていた。

アレクシオンは頭を振った。

――何を馬鹿な。ここは食堂だ。俺達は観劇の後、夕飯を食べに隣の食堂に入ったんだ。

そう思い出して、口を開く。

「これは失礼、アロウ侯爵閣下。本日の午後の懇談会《こんだん》の一件で、少し考えることがありまして」

「ほぉ〜、こんな時までつまらぬ懇談会のことでお悩みとな？　いやはや、仕事熱心ですなぁ。しかし、食事の時に難しいことを考えるのは消化に悪いですぞよ、いくら貴公が頑健《がんけん》な若者といえな。せっかく旨《うま》そうな料理なのだから、美味《おい》しくいただいてやらにゃぁ気の毒だ。まぁ、この年寄りには少々こってりしすぎているようじゃが」

「……別に悩んでいる訳じゃないです」

アレクシオンは迷惑そうに相槌《あいづち》を打った。それ以外にしようがなかったからだ。

「おお、悩んでない？　では夢を見ておられたのかな？　確かにそんな顔でしたねぇ」

アロウは白く長い顎鬚《あごひげ》を揺らし、梟《ふくろう》のようにほほほと笑う。

これだからこの老人は苦手だ、とアレクシオンは思った。饒舌《じょうぜつ》で、抜け目がなくて、おまけに慧眼《けいがん》で。

心の奥底まで見透《みす》かすがごとき薄青の瞳を避けるように、青年は杯《さかずき》を取った。

老人が続ける。

「まぁ、乾杯ぐらいしませんかな？　せっかくこんな珍しいところまで足を伸ばしたのだから」

「そうですな……では」

伸ばさせたのはあんたじゃないか、という言葉を呑み込んで、アレクシオンは杯を眼前にかざした。

「乾杯」

安物のガラスがカチンと軽い音を立てる。

「素晴らしいダーレの夜に」

老アロウは意味ありげにそう付け加えて眼を眇《すが》めた。


ダレルノ公国首都、ダーレ市の夜。

ダレルノ公国はアレクシオン達の属するエイティス聖王国の隣に位置し、小国ながらも大陸の物流の要所として平原諸国にその名を馳《は》せる商業国家である。

その首都ダーレも人口十万ほどの街だというのに、商都の名に恥じぬ繁栄ぶりだ。大陸横断鉄道の終着駅から伸びる大通りは、街灯と飾り窓の光に照らされて夜でも明るく、人や車の列が途切れることがない。軽快な服装でさんざめきながら行き交う人々を見る限り、この国の民は商売だけでなく、娯楽にも熱心なようだ。

現在、老人と青年が過ごしているのは、下町にあるアンノワール劇場付属の料理店、『黒猫亭《くろねこてい》』である。観劇帰りの客が食事をしたり軽く酒を楽しんだりする場所で、下町の割にまともな料理を出すと評判らしく、繁盛している。店の中は濃厚な揚げ物や煮込み料理の香りに満ちており、気楽な服装の老若男女《ろうにゃくなんにょ》で混み合い、時折杯《さかずき》を触れ合わせる音が響いていた。

二人が陣取っているのは、貸し切りにした一番奥の小部屋だ。

アロウ侯爵と呼ばれた男は、すっかり白くなった髪を後ろに流し、顔に柔らかな皺《しわ》と魔法使いのような顎髭《あごひげ》をたたえた老人である。だがその瞳は茶目っ気のある光を宿し、どこか若々しい印象を彼に与えていた。

いかにも好々爺《こうこうや》といったこの老人こそ、エイティス聖王国前宰相にして、辞職した今も王家のご意見番として活躍するアロウ侯爵こと、ヨハネイス・サムエルセン・ヴァン・アロウ、その人であった。

彼は痩《や》せた体を趣味の良い黒い衣服に包み、品よく杯を口に運ぶ。その様子は大仰《おおぎょう》なところがないにもかかわらず、不思議と人目を引いた。

そしてもう一人の男、アレクシオン・ヴァン・シュトレーゼル。彼もまた人目を引く存在であった。

均整のとれた長身と、砂色の髪の下で鋭く光る同色の瞳。喩《たと》えるなら、磨き抜かれ、機能性に優《すぐ》れた刃物。見る者に怖《おそ》れと威圧感を与える、鍛え上げられた鋼鉄。味方になれば頼もしいその容貌はしかし、食事の席ではただの目つきの悪い――いや厳しい男だ。

「……で？」

当のアレクシオンは自分の見た目など気にも留めず、老人に切り出した。

「で？　とは？」

「そろそろ種明かしをしていただきたいんだが。ご老人」

「種明かし」

老人は無邪気そうに、目をぱちくりとさせた。何のことやらさっぱりわからぬとでも言いたげに。

「お惚《とぼ》けはなしにしてもらいましょう。陛下の名代《みょうだい》でダーレ市くんだりまでやってきた貴方《あなた》が、忙しい外交の合間に、わざわざこんな下町の劇場に私を引っ張り出したのには、よほど込み入った事情があるのでしょうな」

でなければ、絶対納得してやるもんかと言外《げんがい》に伝えつつ、薄い唇をひん曲げる。

彼は、数カ月前まで軍に属していた貴族の次男坊だ。父はかつての外務大臣で、いくつもの領地とそれに付随する爵位を持つ有力者である。その父から突然、有無を言わさず領地を分与され、爵位を継《つ》がされたのは最近のこと。軍ではなく、政治の世界に身を置くようにと言われて。

以来ずっと、王宮で適当な仕事に従事させられている。今回はエイティス外交団の護衛、兼雑用係として、アロウ侯爵の下についているのだった。二十五歳にして自分が政治向きの人間ではないと自覚しているアレクシオンとしては、何もかも不本意なことこの上ない。

アレクシオンは手酌《てじゃく》で酒を注《つ》ぎ足すと、目の前の飄々《ひょうひょう》とした老人をじっくりと見据《みす》えた。男でも怯《ひる》んでしまいそうなきつい視線も意に介さず、向かいの老人はご機嫌な様子で料理を突《つつ》いている。

こう見えてアロウは、今回の外交団の特命全権大使を務めるほどの重鎮《じゅうちん》なのだ。そんな人物が、本日一仕事終えただけで、下町に観劇に出たいと我儘《わがまま》を言い出した。アレクシオンはおやめなさいと説得を試みたが、全く聞き入れず、結局二人して下町に繰り出す羽目になったという訳だ。

「あ、これ結構いけるね。医者に脂《あぶら》っこいもんは控えろと言われておるのだけど、出張の時くらい羽を伸ばさにゃあ……あ、そんな怖い顔せんで、伯爵。せっかくの男前が台無しじゃよ。はいこれ」

老人は串焼きが盛られた皿をアレクシオンに差し出した。

「……」

この老獪《ろうかい》な元宰相に正面からぶつかっていっても、馬鹿を見るだけだ。本人がしゃべる気になるまで待つしかない——そう判断したアレクシオンは、諦めたように脂のこってりのった串焼き料理に手を伸ばす。程よく焦げ目のついた肉の間には大きめに切った野菜が幾種類も刺さっており、絡まったソースの味が絶妙だ。双方、しばし無言で肉を咀嚼《そしゃく》する。

しばらくして老人は、やっと話し始めた。

「込み入った事情ねぇ……まぁ、確かにあんたのおっしゃる通り、事情がないこともないが……それよりもとりあえず、巷《ちまた》で評判の舞台を見たかったんだよ、『リュドミランとエローラン』。そんで護衛も兼ねて、日頃芸術なんてものに縁のなさそうなあんたにもそういった風雅《ふうが》な趣味に触れていただこうという訳で。これ、ホント」

「ハタ迷惑な話ですな。私は忙しい」

老人の闊達《かったつ》な性格をよく知っているアレクシオンは、遠慮なく嫌味を言った。案の定、アロウ侯に気を悪くした様子は全くない。

「おやぁ、そうなの。その割にはあんた、かなり舞台に夢中になっておったように見え

「……たけどね」

そう言ってアロウは香辛料のきいた粗挽き肉の包み揚げにフォークをぶっ刺しながら、にこやかにアレクシオンを見る。さっきから見ていると、老人が食べているのは肉料理ばかりだ。本当に医者から止められているのだろうか？　そこからして疑わしい。

　やや黄色くなった前歯――絶対に自前だ――で、包み揚げのもっちりとした皮を食いちぎる老人を見ながら、よく食べる爺《じじ》ぃだ、とアレクシオンは思う。しかし、油断のならない爺ぃでもあるのだ。

　挑発には乗るまいと、アレクシオンは心の中で拳《こぶし》を作った。

「……確かにこんな場末の小汚い芝居小屋にしては、ちょっとばかり面白い演目だったことは認めます。というか、私はそもそも劇場などという場所は滅多《めった》に足を運ばないから、他の舞台と比べることはできませんが」

「まぁ、そう言わず。あの黒髪の女優はなかなか可愛らしかったんじゃないかな。声もきれいだったし」

「そうでしたかな。随分小さいという印象しかありませんが……ああ、剣の使い方は全くなっていなかった」

　アレクシオンはよく思い出せないと言わんばかりに眉をひそめてみせる。

眼を閉じてはならなかった。そんなことをしたら、青い闇と小さな人影が瞼《まぶた》に蘇《よみがえ》るから。

——いやいやいや！

アレクシオンは再び頭を振った。向かいを見れば、老人がにやにやとこちらを観察している。

「……俺の顔に何か？　ご老人」

居心地の悪くなったアレクシオンはやや口調を崩して尋ねる。どうせ意地の悪い答えが返ってくるのだろうと思っていると、妙に真面目な様子で質問された。

「あの娘、誰かに似ているとは思いませんかな？」

「……は？　似ている？　誰に？」

想定外の問いかけに、アレクシオンはぽかんと老人を見つめた。

——一体自分に何を言わせようとしているのだ、このクソ爺ぃは。

「おや、わかりませんか？　我々のよく知っている人物ですよ。あんなに似ているのに、切れ者と評判の貴公が気付かないとは……」

「俺のよく知っている？」

老人のもったいぶった言い方にアレクシオンは真剣に考える。アロウ侯爵は意味もなくこういうことを聞いてきたりしない。だが残念ながらアレクシオンには、あの小さな女優に似ている人物も、質問の意図も全く思いつかなかった。

「申し訳ないがわかりません。そもそも俺は、役者の顔などあまり覚えていなくて」

「仕方がありませんなぁ……じゃぁ、本人に登場してもらいましょう」

「なんだって⁉」

小さなノックと共に小さな娘が入ってくる。

アレクシオンは思わず腰を浮かせた。

*

青年と老人がそんなやり取りを始める少し前。

「リシェル、支配人が呼んでるわよ！」

鏡の前でちょうど舞台化粧を落とし終えたリシェルに、看板女優のメルが声をかけた。

「はぁ～い、了解。あと少しで終わるからすぐ行くね？　えっと……十、十一……」

リシェルは、髪から抜いた模造《もぞう》真珠のピンがちゃんとそろっているか数えながら答える。

リシェルの身支度はいつも速い。今夜も破れやすい女神の衣装を脱いで化粧を落とすまでに、ものの二十分も掛かっていなかった。

メルが隣に座って、化粧落とし用のクリームを塗り始める。

「十五、十六……何かなぁ？　アンゼル伯父さん、さっきは何も言ってなかったのに……十九、二十！　はい、ありました！」

これで一安心とピンを専用のケースに戻して、リシェルは一人ごちた。

「今日の舞台がよくできたって褒められるんじゃないの？」

メルはその美しい顔に丹念にクリームを塗り込みながら言った。敵の海賊頭目《とうもく》の情婦という悪女役で濃い化粧をしていたので、なかなか落とせず大変そうだ。リシェルもトレードマークの長い黒髪を整えるのに手を焼いている。華やかな舞台の楽屋裏などこんなものである。

「それはさっき言ってもらった。だから今度は何かなって思って。ああ、この髪！　面倒くさいなぁ。もう切ってしまいたい」

くるくるした長い巻き毛は、手入れする者にとっては頭痛の種としか言いようがない。王侯貴族のように、髪専門の侍女でもいれば話は別だが。

「支配人が許しちゃくれないわよ。あんたの髪をそりゃぁ気に入っているんだから。この国の者にしては珍しい、正真正銘の黒髪だし」

メルの言う通り、ダレルノ公国のある平原地方には髪や瞳の色の薄い者が多い。特に主要部の国々ではその傾向が強い。たまに黒っぽい髪や瞳を持つ者がいても、よく見れば濃い褐色《かっしょく》だったり灰色だったりする。平原の周辺部や、もっと遠い山岳地方の国々から来た移民や旅人ならともかく、両親共に平原中央の生まれでありながら、リシェルのように漆黒《しっこく》の髪を持つ者などとても珍しい。

そして珍しいと言えば、リシェルの瞳だ。

日の当たらないところでは髪と同じように真っ黒に見えるのに、明るい屋外に出た時や、屋内でも何かの拍子で光を拾った時などに、その虹彩《こうさい》は鮮やかな藍色《あいいろ》の光を放つ。メルはこんな瞳をした人間を見たことがなかった。

劇場の支配人で、リシェルの伯父であるアンゼルが言うことには、その瞳は、リシェルが七歳の時に亡くなった彼女の父親譲《ゆず》りのものらしい。これらの髪と瞳の色は、可愛らしいとはいえ平凡の域を出ないリシェルの顔立ちを非常に印象的なものにしていた。

とはいえ、当のリシェルからすれば大した自慢の種ではないらしい。

「そりゃ、私には髪ぐらいしか褒めるところがないからわかるんだけどね」

「あらら、随分謙遜《けんそん》したもんねぇ。私やフェビアンは始終あんたを可愛いって言ってるじゃないの。少しは信じなさいよ」

「それは身びいきだって思うんだけど。背だって低いし、顔立ちだって平凡だし……もう、髪はこれでいいや」

リシェルは髪を梳《と》かしていた櫛《くし》を放り出して、白いシャツと黒いスカートの上から胴着をまとう。

亡くなった両親がこよなく愛してくれた髪なので、なんとなく切らずにそのままにしていたら、とうとう腰の辺りまで伸びてしまった。髪質が細くて柔らかいので、今のところどうにか始末できているが、いい加減切るべきだと本気で思っている。両親と同じようにこの髪を愛《いと》おしんでくれる伯父が渋い顔をするのは目に見えているが、きちんと話せばわかってくれるだろう。

「それにしてもなんだろうね。普段こんな時間に呼び出さないのに」

リシェルは鏡で自分の姿を点検しながら、首を傾《かし》げる。

「きっとどっかの金持ちのおっちゃんが、今夜一緒に食事でもしたいとか言って支配人をせっついたんじゃない？　気をつけなさいよ！」

「ええ〜、そういうの今まで全部断ってくれてたはずなんだけど。それにお誘いならメルの方が多いじゃない」

その言葉に、メルは艶《つや》っぽく腰を捻《ひね》って笑った。

「あたしはほら、あんたと違って適当に奢《おご》ってもらってサヨナラできるワザぐらい持ってるから！　あ、ちょっとお待ち！　ほっぺたにおしろいが残ってるわよ。はい、蒸しタオル。よく拭いて」

「ありがとう……ふはぁ、いい気持ちだぁ」

リシェルは熱いタオルを顔に載せてもらうと、ふやけた声を出した。

「ほら、すぐにクリームをつける！　女優は肌が命なんだよ、こんなにきれいな肌なんだから大事にしないと」

「女優かぁ……最初はそんなつもりなかったけど、やってみると面白いね！　私お芝居大好き！」

素直にクリームを鼻の頭にこてこてと塗りながら、リシェルは呑気に言った。

「またこの子は……怒られるよ。女優に憧れる女の子は多いってのにさぁ……さ、支配人を待たせちゃ悪いよ、早く行きな。髪はどうすんのさ、このまま？」

舞台用の化粧を落としたあとは、紅《べに》さえ引いていない。仮にも女優がそれでいいのかと問われそうだが、リシェルにはそもそも女優として大成しようという欲があまりない。

今回の海賊と海の女王の一人二役という大抜擢《だいばってき》も、その長い黒髪が役のイメージにぴったりだという、脚本家兼監督であるアンゼルの発案があってこそだった。なお、アンゼルはリシェルの伯父であり、アンノワール劇場の支配人でもある。

そんな彼の思惑《おもわく》がたまたま当たって、五カ月ものロングランとなったという訳だ。季節ごとに演目が変わる下町の劇場にしては珍しい。

「う～どうしよう？　でも今更髪を編むのも面倒だし、あとでお風呂に入るからこのままでいいか」

その辺にあったハンカチを取り上げ、首の後ろで無造作にまとめながらリシェルは立ち上がった。

「そんな適当にして……髪をどっかに引っかけるんじゃないよ？」

「は～い、メルも私に黙って男の子引っかけないでね」

「生意気言ってないで、さっさとお行き！」

メルはすっかり冷えたタオルでリシェルの頭を叩いた。

リシェルは大げさに「ひゃぁ！」と首を竦《すく》めると、すたこらと控え室を出ていく。

「まだまだ子どもだわねぇ」

メルは可愛い妹でも見る目でリシェルを見送った。

「ああ、リリ。急がせて悪かったね、疲れてないかい？」

リシェルが劇場の支配人室に入ると、待ちかねた様子のアンゼルが形の良い眉を下げて謝った。

彼はリシェルの母の兄であるが、未だ独り身で、両親を早くに亡くした姪を〝リリ〟と呼んで娘のように可愛がっている。以前は自ら舞台に上がって二枚目役をこなしていたこともあり、四十を過ぎた今でも女性に人気の粋《いき》な美中年である。

しかし普段陽気な彼が、今夜に限って気遣わしげな表情を浮かべてリシェルを見つめてくる。いつも格好よく整えている自慢の口髭《くちひげ》も心なしか元気がない。

「平気よ、伯父さん。で、何か御用？」

先ほど褒めてくれた時とは随分様子が異なる。アンゼルの向かいに腰を下ろしたリシェルは、少し声を落として尋ねた。

「ああ……実はエイティス聖王国の人達が、お前に会いたいと言ってきてるんだ」

「エイティス聖王国！」

リシェルの大きな瞳がはっと見開かれる。

「そうなんだ。それも元宰相で、アロウ老侯爵とおっしゃる大変偉い人のようでね。知ってるかい？」

「ええ、名前だけはお父さんから聞いたことがある気がする……でも、なんで今更そんな偉い人が私に？　だってお父さんはとっくに……」

　実はリシェルの父、ラウールは隣国の王族だったらしい。

　奔放《ほんぽう》だった彼は、大陸最古の王家と言われる聖王家のしがらみを嫌い、十代で国を出奔《しゅっぽん》した。そしてしばらく放浪したのち、ダーレで女優をしていたリシェルの母、シエラと愛し合って結ばれたのだという。以来、義兄のアンゼルを助けながら、道具作りや演出の手伝いをして暮らしていた。

　しかしそれも七年前――彼が亡くなるまでのことだし、そもそもシエラと結婚する十八年前に自ら家名を捨てて平民になっている。そのためリシェルとしても、自分が聖王家の血を引いているなどという自覚はなかった。怪訝《けげん》そうな顔をするリシェルに、アンゼルも頷《うなず》く。

「ああ、それは私も思った。不思議なことだが、無視する訳にもいかないだろう。彼らは食事をすると言って、黒猫亭の奥に部屋を取っているらしい。今もそこにいるはずだ」

「彼ら？」

「ああ。アロウ老侯爵と、多分その側近だろう……なんだっけ、難しい名前の……いい男だが、怖い顔をした青年だ」

「ふぅ～ん。なんだか知らないけど、会わない訳にはいかないみたいね。伯父さんも来てくれるの？」

「私も一緒に行くと言ったんだが、向こうはお前一人でと言うんだ。考えてみたら、いくら女優でもこんな若い娘を一人でよこせだなんて変な話だよ、いくら大貴族だからって。疾《やま》しい気持ちがあると思われても仕方がない。リリ、お前が嫌なら無理せずともいいんだよ。私が行って断ってくる」

「ありがとう、伯父さん……でもいいわ、私会ってくる。人の多い店の中だし、何も取って食われたりしないわよ。でも、こんな普段着でいいのかしら？」

リシェルはいつも着ているスカートを軽くつまんで見せた。

「それでいいだろう。けど、リリ、本当に無理するな」

「大丈夫よ、伯父さん。それに……なんだか私、会わないといけないような気がするの」

父の祖国と聞いた時から、どういう訳かリシェルの胸はざわめいていた。その人達に会えば、何かが起きる――そんな予感で。

「そうか。では、私も店に行って、厨房《ちゅうぼう》の側《そば》の部屋にいるよ。何かあったら飛び出してくるといい」

「わかった。そんなに偉い人なら、名前も知られているし、かえって変なことにはならないわよ。大丈夫だと思う」

リシェルは立ち上がった。

「じゃあ、私、行ってきます」

その瞬間、部屋の中央に吊るされたランプの明かりが彼女の瞳に飛び込み、黒く見えていたそれがきらりと青く光る。

「……私もすぐに行くよ」

一方、そんな姪を前にしたアンゼルは、七年前に亡くなった義理の弟を思い出していた。

ああ、あの時の彼と同じ瞳だ……

あの時――自分が身分を理由に、妹との結婚を反対した時の彼の言葉。

――王家なんて関係ない。俺はシエラを幸せにする。


「さぁ、来たわよぅ。父さんの国の偉いお方」

数分後、リシェルは心配半分、期待半分で劇場の隣にある『黒猫亭』の奥の部屋の前に立っていた。

実のところこの建物はアンゼルの持ち物で、二階から上はリシェルとアンゼルの住居になっている。黒猫亭はその一階にあり、アンゼルはここの経営者でもあった。そのため、店の料理人や従業員は、皆リシェルの知り合いだ。小さな頃からの顔なじみも多い。

だからなんにも怖がることはない、と大きく息を吸い込み、扉をノックした。

「失礼いたします」

ゆっくりと扉を開ける。

よく知る店の、見慣れた部屋。薄黄色の温かみのある漆喰《しっくい》の壁をあちこちくり抜き、そこに珍しい置物や植物を飾っている。狭くとも客が寛《くつろ》げるよう配慮した個室である。

そしてその中央。古い木製の卓の左右に、二人の男が向かい合って座っていた。

一人は温厚そうな老人、もう一人は目つきの鋭い大柄な若い男だった。

リシェルが入った瞬間、青年はなぜか非常に驚いて腰を浮かした。

——何？　この人は何を驚いているのかしら？

リシェルが何かを言う前に、老人の方がさっと立ち上がり、恭《うやうや》しく辞儀をする。その様《さま》は実に優雅で、洗練されたものだった。

「これはリシェル嬢、舞台が終わってお疲れのところ、お呼びたてして申し訳ございません。私はエイティス聖王国の前宰相、ヨハネイス・サムエルセン・ヴァン・アロウと申しまする。どうぞアロウとお呼びください。これは姓なのですが、もはや愛称となっておりますのでな。そしてこちらは」

「アレクシオン・ヴァン・シュトレーゼルと言う」

老人に促《うなが》され、アレクシオンと呼ばれた若い男は渋々といった様子で立ち上がった。狭い部屋とはいえ、天井につっかえそうなほど背が高い。その上黒い服を着ているので、妙に威圧感がある。しかも彼は、不機嫌そうな砂色の眼で値踏みするかのように、じっくりとリシェルを眺め回した。

「……リシェルと申します。ごきげんよろしゅう」

あまりに無遠慮に見つめてくるので、リシェルは後退《あとずさ》りそうになる。それを我慢しながら、なんとか淑女《しゅくじょ》らしく腰を屈《かが》めた。

「おお、なんと素敵な嬢様だ。まぁ、どうぞお掛けください」

老アロウがにこやかに勧めるので、リシェルはおずおずと入口に一番近い席に座る。男達はそれを見届けてから腰を下ろした。上流階級ならではの所作《しょさ》だ。

リシェルが席に落ち着くや否《いな》や、老人がにこにこと話しかけてくる。

「お疲れではありませんか？　今宵《こよい》の舞台では大変なご活躍でしたからね。ねぇ、伯爵」

「……」

アレクシオンはむっつりと押し黙ったまま、骨付き肉を噛みしめている。

いくらリシェルが駆け出しの女優と言っても、これはいささか無礼な態度である。まるでへそ曲がりの犬のようだとリシェルは思った。

——一体どこのどなた様なのかな？

先ほど「伯爵」と呼ばれていたのだから、このおっかなそうな男も貴族なのだろう。

そう言えばヴァンというのは、エイティス聖王国の貴族の称号の一つだ。

それにしても、微笑《ほほえ》みさえすればすごくいい感じになるだろうに、この無表情。どう見ても軍人か、もっと怖い職業に見えてしまう。

彼がいつまでも黙っているせいか、老人はにこにこと話し始める。

「実は私どもは偶然こちらの劇場でかかる芝居の評判を聞いて、こっそりやってきたのですが、いやいや、噂に違《たが》わぬ良い舞台でした。あまりに素晴らしかったので、そのヒロインとどうしてもお近づきになりたいと、こう思いましてな」

「それはとても光栄です。ありがとうございます」

そう言いながら、リシェルは拍子抜けしていた。

——なぁんだ、父さんの国から来たというから何事かと思ったけど、単にお忍びでやってきたお貴族様の道楽かぁ。

それなら別になんと言うこともない。リシェルは二人に微笑みかける。

「どうぞダーレの夜を楽しんでいってくださいね」

「そういたします……ところで、嬢様はお酒はあがられますかな？」

老人が空いた杯《さかずき》に葡萄酒《ぶどうしゅ》を注《つ》ごうとするのを、リシェルは慌てて止めた。

「あ……申し訳ありません。私お酒は苦手で……」

そう言った途端、アロウの眼がきらりと光ったように見えたが、リシェルが気に留める間もなく老人は言葉を続ける。

「おや、これは失礼いたしました。ではお料理はどうですかな？　このお店の料理はどれも素晴らしいと、今彼とも言っておったのですよ。もしよろしければ私達と一緒に召《め》し上がっていってくだされば嬉しいです。ええ本当に。こんなにたくさん注文してしまいましたしねぇ。とてもこの年寄りには食べ切れない」

老人の水色の瞳が茶目っ気たっぷりに煌《きらめ》く。

その様子に、リシェルは好感を持った。年をとってもこんな風に女性を誘える男性は格好いい。隣の仏頂面《ぶっちょうづら》と違って。

「ありがとうございます。ではいただきます。実は舞台がはねたばかりで、とってもお腹が空いていたんです」

「それは良かった。さぁどうぞ」

この店は、料理の味は良くとも、盛り付け方は下町らしく大ざっぱだ。しかしリシェルにとってはどれも食べ慣れたものばかりだから、どう食べればスマートに見えるかよく知っている。

せっかくお金持ちにご馳走《ちそう》してもらえるならもっと高級なお店の方が良かったなぁ、などと調子のいいことを考えつつ、リシェルは目の前に置かれた皿を次々と空《から》にしていった。

やっぱり何度食べても美味《おい》しいものは美味しい。特に時間をかけた肉と野菜の煮込み料理は、下町の常連客にも大評判なのだ。

「おお、なんと気持ちのいい召《め》し上がり方だ。女優さんは重労働だと聞いていますよ」

「はぁ。でも女優と言ってもまだまだ駆け出しですから、いつもは脇役ばっかりで……今回の役どころはたまたま、といった感じなんです」

「ははぁ。それにしては素晴らしく楽しい舞台で。いや、今回こちらの国の公館に滞在している折に、私の部屋係になった者からこのお芝居の噂を聞いて興味を持った次第でして。なんでも大層なロングランだとか」

「はい。おかげさまで五カ月になります。こういう下町の劇場では長い方だと思います。目の肥《こ》えたお客さんが多いので、つまらないお芝居だったらすぐに飽きられますから。さすがに今の演目も明日で終わるのですが、次の演目はもう決まっていまして、実はもう稽古に入っているんです」

「なんと！　それも貴女《あなた》が主役を？」

「いいえ、とんでもない。今度は脇役ですわ。主役はフェビアン・リーンといってうちの劇場の花形スターです」

「ああ、あの金髪の美青年。確か海賊リュドミランの副官役でしたね」

「ええ、大人気なんです」

リシェルは自信を持って言った。

「……そうですか。なるほど。では次作は主役ではないのですな。それにしても嬢様はお若い。女優さんに年齢を聞く失礼を許してもらえるなら……おいくつですかな？」

「ああ、ちっとも構いません。私、今年で十七歳になります」

「十七！　それはお若い！　この爺《じじ》ぃの末の孫娘より四つも年下ですよ」

「まぁ。お孫さんがいらっしゃるんですか？」

「ええ、孫は五人。そのうち三人まではもう所帯《しょたい》を持っていて、曾孫《ひまご》も二人います。これがまたやんちゃで手に負えませんわい」

「まぁ」

アロウの孫達の話を聞いているうちに、リシェルは肩の力が抜けていくのを感じた。

老人の話術は巧《たく》みで、こういった親しみのある話をしたかと思えば、音楽や演劇といっ

た。

「それにしても嬢様は、見事に海賊の少年と海の女王の二役を演じ分けておられましたなぁ。素晴らしい演技力だ」

「お褒めの言葉ありがとうございます。でも、女王はほとんど喋りませんし、そもそもあんまり登場しないのですもの。そんなに大変ではありません」

老人のお喋りに応《こた》えながら、リシェルはよく食べた。実のところ、昼に軽食をとったあとは、舞台で歌うために何も口にしていなかった。満腹だと歌うのに支障が出るからだ。

先ほどまでがっつり食べていたアレクシオンが手を止め、鋭い瞳が時折呆れたようにこちらを見ているのに気付いたが、別に構わなかった。アロウも彼の態度を気にする様子もなく、話を続ける。

「いやいや、最初のシーンで女王が少年を見て恋に落ちてから、あらゆる場面で彼女の存在が暗示されていましたよ。立派な存在感でした」

「それは伯父におっしゃってくださいな。脚本を書いたのも演出も、座長のアンゼルなんです」

「ええ、先ほどお会いしました。あの髭《ひげ》のお方は貴女《あなた》の伯父上で？」

「はい。母の兄にあたります。私の親代わりなんですの」

「おや、そうでしたか……失礼ですが、嬢様のご両親は？」

「両親は亡くなりましたの。七歳の時に母が、その三年後に父も」

「それはそれは……お気の毒に」

「いいえ、よくある話ですわ。もう平気です。伯父は大層私を可愛がってくれますし、それに家族みたいな劇団の人達に囲まれて、ちっとも寂しい思いはしませんでした」

「学校は？」

「国で定められている期間は普通に通いました。けれど、音楽や、歌や踊り、そして学校では教えてくれない大切なことは皆、劇団の人達から教えてもらったんです」

「嬢様はよほどここがお好きなようですな」

「はい。ここにしか私の居場所はありません。私、自分が大した女優じゃないってわかっているんです。だけど、舞台が大好きですから、脇役でも裏方でも、毎日お芝居に携《たずさ》わって皆の役に立てたらそれでいいんです」

「有名になって贅沢《ぜいたく》をしたいとは思われない？　嬢様は磨けばもっと美しくなれるのに」

「はぁ……きれいになれたらいいですけどね。でも、あんまり自分らしくないことはしたくないというか……別に普通でいいんです。伯父だってそう思っていますし」

「伯父様も？」

「ええ、お前はごく普通の娘だから、背伸びはしないで普通でいなさいと、常に私に言っています」

リシェルは屈託《くったく》なくそう答えた。

「なるほど。貴女《あなた》様は、そんな環境でお育ちになったのですな……ところで嬢様、いえリシェル姫」

老人の水色の瞳が、意味ありげに煌《きらめ》いた。

「姫は本物の女王になる気はございませんかな？」

「……ひめ？」

「姫!?」

リシェルはぽかんとした顔で果物の載った匙《さじ》を宙で止めた。見ればアレクシオンも杯《はい》を口に運ぼうとしたまま、固まっている。

今まで視線も合わせなかった二人が、初めて表情を同じくした瞬間だった。

第二場　遠い身内

「今、なんとおっしゃいました？　侯爵様、私のことを……ひめ……って姫？」

しばし言葉を失っていた二人のうち、先に我に返ったのはリシェルだった。

彼女は、したり顔で澄ましている老人に尋ねる。

「ええ、リシェル様。姫とお呼びしました」

ひょいと眉を上げた老人がアレクシオンに視線を投げてくる。

その眼が少年のように輝いているのを見て、アレクシオンは気分が悪くなった。

――何がそんなに面白いんだ？　このくそ爺《じじ》ぃは。大体何を言っているのかもわからん。

彼はアロウの意図するところを探ろうと、これまでのことを思い出す。

先ほど子猫のような足取りで部屋に入ってきた娘を見た時、アレクシオンは酷《ひど》く動揺していた。

これは、舞台の上で海賊と女王を演じていた女優。

当然ながら今はそのどちらでもない。思ったより若くはあったが、衣装を脱ぎ、舞台用の化粧を落とすと、これといって目立つところがない平凡な容姿だった。長い髪は無造作に後ろで縛っているだけだし、白いシャツも簡素なスカートも、よく似合ってはいたが質素なものだ。だが、その黒い瞳は灯火《ともしび》の光を映した途端、青く煌《きらめ》いた。

——そうだ。さっきの舞台の上でも、この娘の瞳はこんな風に青く光って見えた。特徴のない顔立ちのくせに、これだけは不思議な色合いだ。

だが、この娘によく似た誰かなど、アレクシオンには全く思い当たらなかった。食べている最中にしばし観察してみたものの、やはりわからない。わかったのは、背はそれほど高くはなく、手足が華奢《きゃしゃ》なこと、そして胸や腰など、体つきは女らしく豊かということくらいで……

そこまで考えて、アレクシオンは一瞬きつく眼を閉じる。

そんな青年の葛藤《かっとう》も知らぬげに、老人は真面目くさって続けた。

「お父上からは何もお聞きになってはおられませんかな」

「……」

リシェルは黙ってしまった。老アロウは殊更《ことさら》慌てたように顔の前で両手を振る。

「これは……大変ご無礼をいたしました。突然押し掛けた上、とんでもないことを言い出す、けったいな老人と思われても仕方がありません。私どもは決して貴女《あなた》に害意を持っている訳ではございませぬ。実は貴女様のお父上は……」

「いいえ、いいえ！　そうではないんです。アロウ侯爵様」

リシエルが慌ててアロウの言葉を遮《さえぎ》った。

「確かに驚きましたけれど……ご心配いりません……私は、父の出自を知っています。母がこっそり話してくれましたもの」

「ラウリアス殿下のことを？　お母上が？」

「ああ、そう言えばそんな名前でしたわ。私にはラウールという名でしか父を思い出せませんけれど」

「ラウール……左様《さよう》でございましょうなぁ。ラウリアス殿下は十八歳で、突然王位継承権と家名を放棄されてしまいましたので、本当の名には執着なさっておらんかったのでしょう。元々権威や栄誉というものに執着のない方でしたから……」

老人は昔を懐かしむようにしみじみと言った。

「ちょっと待て……いや、待ってください！」

突然の展開についていけず、アレクシオンは無理やり話に割り込んだ。

「侯爵、貴方《あなた》のおっしゃることが真実なら……この娘はつまり……その」

「ああ、そうだよ。シュトレーゼル伯爵。こちらの姫は先王陛下の弟君のご息女であられる」

今度こそ言葉もない。アレクシオンは呆然とリシェルを見つめた。

「……じゃ、じゃああんたは、初めから知って……知っていて、こんなところに俺を……」

「まぁ、そうだよ。すまないね。これでも色々段取りがあるんだよ。あんたもなかなか気難しい人だからね。けど、あんたのことは後回しだ。……リシェル姫、そういう訳で、ラウリアス殿下は王家を去られたのです。そりゃもう、見事にきっぱりと」

「ええ、それも聞いています。なんでもしっかりしたお兄様がお家を継《つ》がれるので、自分なんかがいなくても大丈夫なんだと母に言ったそうで」

二人は打ちのめされているアレクシオンを気にすることなく話を続けている。

「ははは。天衣無縫《てんいむほう》な殿下らしいお言葉だ。あの方はそりゃあ美男で人気者でした。おかげで出奔《しゅっぽん》なされた時はどれだけの者が失望し……いやいやいや。これは年寄りの繰り言《くりごと》です、お聞き流しくだされ。……では姫はずっとご存じだったのですね。ご自分が聖王家の血を引いていらっしゃることを」

「……そういう認識はありませんでしたが、父が隣の国の王子であったことは知っていました。もちろん母も、それを承知で父と結ばれたのです」

リシェルは少女らしく夢見るように言った。

「……お二人はお幸せだったようですね」

「ええ、多分。父は陽気な人で、いつも笑っていましたわ」

「左様《さよう》でございましょうとも。で、ご両親の馴《な》れ初めなどはご存じですかな?」

「はい。父は国を出てからいろんな所を放浪したあと、生国《しょうごく》に近いこの国で大工を始めたんです。元々器用な人だったようで、家具づくりや、細かい細工物づくり、その修理までなんでもこなしていました。それで劇団をしていた伯父が大道具の製作を頼んだことがきっかけで、女優だった母と知り合ったそうです」

楽しげに語る少女に共感してか、老人は微笑《ほほえ》ましげに彼女を見つめている。

「ほうほう。それは良いお話ですなぁ……おや、伯爵閣下、どうなされましたかな?」

ようやく老人が、未だ衝撃から抜け出せずにいたアレクシオンに話を振ってきた。彼は、はっと目の前の老人に焦点を合わせる。

「あ?　いや……失礼。さすがに驚きまして……」

一瞬で元の厳しい表情を取り戻し、アレクシオンは答えた。

「自分がここにいる意味を考えていたところです」

この老人が何か目的があって自分を連れてきたことは間違いない。何もなくてこの老人がこんな面倒なことをする訳がないのだ。

——だが、なんのために？

「最初からおかしいとは思っていたんだ。わざわざ貴方《あなた》が……」

そこでアレクシオンは、はっと息を呑んだ。

聖王家は現在、ラウリアス王子の兄の子、アディーリアが女王の座に就《つ》いてもう七年にもなる。つまりこの娘は、現女王の従妹《いとこ》という訳だ。

「まさか」

ある可能性に思い至り、アレクシオンは低く唸《うな》った。

現エイティス聖王国女王はまだ二十七歳と若いが傑出《けっしゅつ》した人物で、聖王の重責を十二分に果たし、国民の信頼と尊敬を一身に集めている。性格も勤勉であり、常に微笑《ほほえ》みながら激務をこなす女丈夫である。だが、そのせいで……彼女は。

「貴方は……まさか」

低い声が、アレクシオンの喉《のど》から漏れた。

——こんな……これは全く普通の……どこにでもいる娘ではないか。

彼は食事の間、ずっと娘を観察しながらそう思っていたのだ。

おしゃべりが好きで、よく食べる普通の娘。容姿にも態度にも、特に変わった点はない。

瞳の色は珍しいが、豊かな黒髪は――

黒髪⁉

アレクシオンは愕然《がくぜん》となった。疑惑は確信に変わり、背中に嫌な汗が滲《にじ》む。

「おお、おわかりになられたか。さすがはシュトレーゼル伯爵」

老人は静かに言った。

「駄目だ！　いや、無理だ！　第一、少しも似ていない！」

「おや、そう思われますかな？」

アロウ侯爵ヨハネイス・サムエルセンは、目を細めてアレクシオンを見据《みす》えた。

その水色の光は鋭くアレクシオンを睨《にら》んでいるようでもあり、面白がっているようにも見える。

老人が片方の口角《こうかく》をぐいと上げた。

――笑った。

「……！」

老人が本気であることを知り、これまで感情を出すまいとしていたアレクシオンの顔がたちまち厳しく強張《こわば》る。その様子に驚いたリシェルがびくりと身を竦《すく》めた。

「あの……？」

「嬢様。いや、リシェル姫」

改めて老アロウはぼうっとしたままのリシェルに向き合うと、膝《ひざ》を折り、正式な騎士の礼をとる。

「おやめください！　すみませんが今、伯父を呼んできますから！」

「お待ちください、リシェル姫。実を申しますと、我々は貴女様《あなた》に頼み事があって、ここまでやってきたのです」

部屋を出ていこうとするリシェルを止めて、老人は話し始めた。

「頼み事、ですか？」

少女の弱々しい問いかけに老人は力強く頷《うなず》く。

「左様《さよう》でございます。非常に大きな頼み事でございます」

「ご老人！」

驚いたアレクシオンは鋭い声で制止したが、老人はきっと彼を振り返った。

「何か⁉」

「こんな機密事項を誰に諮《はか》りもせず……会ったばかりの娘に打ち明けるなんて正気の沙汰ではない。第一、我が陛下は……」

「何、陛下はご存じじゃよ？」

侯爵はしれっと言ってのけた。

アレクシオンは再び目を見はった。老人は孫息子を見るような眼で頷いてみせる。

「ご安心召《め》され。伯爵」

その瞬間、アレクシオンは確信した。

「まさか、あんたは陛下のご指示を受けて？」

残念ながらアレクシオンには、老人の気遣いは伝わらなかった。不信感も露《あら》わに詰め寄っていく。

「う～ん、そうでもあり、そうでもないっていうか」

「訳がわからん。いったいどういう意味です！」

どこまでもふざけたようなアロウの態度に辛抱たまらず、アレクシオンはついに声を荒らげた。

「あのぅ～さっきから全く話が見えないんですけど……」

リシェルがなんとか割り込む隙を見つけ、おずおずと口を挟んだ。

「私、やっぱり伯父さんを呼んできた方が……」

「ああ、それはあとでね。姫」

「ひめって、だから……」

「だからですね、さっき言ったように我々……いや、正確には私一人かな？　貴女《あなた》にお願いの儀《ぎ》があって、はるばるエイティスから参ったのです。その願いとは」

勿体《もったい》ぶって言葉を切ると、娘は「はい？」と小首を傾《かし》げた。老人は慈愛に満ちた微笑《ほほえ》みを浮かべる。かなり悦《えつ》に入っているようだ。

さっきからアレクシオンは、その皺《しわ》だらけの首を絞め上げたい衝動に駆られていた。

――畜生！　俺はまんまと……！

老人はリシェルを見据《みす》えて言った。


「リシェル姫には、我が陛下の影武者《かげむしゃ》になっていただきたいのです」


「え⁉」

「は⁉」


アレクシオンとリシェルは同じ顔をして固まった。これで二度目である。

「な……何を言って……おっしゃってるんですか？」

またもアレクシオンより早く立ち直ったリシェルが言葉を絞り出した。

「そのため姫には、ぜひ我が国に来ていただきたく」

「……」

──なんで目の前の老人は、こんな驚くべきことをさらりと言ってのけるのだろう？　ついさっきまでこの娘と他愛のない会話を楽しんでいたのではなかったか？

リシェルもまた同じように感じたらしく、その大きな瞳に疑問符をいくつも浮かべながらアロウを見つめている。

「驚かれるのも無理はない」

見開かれた少女の瞳に、老アロウは穏やかに頷《うなず》きを返して言った。

「確かにこの先の話をするには、貴女一人では心もとないことでしょう。ここはやはり伯父上に来ていただこうかな？　私としたことが気が利かぬことを。一体なんのために年をとっているのやら……ああ、いやいや、私が行きます。廊下にいる給仕に頼めばすぐに呼んできてくれるでしょう」

伯父を呼びに行こうとしたリシェルを制し、アロウ侯爵はひょいと部屋の外に姿を消す。

この小さな部屋には、ほんの束《つか》の間、リシェルとアレクシオンの二人だけとなった。

＊

「……あのぅ」

たっぷり二呼吸置いて、リシェルは難しい顔をしている青年におずおずと話しかけた。

砂色の厳しい瞳が、じろりと娘に流される。

「貴方《あなた》はご存じなかったんですか？　そのぅ……私の父さ……父のことを」

「知らん」

そっけない答え。

「影武者《かげむしゃ》って……」

「ありえない」

まだ言い終わってもいないのにぴしゃりと封じられる。リシェルは思わず首を竦《すく》めた。

――こわ。目つきだけじゃなく、態度もどうかと思うわ、この人。

男はリシェルをじっと見据《みす》えたままゆっくりと続けた。

「女王の仕事は激務だ。それに陛下は我が国でも最高位の女性だ。いくら血が繋がっているとはいえ、お前に身代わりが務まるとは思えない」

彼は自分の言葉が理解できたかどうか、確認するようにリシェルを見据える。

――イキナリお前呼ばわりですか……

相手の態度にむっとしたリシェルは、負けじと彼を見つめ返した。

確かに父はとっくの昔に王室と縁を切っており、リシェルとて庶民として暮らしてきた人間であるが、そちらは頼み事をしに来た立場ではないか。なのに。

――初めてまともに喋ったと思ったらこれかぁ。残念な人だなぁ。

リシェルは少々がっかりした。

砂色の髪に瞳、整った鼻梁《びりょう》と唇。ほんの少し微笑《ほほえ》んだら、きっとすごく素敵な人だろうに。おそらく高位の貴族で、身分の上下に厳しく育てられたので、自分みたいな庶民の小娘はお前呼ばわりで十分と考えているに違いない。

リシェルとしては、庶民で結構、庶民万歳！　と胸を張って言いたい。が、そう考えると彼の言う通り、自分など女王の影武者には間違ってもなれない、薄っぺらな存在に思えてくる。

「そ……うですよね。私なんかが……」

リシェルは素直に頷《うなず》いた。

――これはきっと何かの間違いだ。さっきのお爺《じい》さんもきちんと話したらわかってくれるはず。

その時、扉が開いてアンゼル伯父が入ってきた。

「リリ！」

「伯父さん」

リシェルが駆け寄ると、アンゼルが優しくその肩を抱いてくれる。

「侯爵様から話は聞いたよ……私も驚いた」

「ええ、でも、こちらの方が私には無理だって」

リシェルはそう言うと、背後を振り返り——固まった。長身の青年の顔が一層険しくなったような気がしたからだ。鋭い瞳が刃のようにリシェルを突き刺す。

するとアンゼルの後ろから、アロウ侯爵がひょいと顔を出した。

「おや、あんたはそう思われるのか？　シュトレーゼル伯爵？　なんでかな？」

侯爵は、口元に意味深な微笑《ほほえ》みを浮かべたまま、仏頂面《ぶっちょうづら》のアレクシオンに尋ねた。

「なぜって……ご老人、わかり切ったことではありませんか。貴方《あなた》がお調べになったのであれば、このむす……こちらのお嬢さんが、ラウリアス殿下の姫君であらせられることは間違いないのだろう。だかしかし、この……」

青年が言いよどんだのは、自分のことをなんと呼んでいいのか図りかねているからだ、とリシェルは思った。よほどリシェルに敬意を払うのが嫌らしい。

「……こちらのリシェル嬢は、生まれてずっと市井《しせい》で暮らしてこられたのだ。今更女王の影武者《かげむしゃ》になどなれる訳はない。第一ちっとも似ていない。絶対に無理です」

「ふ～む。それがあんたの考えなのかね？」

「そうです」

低く、しかし断固として青年は老人に向き合った。

「ほほほ。では、まず後のご意見から検証しようかの。本当に似ていないかどうかをね。伯爵、あんたはイマドキの若いモンにしてはなかなか優秀だよ。しかし、芸術とか女性の見た目のことになると、まったくの唐変木《とうへんぼく》だ。そのことはわしもよぉく知った上で連れてきたんだが、まさかここまでとはの。将来を嘱望《しょくぼう》される青年伯爵も……この場合は盲目となるか、まぁ無理からぬことではある」

最後の言葉はどういう訳か不明瞭《ふめいりょう》だったが、それどころではなかった。

「貴方はこの娘と我が陛下が似ていると申されるのか!?」

「うん」

アレクシオンが声を荒らげると、アロウはあっさりと答える。

「えっ！　私？」

「侯爵様!?」

リシェルとアンゼルが声を上げた。

「はい。確かに陛下と姫君ではまとう雰囲気が大分違う。それはまぁ無理もない。今まで暮らしてこられた環境が全然違うし、そもそもお歳も離れておられる。それで似ていないと指摘するのもまぁ、わからなくもない。だがね」

リシェルもアレクシオンもアンゼルも、一様に目を見張って老人の言葉に聞き入る。

その様子を見て得意気に頷《うなず》きながら、老アロウは言葉を続けた。

「人間の顔には、どんなに取り繕《つくろ》ってもごまかせない部分がいくつかあってねぇ。まず頭蓋《ずがい》、頬や顎《あご》の輪郭《りんかく》線、耳の位置、眼の間隔。これらは化粧などでは決して変えられない。骨学《こつがく》のキホンじゃよ。その点から見ると、さすがはお従姉妹《いとこ》同士というか、陛下とリシェル嬢はその辺りは実によく似ておられる。おまけにどちらも、この国では珍しい黒髪。あんたもよく知っているように、これは聖王家にはよく見られる特徴で、きれいな巻き毛であることもそっくりだ」

「巻き毛?」

「やれやれ、こんなことにも気がつかなんだかな?」

憐《あわれ》むような視線を向けられ、青年は戸惑ったように視線を泳がせた。

「あとは表面的な違いばかりだよ。腕の良い美容師にかかればどうだな? わしの眼に狂いはなかろうて。ああ……アンゼル殿。お芝居に携《たずさ》わってこられた貴方《あなた》なら、おわかりになるでしょう？　役者の顔がどれほど変わるものか」

「いや、それは……理屈としてはわからなくもないですが……しかし、ちょっと待ってください」

アンゼルはリシェルの両肩に手を置いて、隣国の元宰相に向き合った。

「私の義弟がどんな身分であったか、どういう経緯で国を出奔《しゅっぽん》したかということは、妹との結婚の際に直接聞いて知っています……最初はそりゃ驚きましたが、私はすぐに彼を受け入れた。彼はいい奴だったし、妹をそれはそれは愛してくれたし。その娘であるリリ、いや、リシェルは私にとって実の娘同然です。この子がエイティス聖王家の血を引くということは知っていますが、そういう眼でこの子を見たことはない」

「わかります、すごくよくわかります」

「それにアディーリア聖王陛下については、私も肖像を見たことがありますが、髪以外はリリと似ているように思えなかった。こちらの方がおっしゃるように無理ですよ……そもそもなんで陛下に影武者《かげむしゃ》が要《い》るのです？　何かご事情があるのでしょう？」

「事情はね、あります。大変重大な事情がね」

「その事情とは？　お伺《うかが》いしても良いものなのですか？」

問われてアロウは、ふむ、と髭《ひげ》を撫《な》でた。

「そうですな。リシェル姫と、その伯父上に信じていただくためにも、お聞かせしたいと思います」

「侯爵！」

青年の叫び声にも動じず、老人は言い放った。

「陛下はねぇ……死にかけておられるんですよ」

「何を！」

最高レベルの国家機密がさらりと漏らされたことに、アレクシオンは敬語も忘れて老アロウに詰め寄った。

「爺《じい》さん！　あんた一体どういうつもりなんだ！」

「おお怖《こわ》。あんた、ただでさえデカくて鬱陶《うっとう》しいんだから、それ以上迫ってこんでくれるかな。わしゃ、気が弱いんだよ」

「……っ！」

老人がいかにも弱々しげにいやいやをすると、青年は不味《まず》いものを喰ったような顔になった。

「あのっ……！　本当なんですか？　エイティス聖王陛下が……その、えっと、死……」

言葉を継《つ》げないアレクシオンの代わりに、リシェルが勢い込んで問いかける。しかし、最後の一言を口にする勇気が出ない。

老侯爵は深く頷《うなず》いた。

「残念ながら本当です。もっとも、今はぴんぴんしておられますがね」

「え？　ぴんぴん？　それはどういう意味で……ご病気なのでしょう？」

「確かにご病気はご病気なのです。それもかなり重篤《じゅうとく》な。しかし本人に今のところ自覚症状はなくてですね。全くあの方は働き虫というか、オトコマエというか……あ、え～と、申し訳ないのですが、これ以上はさすがにここでは申し上げられません。こちらの素敵な伯爵様が卒倒しそうな顔で、私を睨《にら》みつけておられますからな」

老アロウはコホンと一つ咳払《せきばら》いする。そうして思い出したように席に戻り、酒で口を潤《うるお》してからまた話し始める。

「とにかく、これだけは確かなのです。我が陛下は近々大きな手術を受けなくてはなりません。手術そのものはほぼ確実に成功すると医師団は断言しているのですが、術式を行う箇所が少々厄介でして、術後の経過については今のところはっきりした見通しが立たないのです……つまり」

リシェルは緊張して次の言葉を待った。

「陛下は、術後に医師が必要と判断した期間、公務を休まなくてはならないのです。お体をご本復させるために」

「それで影武者《かげむしゃ》……」

「左様《さよう》。ご存じの通り、一見平和を保ちつつも、各国が牽制《けんせい》し合っているこの平原地方で、君主の不在は命取りになりかねませぬ。ましてやエイティス聖王は我が国では宗教的象徴とも言える特殊な存在ですので」

平原地方の情勢と、エイティス聖王の存在価値というものは、リシェルも新聞などで知っていた。

平原地方の国々は現在、東の異民族に脅《おびや》かされている。特にエイティス聖王国の東側――ダレルノと反対側の国境付近では、山岳民族の一部が武装し始めているという噂さえあるのだ。

ゆえに平原の国々は現在、同盟を結んで脅威に備えているのだが、その中の盟主国とも言うべき国がエイティス聖王国なのである。当然、その君主である聖王が倒れたとなれば、各国の足並みが乱れかねない。

影響が及ぶのは外国ばかりではない。エイティス聖王国は、昔から聖地とされる場所にあり、かつてはその守り人だったという王室もまた、国民の信仰の対象となっていた。

特に七年前に代替わりした王は、百年ぶりくらいの若い女王ということで、特に人気が高いらしい。

「……なんとなくわかってきました」

アンゼルが重々しく言った。

「大変結構でございます。この任を託《たく》してくださるにあたって、陛下は知る限りのことをこの老人に打ち明けてくれました。自分には従妹《いとこ》がいるはずだから探してくれと。それが一月《ひとつき》前のこと。そして、もうあまり余裕はないのです。すぐに手術に踏み切らなければ」

「……そんなにお悪いのですか？」

リシェルの声が震えた。

「医師団は一刻も早い手術を、と。しかしさっきも申し上げたように、目に見える症状は現れていないので、ちょっと見にはご病気とは信じられないんですけれどもね」

心配そうなリシェルに軽く頷《うなず》いて、老人は続ける。

「現在聖王国の置かれている立場はかなり複雑なものです。難しいことは省きますが、東の異民族だけでなく平原諸国の中にも聖王家を牽制《けんせい》する動きがありますし、辺境には主要国の豊かな領土を狙う国々もあります。実際、王国内部には他国の工作員が行き交い、国民の間に不安が走るとそれを扇動《せんどう》しようとする輩《やから》もおります。王国の精神的支柱である、聖王が揺らぐ訳にはいかないのです」

明快に説明する老人の顔には、先ほどまでの剽《ひょう》げた様子は見られない。

「だから……リシェル姫、貴女《あなた》様に」

「そんな……そんな重要なお役目を……こんな普通の娘に」

老人の懇願《こんがん》に、アンゼルの苦しげな声が被る。

「はい、極めて重要です。しかし、実際にやっていただくことはバルコニーから笑顔で国民に手を振っていただくとか、外国からの賓客《ひんきゃく》に型通りの挨拶《あいさつ》をするとか、割合簡単なことが多いと思います」

「それでもやはり……リシェルには荷が重すぎる。失敗しても責任はとれない」

リシェルの両肩に置かれた大きな手に力が籠《こも》った。

「伯父さん……」

「その通りでございます。アンゼル殿。けれど、陛下はこうも申されたのです。リシェル姫の意思を最大限に尊重してくれと」

——あの子がどうしても嫌だと言うなら、無理強《むりじ》いはしないであげて。私の方はなんとかなるわ。

女王はアロウにそう言ったのだった。

「私の意思……？」

「つまり、引きずってでも連れて参れとは、命じられていないのです」

「では、やめたらどうです」

アレクシオンが口を挟んだ。

「こちらのお二人は、どう見ても乗り気ではない。仮に同意してもらったところで、素人《しろうと》のヘタな小芝居は禍《わざわい》のもとだ。陛下の療養がどのくらいの期間になるかは知らんが、そんなことで国が揺らぐようでは、貴方《あなた》がた政治家の名折《なお》れだろう」

一言一言切って投げつけるようにアレクシオンは言い放つ。

「まぁ貴公の言うことにも一理あるけどもね」

老人は杯《さかずき》に残っていた酒を飲み干した。そうして名残《なごり》惜しそうにしばらく空《から》の杯を見つめる。

「我らとしては国民に余計な不安を与えたくないのだよ。おまけに陛下のご病気を考えたら、一刻も早く影武者《かげむしゃ》を立てて病院に入っていただいた方がいい。そうすれば、陛下が回復される時間も稼げる。私達も早々に次の対応を考えることができる。内政とか、外交とかね。それにね」

老アロウはゆっくりと立ち上がり、改めてリシェルに向き合った。

「姫。いかな我が陛下のお頼みでも、貴女《あなた》を見て無理だと思うたなら、このようなことを申し上げたりはしません。お芝居を楽しんだだけで黙って引き上げていたでしょう」

「……」

「ですが、リシェル姫。姫君にお会いし、お話しさせていただいて私は確信いたしました。貴女様ならこの役目を十分果たすことができると。少しお教えすれば貴女は立派な影武者《かげむしゃ》になれる……立派な影武者というのもなんだか妙な響きだけれども」

自分で言って笑いそうになっている老人を見て、リシェルもふんわりと微笑《ほほえ》んだ。

――やっぱり面白いお爺《じい》さんだ。

「貴女には度胸がある。ユーモアもある。この二つを持ち合わせ、しかも黒髪で、深い瞳のきれいなお嬢さんなんぞ、そうはいないですぞよ。伯爵はそうは思われんかな?」

「え?　あ、ああ……」

見れば先ほどまで剣呑《けんのん》な顔つきをしていたアレクシオンが、何やらうろたえていた。

リシェルが小首を傾《かし》げると、老人はやれやれと肩を竦《すく》め、口の中で呟《つぶや》いた。

「ああ馬鹿だ。ちょっと笑顔を見ただけで……」

「え?」

「いえなんでも。それに、失礼ながら姫のご様子は、お顔と同じように、これといって人目を引く特徴がない、良くも悪くも。ですが、かえってそれが良いのです。つまり、どんな者にもなることができる。まさに生まれながらの女優」

「それ、褒めてくださっているんですよね？」

「もちろん。ふふふ、やっぱり姫には度胸がおありになる。大人しげに見えて、何気《なにげ》に鋭いですな」

そこまで言って老人は不意に態度を改めた。決してきれいとは言えない床の上に再び片膝《かたひざ》を突き、両手でリシェルの指先を押し戴《いただ》く正式な騎士の礼をとった。

「リシェル姫。お願いいたします。この通りであります。どうかこの老人の……陛下の願いを聞き届けてはいただけまいか？　影武者という形ではありますが、貴女様を聖王家にお迎えしとうございます。色々ご不安はおありでしょうが、全力でお守りしますし、できる限りのことはいたします。どうか我々を助けてくだされ」

第三場　女は度胸、男は卑怯？

「……少しだけ時間をください」

そう答えたリシェルに、老人はすぐに頷《うなず》いた。

「我々は三日後に帰国いたします。つきましては明後日《みょうごにち》の夜、再びこちらに参ります。お返事はその折にでも……勝手な言い分でございますが、それでよろしゅうございますか？」

自分よりはるかに年上の老人、しかも隣国の重鎮《じゅうちん》で高位の貴族である人物に丁寧に頭を下げられては、リシェルもアンゼルも承知するしかなかった。

老人は満足したように再び礼をすると、何か言いたげな青年貴族を促《うなが》し、引き上げていった。


その夜、天井裏の自室にある寝床に入ったリシェルは、なかなか寝付けなかった。

——私が女王様の影武者《かげむしゃ》に？

今夜の奇妙な二人の客のことが頭から離れない。

アロウと名乗った老人の方は、一国の高官だろうに、ただの下町の小娘であるリシェルの意思を尊重してくれているようだった。

と同時に、自国の女王のことも非常に気にかけていた。それは臣下としての忠誠心もあるだろうが、老侯爵自身が若い女王のことを孫娘のように大事に想っているからかもしれない。

飄々《ひょうひょう》とはしていたが、リシェルにはそれがよくわかった。

──お国の事情もあるんだろうけど、何よりあの方は女王様に入院中のお仕事のことで心配かけたくないのだわ。女王様にゆっくり病《やまい》を治してほしくて、私に影武者の話を持ってきたんだ。忠実で誠実な人なんだろう──けれども。

あの男の人は苦手だわ。

彼の厳しいまなざしを思い出し、リシェルは寝床の上に起き上がった。

「あの人、アレクシオンって言ったっけ。伯爵様だって……」

──大きくて強そうで、私がお爺《じい》様と話している時も、きつい目つきで私のこと睨《にら》んでた。つまらない小娘が、って思われてるんだろうな、確かに小娘だけど。笑ったらきっと素敵だろうに。

リシェルも一応舞台人だから、その人の全身を見れば舞台映えするかどうかわかる。

今日会った青年は均整の取れた素晴らしい体格で、それなりに衣装とポーズを決めたら、ここの劇場の看板役者であるフェビアンにも負けない人気を博するに違いない。

──ま、あの目つきの悪さじゃ無理だけど。

夜空が覗《のぞ》く天窓を見上げ、リシェルはくすりと笑った。もしリシェルが王宮に行ったら、嫌でも彼の顔をたびたび見ることになるのだろう。

――王宮に行ったら。

それはリシェルが影武者《かげむしゃ》を引き受けたらということだ。

従姉《いとこ》が女王様であるというのは、今の今まで意識したことがなかった。リシェルの生活とはあまりにかけ離れた存在だったから。リシェルにとっては芝居とその稽古、家族や友人達が日常のすべてだったのだ。

――母さんや父さんが生きていたらなんというかしら？

第二王子にもかかわらず、市井《しせい》の人間として人生を全《まっと》うした父。思い出は楽しく優しいものばかりだ。父は間違いなく母を、そして娘である自分を愛し、日々の暮らしに満足していた。

そして母。陽気で世話好きだった彼女は、人々から慕われてはいたものの、ぱっと見はごく普通の女性だった。だが、一旦衣装を着け、化粧を施《ほどこ》すと魔法のように人が変わる。女神にも女戦士にも魔法使いの老婆にも。

劇団の皆の話によると、母はとても才能のある女優で、大きな劇団からも何度か声をかけられたらしい。だがそれをすべて断り、アンノワール劇場の花形として、下町の人々を楽しませるためだけに芝居を続けていた。

学校を卒業したリシェルが女優になろうと思ったのも、そんな母に憧れたからだ。

母の姿を思い出しながら、自分が影武者になった時のことを考える。

舞台の上で女王を演じることはできる。けれど、それが現実の王宮の中だとしたらどうだろうか？　これは芝居のようで、芝居ではない。見知らぬ人々と言葉を交わし、常に人目に晒《さら》される。時には議会で意見を述べたり、外国の人とも会談しないといけないのだろう。

国民に祝福を与え、政治、宗教の頂点に立ち、外交の先頭にも立つカリスマ的君主の従姉。

――まぁ仮に影武者を引き受けたところで、私がそこまでするなんてありえないか。いくら女王でも一人で国政を担《にな》っている訳じゃないし、影武者なら求められることも限られるだろうし。

「……って！　ちが〜う！　これじゃあ……」

すでに引き受ける前提になってるじゃないの！

リシェルは勢いよく寝台に寝転がり、再び天窓を眺めた。窓の外には煌《きら》めく星々が見える。

血の繋がった従姉が病気で困っているのだ。できることなら助けに行ってあげたい。

これは当然の気持ちだと思う。ただ困るのは、その従姉《いとこ》が女王様ということである。

——父さん、母さん、私はどうしたらいいの？　こんな時側《そば》にいてくれないなんて酷《ひど》いよ。私わからないよ。

ふと、ありし日の両親の姿が蘇《よみがえ》る。


『お前……大丈夫かい？』

夕食後に寛《くつろ》いでいた父は、出かける支度を始めた母を見て心配そうにそう言った。

『ええ、私は平気。でも、エミエルおばちゃんの病気はもうあまり良くはならないって……年だから仕方がないけど……兄さんに頼んで仕事に出なくてもいいようにしてあげたいわ。今までうちで頑張ってきてくれたんだから、近くに引っ越してきてもらって私が見てあげるつもり』

そう言って母は振り返り、まとめていない髪を揺らした。そんな風にすると、彼女はまるで少女のように見える。

『それはいいな。俺も見に行けるし』

『ラウールは優しいね』

母は笑うと、父に、それからリシェルにキスをした。父は笑って答える。

『俺の奥さんほどではないけどね、シエラ？　リリは俺が見ているけど、君も遅くならないようにね』

『はい。じゃあ、行ってきます。リリ、いい子にしていてね』

母はそう言って微笑《ほほえ》み、病気の年寄りの世話をするために出ていったのだった。

――母さんなら、誠意をもって事に当たれば、大抵のことは大丈夫、って言う？　父さんなら、きっと唇の片端を上げて……あの笑顔を見せるかしら？　もう随分遠くなった大好きな笑顔……

不意に涙が込み上げてくる。

『ほら、リリ、しっかりしろよ！　俺の娘だろう？』

「え⁉」

リシェルは思い出した。

そうだ。あの時、出かけてしまった母が恋しくて泣き出したリシェルに、父が言った言葉。慰《なぐさ》めるでも叱るでもなく、父は笑ってそう言ったのだった。

リシェルの黒い瞳が一瞬だけ青く煌《きら》めいた。

「そうね。父さん、大事なことは自分で決めなきゃ」

明《あ》くる朝。

「リリ、あのアロウ侯爵って方の目は確かなようだ」

黒猫亭の二階の居間で、リシェルの淹《い》れたお茶を飲みながらアンゼルが唸《うな》った。手には政治を主に扱った雑誌が握られている。

「なぁに？」

アンゼルはお茶を飲み干すとううんと唸《うな》ってパイプを手に取り、さらに誌面を見つめる。

考え事があると、パイプを噛むのは伯父の癖だ。そんな彼の皿にママレード付きのパンを載せてやりながら、リシェルも雑誌を覗《のぞ》き込む。

「伯父さん、これって……」

「うん、そうだよ。今まで特に興味はなかったから、よく見もしなかったんだがね……ほら」

アンゼルは皿を脇にどけて雑誌を広げる。その一ページは、ある肖像写真《ポートレート》で占められていた。

リシェルと同じ、この地方では珍しい黒髪を結《ゆ》い上げた、若々しい顔。すっきりした首筋には真珠の首飾りをしており、大きな瞳は、印刷ではよくわからないが、どうやら黒いようだ。

「……聖女王陛下のご肖像」

「侯爵があれほどお前に似ていると言うもんだから、さっきそこの角で写真の載った雑誌を買ってきたんだよ。よく見てごらん」

「何？」

「わからないかい？　確かにあの方のおっしゃる通りだ。髪の結い方、化粧の仕方なんかを差っ引くと、女王陛下はお前に大変よく似ている」

「へえっ！　でも、陛下は確か……ああ、ここに書いてる。現在お歳は二十七歳だって……私より十も上の方に似てるって言われてもなぁ……フクザツ」

「そういう意味じゃなくてね。陛下はお前と同じくやや丸顔で、眼の位置が少しだけ低い。つまり童顔なんだ。もちろん身に備わった威厳があるから、年齢より落ち着いて見えることは否《いな》めないがね。これでも私は舞台人だよ。今まで大勢の役者達を見てきたんだ。お前に少し手を加えれば、少なくとも見た目は女王様にそっくりになれると断言できるね」

「ふぅ〜ん、そうかなぁ。私にはとってもお美しい方のように見えるけど」

リシェルは疑わしそうに言った。

「お前だって可愛いよ。いつも言ってるじゃないか」

「それは身びいきだと……そうだなぁ、なんていうか……私の顔は百歩譲《ゆず》っても、普通の『かわいい』でしょ。でもアディーリア女王様はお美しい上に……高貴とか優雅？　そんな感じ」

「だからお前がもしこの話を承諾すれば、間違いなくそういう雰囲気を身につけるよう教育される。相当厳しくね。だけどお前は駆け出しとはいえ、女優だ。海賊や海の女王を演じたように、一国の女王をも演じられると侯爵は見抜かれたんだろう。確かにあの人の言ったことはあながち外れてはいない。お前は普段のんびりしているくせに、舞台に上がったら妙な度胸が出るしなぁ」

「……それって褒めてるんだよね？」

昨日は昨日で老アロウから、平凡な顔だからこそ女王にもなれる、と言われたのだ。そんな理由で認められたのだから、乙女心は複雑である。

「褒めているとも。昨夜も同じことを言われただろう？　……それで、どうするんだ？　明日の夜もう一度来られるっておっしゃってたぞ。行くか？　よすか？」

「うう〜、昨日は考えすぎてなかなか眠れなかったよ。伯父さんの考えは？」

「それを言う前にお前の決心をまず聞きたい。お前は優しい子だから、私が反対したら絶対に行くとは言わないだろうから」

「……けど」

「昨夜は相当悩んだんだね？　眼が赤いよ」

「うう……」

伯父の視線を避けるように、リシェルは彼の背後にある窓辺の鉢植えに眼をやった。

「……父さんと母さんだったら、なんて言うかなって考えてたの」

「ラウールなら面白がるかもしれないなあ」

アンゼルは真面目に答えた。

「私もそう思う。父さんならきっと愉快だって言うだろうって」

「本当はもう気持ちは決まっているんじゃないのかい？」

「う〜ん……頑張ればなんとかなるのかもって思ってた。なんとかなる……ってなるかな？」

「アロウ侯爵――あのお爺《じい》さんならきっと色々教えてくれるだろう。お前が困らないようにに。だけど、あの終始不機嫌な顔をしていた若い男はどうだろうか？　あいつは私のことも実に嫌そうに睨《にら》んでいたんだよ。ああいう庶民を馬鹿にするような男が女王様の側近だっていうんなら考えものだが」

「そうそう、ずっと馬鹿にしたみたいに見てたよね。まぁ、確かに私は大して賢くはないけども……でも、しっつれいな人よねぇ?」

「あれでも笑えば舞台映えがするのにな。姿かたちはいいんだし」

「あ、おんなじこと考えたよ私も! そうよねぇ。残念よねぇ」

——ま、別にあの人に直接お世話になる訳ではないだろうし……考えたって無駄だわね。

不毛な堂々巡りは好きではない。リシェルは青年のことを頭から追っ払った。

「明日また来られるのよね……それまでに腹を括《くく》らないと」

リシェルにとって、人生とは決まった線路の上を行く列車のようなものだった。よほどのことがない限り、レールから逸《そ》れることはない。目立った美貌も才能もなかったが、両親が若くして亡くなったこと以外に辛い出来事というのもなかった。そしてこれからの人生も、予想を大きく超えるものではないと思っていたのだ。

それが実は違っていたと知った昨日の夜。

——だってね、自信なんてこれっぽっちもないのよ。本物のお城で女王様を演じるなんて。

こんな人生の一大事に悩まぬ乙女はいないだろう。

「リシェル？」

「……でもやるわ」

「え!?　リシェル！　本気なのか？」

アンゼルがパイプをくわえたまま腰を浮かす。

「うん。できるかどうかはともかく、やらないとあとですごく後悔するような気がするから……。最初に父さんの国の名前を聞いた時に、なんだか胸がざわざわして、それからずっと落ち着かないの。まるでそれをしなくちゃ前へ進めないというか……上手く言えないけど」

「……」

「やるんだ……うん、そうしなくっちゃダメなんだ、きっと。私にしかできないことだし」

リシェルはいつしかそんな風に考えていた自分に少し驚く。

進むべき道が見え始めている。

「……そっくりだな」

「え？」

「お前の父さん、ラウールそっくりだって言ったんだよ。彼の出自がわかって、私達がシエラとの結婚に大反対しても、彼は意志を少しも曲げなかった。シエラを世界で一番幸せにしたいからって」

「父さんがそんなことを言ったの？」

「ああ、国を動かす人は自分じゃなくてもいいけど、シエラを幸せにできるのは俺だけだと言ってのけたよ」

「そっか……私今、父さんと同じような気持ちになっているみたい。だから、決まりね」

「お前がそう言うんなら私の反対など無意味だな。もっとも私にはいくつか侯爵に約束してほしいことがあるが。お前の身の安全とか」

「わかった、そうして。でも、私行くわね。父さんの国を見て、従姉《いとこ》のおねえさんを助けてくる」

リシェルはこの古びた居間がまるで舞台の中央でもあるかのように、胸を張ってそう宣言した。

＊

「くそっ！」

夜も遅いというのに、アレクシオンは公館の自室の扉を叩きつけるようにして閉めた。

そして上着を毟《むし》り取り、床にかなぐり捨てる。そのままつかつかと居間を横切り、キャビネットの上から酒瓶を引ったくると、歯で封を切り、グラスに注《つ》ぎもせずぐいぐいとあおった。

——一体俺は何をしているんだ！

最悪な夜の始まりは、二時間ほど前に遡《さかのぼ》る。


「……では、一つやりますかな？」

一人の紳士がカードを切る仕草をする。

「おや？　ならばこないだの貸しを返していただこうか」

「なんの！　返り討ちにいたしますぞ」

ホワイトタイを締めた紳士達が、迎賓館《げいひんかん》の遊戯室へと移動し始める。

——勘弁してくれ……

アレクシオンは唸《うな》った。

退屈極まりないダーレ市長主催の晩餐会《ばんさんかい》。その締めくくりはカードゲームだった。

隣国の外交団を招いているのだから、本来丁々発止《ちょうちょうはっし》の議論が取り交わされてもいいはずであるが、生憎《あいにく》というか幸いというか、エイティスとダレルノは長年の友好国である。

「お若いの、あんたはどうするね？」

答えはわかり切っているだろうに、茶目《ちゃめ》っ気《け》たっぷりに向けられる水色の視線。

「ありがとうございます、侯爵閣下。ですが、少し疲れたので今夜はこれで引き上げます。付き合いが悪くて申し訳ありません」

アレクシオンは、彼にしては最大限に愛想よく微笑《ほほえ》み、目の前の上司と居並ぶ文官達に挨拶《あいさつ》をして、目立たないように席を立った。

――これ以上、爺《じい》さん達の遊興に付き合ってられるか！

それが本音だった。

たいしてややこしくもない自由貿易協定の一部見直し――今回の主な訪問目的であったそれが、実は表向きのものだったと知らされたのは昨夜のことだ。条約はこじれることもなく両国の全面的合意のもと、三項ほど書きかえられただけで終わり、その後は両国間のさらなる友好を図るため、迎賓館での晩餐会になだれ込んだ。本来の目的は、どうやらこちらだったらしい。エイティスとダレルノのように長く友好関係にある国同士だと、こうした緊張感のない展開も時に起こりうる。

疲れただと？　我ながらヘタな言い訳だったと、苦いものが込み上げてくる。

老人のアロウ侯爵でさえ、それじゃあ一巡《いちじゅん》だけねと、上機嫌でこの国の高官達に付き合っていたのに、若くて頑健《がんけん》な自分が疲れたなどと信じてもらえるはずがない。単に見逃してもらっただけなのだ。公館の警備は万全だから、護衛の仕事もお役御免だろう。

――アレだ。きっと今頃爺さん達は、〃お若い人はこんな年寄りに付き合うよりも街に繰り出す方が楽しいのでしょう〃とかなんとか、噂の種にしているに違いない。

アロウ侯爵が立ち去り際に、にこにこしながら手を振ったのが無性に忌々《いまいま》しかった。

アレクシオンは大股で階段を上がる。迎賓館《げいひんかん》の上階は公館になっており、彼もそこに部屋を与えられていた。そこで目立たない服に着替えてもう一度外に出る。迎賓館のホールを横切っても誰にも呼びとめられないのは、伯爵とはいえ、自分の立場がまだ護衛兼雑用係という軽いものだからだ。

衛兵に敬礼されて荘厳な装飾の施《ほどこ》された門扉《もんぴ》を出る。街はまだ眠っていない。

ダーレはそんなに大きな街ではない。そのため、三十分も歩かぬうちに昨夜の劇場のある下町に来ることができた。通りの明かりはまだ煌々《こうこう》としている。下町は宵《よい》っ張りの街だ。

とはいえ、アレクシオンは下町を散策しに来た訳ではない。いくつもの通りを抜け、人混みをかき分けて歩く。やがてアンノワール劇場のファサードが、夜目にも煌《きら》びやかに見えてきた。

少し前に芝居が終わったのだろう。正面入り口からは陽気に笑い合う人々が流れてくる。皆口々に舞台を褒めそやしていた。そしてある者は家路につき、ある者はまだまだ帰る気になれないと見えて、隣の黒猫亭や、もっと楽しい場所へと思い思いに消えてゆく。この時間ならば、役者達は楽屋で衣装を脱ぎ、化粧を落として休憩しているところだろうか？　アレクシオンは劇場の裏手に回った。

裏通りには、表通りより狭かったものの、一応歩道が作ってあった。それぞれの建物の裏口には明かりが灯っているが、どれもぼんやりと煤《すす》けている。道沿いにところどころ一層暗くなっている箇所があるのは、さらに小さな路地がいくつも枝分かれしているからだろう。通行人もいない訳ではないが、表通りに比べるといかにも少ない。

アレクシオンはふと立ち止まった。

——そう、あの娘に会わなくてはいけないのだ。気が進まないが、やむを得ず。会って言わなくてはいけない。老アロウの持ってきた話を断るように。

昨夜の様子からすると、娘はともかく、伯父の方は断る気満々だったように見えた。当たり前だ。何が悲しくて、見知らぬ外国の王宮に家族を送り出し、面倒な役目を負わせなくてはならないのか。

昨夜は、特に報酬の話は出なかった。彼らは特に豊かにも見えなかったが、さりとて逼迫《ひっぱく》している風でもなかったから、金が欲しかった訳ではなさそうだ。しかし、劇団というのは金のかかるものだろうし、もしかしたらこれから、「報酬次第では……」と言い出すのかもしれない。

そんなことは絶対にさせない。だから今夜、自分が来たのだ。

アレクシオンは、エイティス聖王国アディーリア女王の幼馴染《おさななじみ》である。そんな彼だからこそ言わなくてはならない。

あんな娘をアディーリアの影武者《かげむしゃ》になど、とんでもない。年齢も経験も気品も、絶対的に違う。

何より、アディーリアは、元軍人のアレクシオンですら驚くほどの胆力《たんりょく》の持ち主なのだ。女王の公務は時として危険を伴《ともな》う。前の君主の突然の死により国内が動揺した時、東の異民族による国境侵犯が頻繁《ひんぱん》に発生し、それに乗じて王家の廃止を叫ぶ不穏分子が事件を起こしたことがあった。まだ少女だったアディーリアの目の前で起きた爆発事件である。規模こそ小さかったものの、彼女にとっては大変な衝撃だったろう。それでも彼女は逃げることなく王冠を受けた。アレクシオンが軍に入ったのは、そんな彼女の身を守るためでもあったのだ。

そんな危険な役目をあの娘に任せられる訳がない。無論周りが全力で補佐するだろうが、当の本人がすぐに音《ね》を上げるに決まっている。それではお話にならないのだ。

それに容貌も問題だ。老アロウはああ言ったが、アレクシオンの眼にはやはり二人が似ているようには見えなかった。

まず背丈が微妙に違う。どのくらいとはっきりとは言えないが、あの娘の方が少し小さいだろう。体の細さはまぁ同じくらいかもしれない。しかし、決定的に違う点がもう一カ所あった。

女王の胸はあれほど大きくない。

小さい胸なら大きく見せることも可能かもしれないが、元々大きな胸を小さく見せるには一体どんな手を使えばいいのだ。どんな服を着せれば、あの豊かな胸を隠せるのか。

思い巡らせても女性の衣服に関心のない――服の下ならそれなりにあるが――彼には、さっぱり見当がつかなかった。

――ダメだ。色々な事情でとにかくダメだ。

アレクシオンはやや動揺しつつ、そう結論づけた。その時――

ガチャリ。

劇場隣の黒猫亭の裏口が開いて、アレクの思考は中断された。

まずい、と、アレクシオンは慌てて歩き去るふりをした。裏口からは中年の女が野菜くずの入った大きな籠《かご》を抱えて出てきたが、彼には目もくれず籠を路地の入口に持っていき、うんと腰を伸ばしてからまた戻っていく。アレクシオンは再び慎重に歩を戻した。

——早くしなくては。いつまでもこんなところをウロウロする訳にはいかない。意地の悪い爺《じい》さんがいつカードの手を止めて、自分の部屋を覗《のぞ》きに来るかもしれないのだ。もしかしたら、もうすでに覗いているかもしれない。やましいことなど何もないが、邪推されるのは癪《しゃく》に障《さわ》る。

彼は一旦劇場裏の路地に潜《ひそ》んで大きな拳《こぶし》を握りしめた。今夜のうちに彼らの意思を確かめ、万が一引き受けそうな時は脅《おど》してでも止めさせる。それが今夜のアレクシオンの目的だった。

しかし、生まれてこの方、こんな場末の芝居小屋には縁のなかった彼である。いささか場違いな感は否《いな》めない。

——ええい、踏み込めばなんとかなる。

青年が意を決して一歩踏み出そうとした、その時——

劇場の裏口の扉が開いて、小さな灯りの下に女が出てくる。例の娘だ。今夜の彼女は、豊かな黒髪を顔の両脇でざっくりと編んで垂《た》らしていた。服装は昨夜と大して変わらない。

向こうから来てくれたか、訪ねていく手間が省けた、とアレクシオンはほくそ笑む。

「もうすっかり秋だよねぇ」

気持ちのよさそうな伸びやかな声。それはいかにも無邪気な少女のものだった。振り返った娘の後からは、すらりとした青年がついてくる。アレクシオンは再び物陰に身を潜《ひそ》めた。

裏通りの端には、大道具の資材や普段使われない道具類やくず籠《かご》などが置いてあるので、身を隠すにはうってつけの場所だ。もちろん、こっそり誰かと会うのにも。

続いて細身の青年の声も耳に届く。

「うん。こんな下町でも空が高いね」

彼が古ぼけた扉を閉めると、隣の建物の壁に吊ってあった小さな看板の黒猫が、まるで生きているかのように少し揺れた。

「寒くないかい?」

青年が優しく尋ねる。夜目の利くアレクシオンの眼にはかなりの美男に見えた。

あの男は——知っている。確か昨日の芝居でリシェルが演じた海賊の、副頭目《とうもく》役だった男だ。この劇場一の人気俳優だと聞いた記憶がある。輝く金髪をさらりと流した線の細い優男《やさおとこ》。黄色い声援を浴び、両手に抱え切れないほどの花束を受け取っていた気障《きざ》な男で、アレクシオンが一番嫌いなタイプである。

そんな男と親しげに言葉を交わしながら、リシェルは肩が触れ合わんばかりに寄り添っている。

アレクシオンは喉《のど》の奥で低く唸《うな》った。理不尽な怒りがこみ上げる。

——なんだ？　逢引《あいびき》きか？　軽薄な奴らだ。せっかくの逢瀬《おうせ》に気の毒だが、俺は重要なことを伝えるためにこんなところまでやってきたのだ。時間もない。悪いがここは邪魔をさせてもらう。

まさにアレクシオンが踏み込もうとした時、リシェルの影が男から少し離れた。

「うん、寒くないよ。寒さに強いのが取り柄だもの」

木箱に腰を下ろしたリシェルが青年を見上げる。アレクシオンからはその後ろ姿が見えるだけだ。

「知ってる」

青年の金髪が街灯の明かりを映して仄《ほの》かに輝き、若葉色の眼は優しくリシェルを見つめていた。

「……本当に行くのかい？」

青年はその瞳に真剣な色を浮かべて尋ねた。

「うん、決めたの。フェビアン。私、行きます」

娘が顔を上げてしっかりと答える。アレクシオンは息を呑んで薄汚い路地の壁にへばりついた。

——それではこの娘は女王の影武者《かげむしゃ》を引き受けると言うのか!?

「突然の話でごめんね？」

「そうだよ、本当に。今朝、アンゼルに聞いた時はびっくりした。おまけにあまり詳しく聞かんでくれだなんて。二人して……まったく！」

フェビアンと呼ばれた青年は悔しそうに唇をかんだ。

「そうなの、ごめんなさい。言える時が来たら言うつもりだけど、今はダメなの」

「私にも言えないことなのか？」

「うん……自分のことだったら言えるんだけど。ごめん」

「どこに行くかも教えられないのかい？」

「うん、私の判断では勝手に言えない」

リシェルが俯《うつむ》くと、太く編まれた黒髪が揺れる。

——少しは考えているのか？　おつむの軽い小娘にしては上出来だ。

アレクシオンは皮肉な調子で考えながら、二人の会話に耳を澄ます。だが、なぜか息苦しい。

「私が行くなと言ったら？」

「……ごめんなさい、でも行かなきゃならないの。今行かないときっと後悔するってわかってるから。私が一生懸命頑張ったら助かる人がいるの」

娘の目的が金や名誉ではないということに、アレクシオンはほっとする。

――ほっとしている場合か！　俺は役者の無駄話を聞きにこんなところまで来たんじゃない。大体なぜこんな汚い路地にへばりついているんだろう？　さっさと目的を果たすべきだ。

アレクシオンは己《おのれ》を叱咤《しった》したが、どうした訳か足が動かない。腹の中に鉛《なまり》でも埋め込まれたような気分なのに、耳だけは彼らの会話を聞き漏らすまいと神経を研ぎ澄ましている。

「リシェル。訳は聞かないと言ったけど、これだけは教えてくれ。危険なことではないんだね？」

「危険？」

娘は目を丸くした。驚いたようだった。

――そうだ、危険だ。さぁ怖がれ！　それでさっさと男なんか置いて中に入れ！

アレクシオンは勝手なことを思った。だが娘はあくまで楽天的だ。

「ん〜多分大丈夫だと思う。それに危ないことなんて、今時どこにでもあるよ。この間なんか舞台の掃除をしていたら上から金槌《かなづち》が落ちてきて、すぐそこの床に転がったんだもん。頭に当たってたら大怪我だったかも」

「あ〜、それはきっと小道具係のジェフだな。あいつめ、いつも道具を置き忘れるんだ。明日とっちめてやる！」

美青年は拳《こぶし》を突き上げて笑った。

「やっと笑ってくれた！　フェビアンのきれいな笑顔を見ないで行くのは、とっても悲しいもの」

「可愛いことを……でも必ず帰ってくるんだね？」

「それは間違いなくね。だって、ここしか帰る場所ないもの、私」

「約束だよ？」

「うん……ちょっとの間さよならするけど、その分帰ってくるのが楽しみだよ。それに実は、演技の勉強にもなることなの」

「勉強っていうのは楽しい時もあるけど、半分以上は大変だと思う。辛いことの方が多いんだよ」

「それもわかってる。今まで皆が私を甘やかしてたから、少し苦労するくらいでちょうどいいんだよ」

「甘えてなかったくせに。ちょっとは私に甘えてほしかったよ」

――優男《やさおとこ》め！　どこをどう押せば、そんな気障《きざ》な台詞《せりふ》が出てくるんだ!?

アレクシオンは暗がりで拳《こぶし》を握りしめる。

「……そんなこと言うと、伯父さんに怒られるんじゃない？」

ふふふとリシェルは笑う。つられてフェビアンも笑った。

「構わないよ。アンゼルには耐えてもらう。それに私達はもうすぐ家族になるんじゃないか」

――家族だと!?

アレクシオンは暗がりで凍りついた。目を凝《こ》らすと、美青年は艶然《えんぜん》と微笑《ほほえ》んでいる。

――家族になるとはどういう意味だ？

「きっと帰っておいで。それまで私もアンノワール劇場一の俳優として、劇場を守っているよ。私も、アンゼルも……君を待っているから」

「え!?　本当？　待っててくれるの？　いいの？」

「これは話し合って決めたことだ。リリは何も心配しなくていい」

形のいい眉をきりりと上げて、フェビアンは請け合った。

「フェビアン……大好き！」

「私も好きだよ。可愛いリリ」

青年はリシェルの肩に優しく手を添えた。

「馬鹿だな……泣くくらいなら、行かなきゃいいじゃないか」

「でも……決めたんだ、もん……う～」

「だったら前を見なさい」

そう言うとフェビアンは、自分を見上げるリシェルの上に屈《かが》み込んだ。

「っ……！」

自分が半歩よろめいたことにアレクシオンは気がつかなかった。

今度こそ彼は打ちのめされた——自分でも知らぬ間に。

男がリシェルに口づけている。やがてかすかな嗚咽《おえつ》が聞こえてきた。今までずっと泣くのを我慢していたのだろう。それほど別れが辛いのだ。フェビアンも悲しそうに指先で黒い頭を撫《な》でている。

もしもフェビアンが顔を上げたら、すぐ側《そば》の路地で立ちつくしているアレクシオンと眼が合ったかもしれない。しかしフェビアンは一度も顔を上げず、リシェルも彼の胸に顔を埋めていたため、ついに二人はアレクシオンの存在に気付くことはなかった。

二人は暗がりでそっと寄り添っていた。

――大好き。

先ほどのリシェルの言葉が耳に蘇《よみがえ》る。

アレクシオンは無言で踵《きびす》を返した。足音を立てなかった分、リシェルの泣き声がいつまでも彼の耳に響いていた。


そして公館のアレクシオンの部屋にて。

――畜生！

これで何度目の悪態だろうか。アレクシオンは長椅子にその長身を投げ出したまま、酒を呷《あお》り、先ほどの二人の様子を思い出していた。彼は目的を果たせぬばかりか、まるで逃げ帰るように劇場をあとにして、公館の自室に舞い戻ってきてしまったのである。

こんな惨《みじ》めな気持ちになったのは初めてだった。酒は全く役に立たない。アレクシオンは煮える頭をなんとか冷まそうとした。とりあえず空《から》になった酒瓶を放り出し、寝そべったまま腕を組む。

あの娘は本当に自分達と一緒にエイティスに――王宮に来るつもりなのだろうか？

決めた、と静かに、だがきっぱりと彼女は言っていた。その姿はあどけなくも真摯《しんし》で、金銭や名誉などへの執着は一切見られなかった。ただ、自分が頑張ったら助かる人がいる、とだけ言っていた。

——なぜ自分は、あのまま帰ってきてしまったのだろう？

『私、行きます』

あれのせいだ。あんまり無邪気に、はっきりとした口調でそう言うものだから、自分はあの女優が、少しはアディーリアの役に立つのかもしれないと思ってしまった……だから——

機会ぐらいは与えてやってもいいと、そう思い直して引き返してきたのだ。——それだけだ。

アレクシオンは自分にそう言い聞かせて眼を閉じた。途端にお下げの娘が思い浮かぶ。

どういう訳だか突然、体が熱を持った。

あの娘は女優だ。女優とは人目を引き、賞賛を受けるのが仕事なのだから、印象に残るのは当たり前である。乞《こ》われればどこにでも出かけていって、愛想を振りまくのだろう。もしかしたら金次第ではそれ以上のこともするのかもしれない。実際、あの娘は忌々《いまいま》しいあの美青年の胸に、その身を投げ出していたではないか。あれぐらいのことは日常茶飯事なのだろう。

不意にアレクシオンは力任せに何かをぶちのめしたい衝動に駆られた。常に明晰《めいせき》だったはずの頭脳は煮えて、まるで役に立たない。考えることを放棄すれば、心は冴《さ》え冴《ざ》えと五感にのみ集中する。荒い呼気を無理やり押し止《と》めたせいか、視界が極端に狭くなるのを感じた。

額《ひたい》から幾筋も汗を流しながら、アレクシオンは今の自分に驚いていた。軍隊で自己統制力を養う訓練を受けた時でもこんなことはなかったのに。

——腹が立つ。なんでか知らんが無性に腹立つ。まるで試されているようだ。

アレクシオンは丹田《たんでん》に力を込めて、己《おのれ》と対峙した。

挑戦や試練を受けることは好きだった。それが厳しければ厳しいほど、生きていると実感できる。

「そうか、そういうことか」

つまりこれは、自分に課せられた新たな試練なのだ。

王家の血を引く女優の娘が聖王家にやってきて、自ら厄介事をしょい込もうとしている。そして自分は不本意ながらも、それを受け入れなくてはいけない。

そう、全くもって不本意だ。これから山ほど面倒事が降りかかるだろう。

だが、アレクシオンは訳のわからない昂《たか》ぶりも同時に感じていた。それは青い闇の中に浮かぶ小さな影を見た時から彼にまつわりついている、痛みや怒り、焦燥《しょうそう》さえも伴《ともな》った胸の高鳴り。

アレクシオンはシャツの上から自分の胸を掴んだ。

初めての感覚が己を喰らおうとするのを感じる。その感覚の名を知りたくはない。だが、それは決して晒《さら》け出してはならないものであることだけはわかっていた。

自分を抑えることには慣れている。そして、彼は自ら進んでそうするつもりだった。

「ふ……はははは！」

不敵な顔つきで彼は笑った。

——面白い。ならば、受けて立とうではないか。

明日よ、早く俺に来い！

第四場　聖女王

コトンコトンコトンコトン。

列車の音が規則正しいリズムを軽やかに刻みながら、田園風景を駆け抜けてゆく。

車窓に流れるのは、一面の牧草地帯である。点在するサイロ、のんびりと草を食《は》む羊達。緩《ゆる》やかな起伏を描く緑の絨毯《じゅうたん》は、まさに平原地方ならではの風景と言えた。

残念ながらこの国は、見えている風景ほど平和ではないのだが、今の問題はそこではない。

居心地の悪そうなリシェルに代わって、老アロウが口を開く。

「伯爵、どうしたかな？　随分お加減が悪そうですぞ……昨夜はお疲れになったと言うておられたが、未だご気分がすぐれぬかの？」

隣からの気遣いの声にも応《こた》えず、アレクシオンは眉根を寄せ、唇を引き結んで向かいに座るリシェルを見据《みす》えていた。この列車の個室席に乗り込んで一時間、ずっとこの調子なのである。

「あの……ご気分がお悪いなら、こちらで横になられては？　私はそちらに移りますから」

居たたまれなくなったリシェルも、おずおずと提案する。

「……無用だ」

砂色の瞳が一層剣呑《けんのん》な色に染まる。

「しかしねぇ、伯爵。そうは言っても、あんたのそのおっそろしい顔で睨《にら》みつけられたら、若い娘さんなら普通は居心地が悪くなるぞよ」

「睨む？」

言われて初めて気付いたように、アレクシオンは己《おのれ》の顔を片手で撫《な》でた。

「別に睨んでなど……」

「いんや？　睨みつけておったよ？　それも親の仇《かたき》でも見るように。何か姫様に言いたいのなら、きちんと伝えた方がいいし、気分がすぐれぬ原因が他にあるのなら八つ当たりはお止めなされ」

ずけずけと老人は言い放つ。アレクシオンは苦り切ったようにため息を一つつくと、そのまま瞼《まぶた》を伏せて横を向いてしまった。

――この人は私が気に入らないのだわ。

個人的に恨まれることをした覚えは、リシェルにはない。強《し》いて言えば、彼は自分が女王の影武者《かげむしゃ》を引き受けたことが許せないのだろう。この男は初めからアロウ侯爵の申し出に反対していたようだし。下町の駆け出し女優にそんな重大な役目など務まる訳がないと思っているのだ。

――う～ん、いい生まれの人みたいだから、気持ちはわかるけどね。

きっとカチコチの門閥主義《もんばつしゅぎ》なんだわ、と、リシェルは自分の父の出自も忘れて思った。彼女にとって父はあくまで大工のラウールで、聖王家の第二王子ラウリアス殿下という人物は見知らぬ他人に過ぎなかった。

眼を閉じてなお難しい顔をしている男を、今度はリシェルが無遠慮に眺める。

彼は足と腕を組んで、斜めに座席にもたれている。そうしないと足がリシェルの膝小僧《ひざこぞう》にぶつかってしまうほどの長身なのだ。

――横顔もきれい。笑えばステキな人だろうに、ほんと残念だなぁ。

すっきり伸びた鼻梁《びりょう》。額《ひたい》にかかる砂色の髪。削《そ》げた頬。

そうして観察してみるものの、彼はすでにリシェルに興味を失ってしまったかのように、それから終着駅に着くまで彼女を見ようとはしなかった。

ダレルノ公国の首都ダーレと、エイティス聖王国の聖都エトアールを繋ぐ大陸鉄道は、片道約三時間の行程である。国境を越えてしばらく、美しいアーチ型の橋を渡ると風景はがらりと変わる。田園風景から、都会の光景へと。

聖都エトアールは平原地方有数の大都市である。見事な尖塔《せんとう》をもつ大小の寺院や、門に優雅な彫刻を施《ほどこ》した公共の建造物が列車の窓からでもよく見えた。ダーレも決して文化の面で劣ることはないが、いかんせん規模が違う。

——こんな立派な都のある国を治めている女王が、自分の従姉《いとこ》……

リシェルは窓の外に目を凝《こ》らしながら、今更ながら胸のうちが慄《おのの》くのを感じた。

——やっぱり無理……かも？　わぁあ、アンゼル伯父さん！　父さん、母さん助けてえ～。

そう思っても、時すでに遅しである。列車は煙を上げながら、壮大なドーム状の屋根を持つ駅舎へと滑り込んだ。

「さぁ、着きましたよ。姫……いや、ここではお嬢様とお呼びしましょう。あ、荷物は伯爵が持ってくれますよ」

アロウ侯爵がにこにこして腕を差し出す。リシェルは礼儀正しくその腕を取りながらも、アレクシオンに荷物を渡すのを躊躇《ちゅうちょ》する。向こうの駅までは見送りに来た伯父が持ってくれたのだが、今この男性に頼るのは気が引ける。

「いえ、このくらい平気で……あ～」

有無を言わさぬそっけなさで、リシェルの手からトランクが奪われる。アレクシオンはちらりと彼女を一瞥《いちべつ》しただけでさっさと個室を出ていった。

「……いやお嬢様、どうも申し訳ありません。あの男は見かけよりよほど若いのですよ。

全く大人げないというか、素直じゃない。どうか無作法を許してやってくださいませ」

呆然とするリシェルに苦笑を投げかけながら、侯爵は言い訳をする。

どう見たってアレクシオンの方がリシェルよりかなり年上なのだが、この老人から見れば彼もまだ青二才なのかもしれない。

青年に続いて個室を出ると、すでに通路に彼の姿はなく、二人は車両の連結の手前に設けられた昇降口から駅に降り立った。

「ようこそ、聖都エトアールへ！　リシェル様」

老アロウは晴れやかに告《つ》げた。

プラットフォームまで迎えの者が二人来ていた。彼らの案内で駅舎から大通りへ出ると、そこに車が回されていて、助手席には早くもアレクシオンが乗り込んでいる。リシェルが後部座席に座っても振り向きもしない。

よく見るとリシェル達の車の前後にも、一台ずつ同じ箱型の黒い車が停まっていた。アレクシオンが合図をすると三台同時に発車する。リシェルは自分などの迎えにしてはいささか大げさすぎないかと思ったが、これはおそらくこの国の重鎮《じゅうちん》であるアロウ侯爵の護衛なのだと一人納得した。

当然のことながら、車の窓から見る風景は列車から見るよりはるかに近く、ダーレを出たことのないリシェルには何もかもが珍しい。人々の服装は洗練され、目抜き通りの商店は競うように店頭を飾り立てていて、非常に豊かな風景だ。外国人らしい人々も多く見られる。

――すごいすごいすごい！

なんといってもリシェルにとって初めての外国である。何を見ても心が浮き立つ。

やがて大通りを北へ抜けるとなだらかな登り坂となり、通りの左右には大規模な建物が増えてきた。あちこちにある公園からは色づき始めた木々や噴水が見える。さらに進むと今度は建物自体が少なくなり、やがて全く見えなくなった。郊外に出たらしい。しかし手つかずの自然が広がっている訳ではなく、美しく舗装された広い通りが一直線に伸び、その両脇にはよく整備された歩道や並木があった。

「王宮の周りには大きな建物や木は置かないようにしているのですよ。その方が見晴らしが良くて万が一の時にも襲撃を受けにくいので……いや、万が一にもそのような事態はあり得ませんが」

襲撃などという非日常的な言葉にリシェルが目を見張ると、侯爵は慌てて両手を振りながら訂正する。それを聞いて、助手席のアレクシオンがふんと鼻を鳴らした。

——この人いつになったら機嫌を直すのかな？

リシェルは小さく首を竦《すく》め、再び窓の外に目を凝《こ》らした。やがて道の向こうに、城壁に囲まれ、薄紅色《うすべにいろ》の尖塔《せんとう》を後ろに従えた巨大な宮殿が現れる。

「わぁ——！」

「ふふふ。あれが聖王宮ですよ、姫」

リシェルはこんなに大きな建物を見たことがなかった。彼女の知っている大きな建物と言えばダーレの市庁舎か大劇場だが、てんで規模が違う。今見ている聖王宮は一つの建物ではなく、庭園や通りを挟んでいくつもの宮殿から成り立っているのだ。

「大きい……」

「そうでしょう？　昔から建て増しに建て増しを重ねたせいで、古い部分と新しい部分では三百年ほども年代が開いています。ああ、ご安心を。実際に使われているのは新しい建物ばかりですから。最も古い宮殿では中も外も迷路のようになっているものもありますよ」

「そこには誰も住んでいないのですか？」

「いやいやいや。住んでいますよ……昔の王族の幽霊達が……」

「え!?」

「いい加減になされよ、ご老人。幽霊などとバカバカしい」

老人の言葉に固まってしまった娘をちらりと横目で見ながら、アレクシオンが面白くもなさそうに言った。リシェルが今日初めて聞いた彼の声である。

「ははは、これは貴公のおっしゃる通りですな。いや申し訳ない。姫がいちいち素直に驚いてくださるので、ついこの爺《じじ》ぃの悪戯心《いたずらごころ》が出てしまったようですわ」

「……ああ冗談でしたか。びっくりしました」

「くだらない」

青年が口の中で呟《つぶや》いた。

「あ、すみません。私びっくりして大声出しちゃって……」

リシェルは赤くなってアレクシオンに謝ったが、彼は少し頷《うなず》いただけですぐにまた眼を逸《そ》らしてしまった。

「いやいや、確かにくだらなかったですな。古い宮殿の多くはね、文化的、歴史的な価値は高いが、実際に住むとなると全く実用的ではありませんので、一部を除いて厳重に封鎖されております。王宮は広いので、あまり多くの死角を作る訳にもいきませんのでね。ですが、外から眺めても十分美しいですから、いつか機会があったらご案内いたしましょう」

「ありがとうございます……勉強は得意ではありませんけど、歴史は割と好きなんです。いつかちゃんと学びたいです」

「これは熱心なお言葉だ」

こうして話が盛り上がっている間に——ただしリシェルとアロウ二人だけで——王宮前の広場を横切った車は、壮麗な正面大門をくぐっていよいよ王宮内部に入っていく。

広い前庭を抜け、また門をくぐる。第二の門である。そこから少し走ったところに大きな建物があった。車はそこの車寄せで停まり、一行を降ろす。

入口をくぐって建物の左翼に入り、廊下をいくつか曲がったところでさほど大きくない部屋に案内される。この時点でリシェルは、来た道がわからなくなっていた。

「お疲れのところ申し訳ないですが、こちらの控えの間でしばらくの間お待ちくだされ。姫のご到着を報告に行って参ります。すぐに美味《おい》しいお菓子と飲み物を運ばせましょうほどに」

「あ、はい。ありがとうございます」

アロウ侯爵が会釈《えしゃく》をし、仏頂面《ぶっちょうづら》のアレクシオンと共に部屋を出ていこうとしたので、リシェルは彼らの背中に頭を下げた。アレクシオンは立ち去る前にちらりと無関心な流し目をくれたが、やはり何も言わなかった。

一人残されたリシェルは、とりあえず何もすることがないし、突っ立っているのも変な気がしたので、近くにあった趣味の良い応接セットに腰を下ろした。

部屋は落ち着いたしつらえだ。見回してみると、自分のトランクがここにないことに気付く。アレクシオンも持っていなかったから、車から直接どこかに運ばれてしまったのだろう。大して大きなものではないが、大切なものや身の回りのものがいっぱい詰め込んであったのだ。あとで返されるとは思うが、手元にないとなるとなんとなく心細い。

さっきまで無理に押し込めていた不安が急に膨《ふく》れ上がってきて、思わず身震いした。

――でも、ここまで来てしまったのだから。

そう考えてリシェルは背筋を伸ばした。


「お待たせしました、リシェル様。これからご案内いたします。その前に」

「はい？」

しばらくして戻ってきたアロウ侯爵は、お茶を手に案外落ち着いているリシェルを見て、安心した様子で後ろの女官を振り返った。年配の女官が恭《うやうや》しく小さなワゴンを押して前に出てくる。ワゴンの上には婦人用と思われる黒い衣服や帽子、靴が一式載っていた。

「申し訳ありませんが、ここからはこの服を着ていただけますか？」

「はぁ……」

リシェルは自分の衣服を見下ろした。一応持っている服の中で一番いいものを選んできたつもりだったが、こんな立派な宮殿の中ではやはりみすぼらしく見えるのだろうか。

「いやいや、そうではなくて。ここから先はあまり目立ちたくないのですよ」

リシェルの不安を見透《みす》かしたように、侯爵が手を振る。

「え？　私、そんなに目立ちますか？」

それは、最初に会った夜に言っていた「人目を引かない」という言葉と矛盾《むじゅん》してはいないか？

「ふふふ、念には念をね。黒髪はここでは珍しいですからね。ましてやその豊かさだ」

「あ、そうか」

確かにダレルノ同様、ここエイティスでも髪色の濃い者はほとんど見かけなかった。対してリシェルの髪は真っ黒で、その上長くて多い。一応後ろでまとめて、コートの内側に入れていたのだが。

「それに服装がいかにも市井《しせい》の娘さんですしね。王宮に常駐する者は、一瞥《いちべつ》しただけでどこの誰かわかるように、皆それぞれの役割や階級を表す制服や装身具を身につけます。もちろん我々貴族もね。今お持ちしたのは若い女官のお仕着せなのですよ。姫に女官のものなど申し訳ないですが」

「それは全然構わないんですけど」

リシェルは運ばれてきた上品な黒いワンピースとフェルトの帽子、編み上げ靴を興味深く眺めた。自分ではあまり着ないデザインである。

「では、エロル、お願いしますね。私は廊下で待っていますから」

「畏《かしこ》まりました」

アロウが部屋の外に出ていくと、女官は丁寧に礼をする。

「あの……？」

「申し遅れました。私は女官長のエロルと申します。ではリシェル様、こちらへ。失礼いたします」

エロルは、リシェルのコートに手をかけた。

「あ……じっ、自分で！　自分でできますからっ」

「畏まりました。それでは必要な時に声を掛けてくださいませ。お脱ぎになったものはこちらへ」

エロルは戸惑うリシェルに上手に合わせて話を進める。その態度も口調も押しつけがましいものではなく、むしろ温かみすら感じられる。

「こんなでいいですか？」

ずらりと並んだ前のボタンをかけ終えてリシェルは尋ねた。あとは裾《すそ》を引っ張れば出来上がりだ。

「はい。丈はこれでようございますね……あら、身ごろが少しお苦しゅうはございませんか？」

ボタンを閉じた胸の合わせ部分に小さな隙間があるのを認めて、エロルは言った。

「ええ……私、既製服ではいつもこんな風になるんです」

困ったようにリシェルも自分の胸元に視線を落とす。皆は羨《うらや》ましがるが、リシェルは自分の大きめの胸があまり好きではない。服が合わなくて困るし、自分で直すとしても、とても面倒なのだ。

「左様《さよう》でございますか。申し訳ありませんが、少しの間ですのでご辛抱くださいませね？今後はリシェル様用のものをお仕立てすることになりますので。あ、それからこちらの帽子をお召《め》しくださいい。お髪をおまとめいたします」

そう言うとエロルは手際よくリシェルの長い髪をくるくるとまとめて、帽子の中に押し込んだ。

「この帽子は屋外用のものなのですが、秋ですし、これくらいなら咎《とが》められないでしょう。この王宮でこんな美しい黒髪の方は女王陛下を除いておりませんので、出しておくと目立ってしまいます。はい、できました。それではこちらへ」

エロルはリシェルの脱いだ服を丁寧に畳んでワゴンの上に置くと、前に立って扉を開いた。そしてそのまま頭を下げてリシェルが通るのを待つ。

このような扱いを受けたことのないリシェルは一瞬躊躇《ためら》ったが、えいと心を決めて部屋を出た。

そこには侯爵とアレクシオンが待っていた。彼女を見る瞳は、相変わらず冷たい。

――この人まだいるの？

少々げっそりしたリシェルだが、アロウ侯爵は嬉しそうだった。

「おや、可愛らしくできましたね。では参りましょうか、こちらです。少し歩きます」

そう言うと侯爵は先頭に立って歩き出した。

「きょろきょろしないでまっすぐ静かに歩くように」

アレクシオンの低い声が上から降ってくる。まさにきょろきょろと周りを見渡そうとしていたリシェルはひゃあと首を竦《すく》める。早速叱られてしまった。

仕方がないので前を向いて進むと、エロルも横に並ぶ。女官の服装をしているのだから、とりあえず同格の立場といったところだろうか？　ちなみにたった今厳しいことを言い放った本人はリシェルの真後ろについている。

そのまま四人は黙ったままいくつもの廊下を抜け、奥へ奥へと進んでいく。王宮の建物は一つ一つ独立しているらしく、途中には渡り廊下も何本かあった。

「きれいなお城ですねぇ」

「左様《さよう》でございましょう」

時折窓から見える庭園や塔は大層美しく、平和に見えた。

やがてひときわ美しい建物に入ると、侯爵はその入り口にあるホールで執事風の男性二人に何やら耳打ちした。一人は背が高く、一人は中背。二人とも黒い服を着ている。背の高い方の男性はすぐに奥へ入ったが、もう一人はここからの案内役らしい。

アロウ侯爵が振り返って告《つ》げる。

「これから姫は女王陛下に面会されます」

予想はしていたが、やはりドキリとした。そんなリシェルに、侯爵は励ますように続ける。

「陛下はこの上のお部屋で静養されています。姫に会えるのを大層楽しみにしておられましたよ」

「わ、私はどうすれば……」

「ふふふ。ご心配召《め》されるな。今日のところはただお会いになってお話をされたら良いのです。陛下は大層気さくなお人柄です。すぐに打ち解けられると思いますよ。それに、お二人はお従姉妹《いとこ》同士ではありませんか」

侯爵はそう言って鷹揚《おうよう》に笑った。

——そりゃそうだけど……心の準備ができてない！

いくら血が繋がっているとはいえ、一国の君主と下町のへっぽこ女優とでは、全く違う人種だろう。そんなことがわからない老人ではないだろうに、いや、ひょっとしたらお貴族様にはこんな庶民の感情なんかわからないのでは……

——でもそれぐらいわかってほしいのよぅ。私今、すごく困っているんです！

リシェルは泣きそうな眼をして、自分より身分も年齢も上の人々を見回したが、最後に冷え冷えとした砂色の眼にぶつかり、はっとなる。自分を見下ろす瞳はこう言っているように見えた。

——尻尾を巻いて逃げ帰るなら今だぞ。

「……くっ」

怯《ひる》みそうになる心を叱咤《しった》し、小さな足を踏ん張って堪《こら》える。

——そうだ。ここからが本当の舞台なんだ。そして私は女優なんだ。女優ならばわざわざ足を運んでくださったお客様に、最高の演技をお見せしなくっちゃ。

リシェルはきっと眉尻を上げ、客とみなしたアレクシオンを見返して微笑《ほほえ》んだ。窓から差し込む光を拾って瞳が青く光る。

二人の視線が刹那《せつな》に激しく絡み合い――アレクシオンが先に視線を泳がせた。リシェルはにっと笑う。

――睨《にら》めっこに勝った！

この鉄面皮《てつめんぴ》が自分から視線を逸《そ》らした。勝ったというのは思い込みだろうけれど、リシェルはそう思うことでこの場に踏みとどまることができた。

「おお！　やっと笑ってくださった」

そんなリシェルを見てアロウ侯爵が優しく微笑む。その横でエロルも、執事風の男性も、彼女を勇気づけるように微笑んでいた。リシェルは力強く頷《うなず》く。

「はい。大丈夫です」

「それでこそ大海賊リュドミランです。では上に参りましょうか？」

「はい！」

一行はホールの奥の廊下を抜けて階段室に入り、三階くらい上ったところで階段室を出る。

そこは明るく広い空間で、目の前の壁には立派な扉がはめ込まれてあり、両側の水盤には素晴らしく豪華に花が盛られていた。

扉の前に、先に戻った背の高い男性が立っている。彼は一行を見ると、静かに扉を開いて恭《うやうや》しくお辞儀をした。四人は黙って部屋に入る。そこは控えの間のようだった。

「ここから先はリシェル様お一人で、とおっしゃっておられます」

男性は柔らかくリシェルを見ながらそう告《つ》げた。優しそうな瞳が励ましてくれているようで、リシェルはまた一つ勇気をもらった。

「奥の扉が陛下のお居間になっております……どうぞ」

「は、はい」

侯爵の言葉を受けて、背の高い男性が扉を開けてくれた。きれいな衝立《ついたて》が視界を遮《さえぎ》っている。

「……参ります」

リシェルはゆっくりと一歩踏み出した。一瞬体がぐらりと揺れるような感覚がして、振り向くとアレクシオンと目が合う。動かないその表情の中で、瞳だけが強くリシェルを見つめている。その瞳はどういう訳か、ほんの少し心配そうに見えたが、それはリシェルの気のせいだろう。

一歩一歩、リシェルは柔らかな絨毯《じゅうたん》の上を進んだ。背後で扉が閉じられる。

──頑張れ、リシェル。あんたは女優なんだからね。

リシェルは小さな顎《あご》を上げて背中をまっすぐ伸ばすと、衝立《ついたて》をぐるりと回った。

そこはかなり広い部屋だった。落ち着いたアイボリーで統一された家具が具合良く部屋の中に収まり、上品だが寛《くつろ》ぎやすい雰囲気が漂《ただよ》っている。

「ようこそいらっしゃい」

鈴を転がすような声が聞こえて、窓際に置かれた大きな安楽椅子から人影が立ち上がった。

「あ」

リシェルの立ち位置からは逆光になっていて、顔はよく見えない。だが、すんなりとした華奢《きゃしゃ》な人物であることは見て取れた。人影は滑るような足取りで近づいてくる。

その人はリシェルの三歩手前で立ち止まり、しげしげとこちらを眺めてきた。

「貴女《あなた》がラウリアス叔父様のご息女なのね？　はじめまして。私は貴女の従姉《いとこ》、アディーリア・リィンです。どうぞよろしく」

歌うような声でそう言うと、女王アディーリアは親しげに手を差し出す。その様子はどう見ても名高き聖女王というより、隣家に越してきて挨拶《あいさつ》に来た同年代の娘のようであった。

「……は、はい」

戸惑いで視線が定まらなかったリシェルだったが、ここに来てやっと相手の顔をまともに見ることができた。

目の前には従姉――の女王陛下。

彼女はリシェルより少し背が高かったが、リシェルによく似た波打つ黒髪をしていた。その髪は雑誌の肖像画などでは常に結《ゆ》い上げていたようだったが、今は背中に下ろしている。長い睫毛《まつげ》に縁取られた瞳は黒く、白い肌は肌理《きめ》が細かい。年齢は二十七とのことだったが、こうして対面するとそれよりもずっと若々しく見える。

――この人が……そうなの？

自分に身代わりを頼んだ当の本人。

目の前の女性が自分に似ているのか否《いな》かはリシェルにはわからなかった。ただ、ほとんど化粧もしていない若々しい顔は大層可愛らしく、それでいて理知的であることだけは伝わってきた。

「あ、あのっ……お初にお目にかかります。私はリシェル……リシェル・クロエと申します」

リシェルはそう言って、差し出された女王の手をおずおずと握り返す。初めて触れた従姉《いとこ》の掌《てのひら》はしっとりとして温かかった。

「来てくださってありがとう……とても嬉しい」

「いえっ！　あの……ドウイタシマシテ」

何を言っていいのかわからない。先ほどの決意はどこへやら、リシェルは焦った。一方、目の前の美しい人は、驚きと喜びに溢れた瞳でリシェルを見つめている。

「やっぱりアロウ爺《じい》やの目は確かね。私によく似ているわ。ああ、じっと見てしまって不躾《ぶしつけ》だわね。ごめんなさい」

「いえ、そんなことはっ……あのぅ」

リシェルはもごもごと口ごもった。すっかり舞い上がって、どこを見ていいものやらわからない。

「ふふふ、まぁ、そう畏《かしこ》まらずに。さ、こっちに来て座って。今お茶を淹《い》れるから」

女王はリシェルの手を握ったまま、窓際の椅子に誘《いざな》った。バルコニーに面した明るい窓辺に置かれた大きめの応接セット。その脇のキャビネットにはお茶の道具がそろっている。リシェルが椅子に座ると、女王陛下――アディーリア・リィンはいそいそとお茶の支度をし始めた。

「あのっ、私がいたします……えーと、へ、へいか？」

自分からは従姉《いとこ》と名乗ってはいたが、彼女は一国の君主なのである。リシェルはこの身分の高い従姉をなんと呼んでいいのかわからなかったので、とりあえず敬称で呼んだ。

が、女王はぱっと振り返り、笑いながらひらひらと手を振る。

「アディよ。そう呼んでほしいの」

「え？　でも陛下は女王陛下で……」

「ダーメ、ほら呼んで。アディ！」

金色の缶に入った香ばしい香りの茶葉をポットに入れながら、女王は容赦《ようしゃ》なく要求する。

「ア……アディ様？」

「様はいらないわ。私達は従姉妹《いとこ》同士なのよ。ほら、さっさと呼んでよ」

「……アディ！」

リシェルはヤケクソになってそう呼ぶと、気恥ずかしさをごまかすためにすっくと立ち上がった。

「はぁい！　……あれ？　どうしたの？」

「お茶は私が……よろしければ……お淹《い》れいたします」

「それもダメ。ここは私の部屋で、貴女《あなた》は私のお客様なんだから」

アディーリアは、二人分のカップとソーサーの載った盆を目の前の低い卓に置く。さすがに陶器類は大層優雅で高価そうなものだった。

「でもあの……ア……アディ……は、その」

ご病気なのでは？　という言葉をリシェルは危うく呑み込む。が、顔に出てしまったらしい。

「私の病気のことを聞いたのね。まぁ、その通りなんだけど」

言いながら女王は手際よくお茶を淹れた。あまりにてきぱきしているので、普段からやっているのだろうかと思うくらいだ。一見、病人らしいところは全くない。

やがて、二人の間に湯気と甘い香りが立ち上った。

「……それで、あの……お加減はいかがなのですか？」

「ええ、それが自覚症状は今のところないの。ま、自覚症状が出るようではかなり悪いということらしいけど」

リシェルを促《うなが》すように、女王は先に自分のカップに口をつけた。

「あの……どこがお悪いのですか？　あ……申し訳ありません、立ち入ったことを」

「ちっとも構わないわ。というか、リシェルには知っておいてもらわないとね。だって、すごい迷惑なのにこんなことを引き受けてくださったんだもの」

「え？」

「そうなのでしょう？　本当は気が進まなかったのでしょう？」

「それはまぁ……はい。すみません」

黒い瞳を見つめながらリシェルは頷《うなず》いた。ごまかしてもこの人には隠せない――そう思って。

「そうよねぇ、普通はねぇ……で、どこが悪いかというとね……実は、この中に腫瘍《しゅよう》があるらしいの」

そう言って女王は黒い巻き毛に包まれた、形のいい頭部を指で示した。リシェルは目を丸くする。

「え!?　あ、頭ですか？」

「ああ、驚かせたわね。でも本当なの。腫瘍そのものは良性で、転移の心配もないんだけど、できた部位が問題らしくて。しかも放っておくと、血管から栄養を奪って少しずつ大きくなるようでね。そうなると脳を圧迫して、いろんなところに支障が出るかもしれない――と告《つ》げられては切除するしかないじゃない。ねぇ」

「そんな……」

脳に腫瘍。そんな恐ろしいことをなんでもないように話すアディーリアに、リシェルの方が弱気になる。こんなことを聞いてしまっても良いものなのだろうか？

「だから、とっても嫌だけど剃髪《ていはつ》して手術するしかないの。でも大丈夫、成功するわよ。私、この国の医学は世界一と信じているし、優秀な外科医もいるし。だけど……」

女王は髪に指を突っ込んでかき回す。

「やっぱり頭を開く訳だから、脳と体には負担がかかるらしいのよね。もしかしたら麻痺《まひ》が残るかもしれないし……その場合、どのぐらいの期間そうなるかは主治医にもわからないって言うの。もちろん不屈の闘志で機能訓練するつもりだけど、その間公務にはつけない訳」

「だから私ですか」

「そうなの。勝手なお願いで申し訳ないんだけど、この国や王家の事情がちょっと特殊だから、君主の不在なんて事態はできるだけ避けたいの。わかりにくいとは思うけど」

「でも、私が影武者《かげむしゃ》をやるんだったら、現状がどういうものかは知っていた方がいいですよね」

だんだんと女王の覚悟が伝わってくる。と同時に、リシェルの瞳にも力が宿ってきた。

リシェルはカップに口を付ける。砂糖を入れていないのにほんのりと甘い、上質のお茶だった。

「うん、そう。その通りだわ。リシェルってこんなに可愛いのにすごいなぁ。度胸あるのね」

「そんなことは……」

「うん、そうね。この国の王室はありがたいことに、民に信頼されているの。それは歴史上、ほとんど一度も、国同士の大きな争いに巻き込まれたことがないかららしいのね。でも、先々代……つまり私の祖父の頃から数年おきに、東の国境付近で山岳民族との小《こ》競《ぜ》り合いが起こるようになって……そのたび鎮圧はしてきたんだけど、祖父は亡くなり、父もまた割合早くに亡くなって……それで二十歳だった私に白羽《しらは》の矢が立ったのよ。私には弟がいるのだけど、その頃まだ幼くて病気がちだったし。でも聖王家の主《あるじ》が女王というのは、一世紀ぶりでね。初めはかなり揉めたのよ。反対派もいたし」

「……」

「でも結局私は引き受けた。いずれ弟に王位を譲《ゆず》るという条件で。だから私が『今病気だからお休みしま～す』というのは、よろしくないの。これが王家の事情」

「よくわかります」

わかりやすい説明にリシェルは深く頷《うなず》いた。女王は申し訳なさそうに笑う。

「リシェルにはものすごく迷惑だってことはわかっているの」

「リリです。親しい人はそう呼んでくれます。だからアディもそう呼んでください！」

「え？　ええ、わかった。リリ、ね？　いい愛称だなぁ。リリは女優やってるんだってね。すごいわ！　格好いい！」

「駆け出しですけど」

感嘆の目で見つめられて、リシェルは照れた。謙遜《けんそん》ではなく、本当に駆け出しなのだから。

「だけどアロウ爺《じい》やの話では、とってもいいお芝居で主演していたらしいじゃない。一人二役なんだってね」

「ああ、あれは伯父さん……伯父が書いた脚本だったので、身びいきでやらせてもらえたんですよ」

「貴女《あなた》の伯父様？」

興味を惹かれたようで、女王は身を乗り出した。

「はい。アンゼルっていうんです。母の兄で」

「そぉなの？　お母様もお亡くなりになったんですってね」

「……はい。あ、でもそんなに苦労はしてないですよ。周りがいい人ばかりだし」

しんみりしてしまいそうになって、リシェルは慌てて明るく言った。

「うん……そうね。貴女《あなた》を見ているとわかるわ。……私、貴女のお父様をよく知っているのよ。ラウリアス叔父様ね」

女王は意外なことを言い出した。

「父を？」

「うん、小さい頃はよく遊んでもらって……なんでもできて、優しくて、すっごく大好きだった。今思えば、私の初恋はラウリアス叔父様だったのかもしれない……素敵な人だった」

夢を見るように黒い瞳がけぶっている。昔を懐かしんでいるのだろう。

「だから王家を出ていかれた時……私は七歳くらいだったけど、その時のことはよく覚えている。しゃがんで私の頭を撫《な》でてくれて、ちょっと長い旅行に行くけどアディは元気でねって……」

「……」

「そうして遂に戻らなかった……私、あとからものすごく泣いたのよ」

「そうだったんですか？」

「闊達《かったつ》で自由を愛した叔父様にとって、この古い王家のしがらみは窮屈《きゅうくつ》で仕方がなかったのね。私の父もかなり怒ったり悲しんだりしたけど、最後はすっかり諦めたみたいだっ

た。あの眼を持つ者には不思議な血が流れているんだって言って……あ、そう言えば

「はい？」

「貴女の瞳は叔父様譲《ゆず》りね。とっても不思議な色。黒いようで本当はとっても深い青色なのね」

「そうなんです。伯父さんも言ってました」

「この瞳は王家の隔世遺伝《かくせいいでん》なんですって。曾祖父《そうそふ》も同じ瞳だったたって記録にあるわ。父と祖父は違うし、私もただ黒いだけ。そう言えば女子に現れるのはあまり聞かないわね。もしかしたらリリが初めてじゃないかしら？」

「そうなんですか？」

「調べないとわからないけどね。でも、貴女が女の子で良かったのかもしれない。この王家の男子はあんまり長生きしないのよ」

「え!?」

思いがけない言葉にリシェルは酷《ひど》く驚いた。

「驚かせてごめんね。偶然かもしれないけど、そう言われているの。私の祖父も父も、貴女の父上も早世しているしね……こんなこと言ってごめんね？」

「……はい」

「貴女《あなた》のお母様と結婚する時、父はラウリアス叔父様を連れ戻そうとしたみたいだけど、叔父様は連れ戻されるくらいなら国境に行くと言って父を脅《おど》かしたみたい。国境で争いに巻き込まれたりしたら、それこそ寿命以前に死んじゃうかもしれないでしょ？　だから父は渋々許したのよ……って、私も聞いた話だけど」

「だけど結局父さんも、私が十歳の時に亡くなって……まだ四十歳にもなっていなかったのに」

「ええ。ラウリアス叔父様と、私の父の亡くなった時期はとても近接していて……あの頃は大騒ぎだった……そのうち手紙が届いて……叔父様が亡くなる前に父に宛てて出したものなのだけれど」

「手紙を⁉」

――そんなことちっとも知らなかった！

リシェルは驚きのあまり声が出ない。

「内容は、自分が死んでも残された人達……貴女とお母様ね、彼らをそっとしておいてほしいというものだった。つまり迎えに来るなってことでしょうね。それは結局遺言《ゆいごん》になってしまった。……ごめんね、こんな話になっちゃって……それから色々あって……面倒くさい話だから今はよすけど」

「……そうだったんですか……それで。アディのお母様……王妃様は？」

「ご健在よ。父上が亡くなってから公《おおやけ》には出なくなったけど。私はと言えば、王位を継《つ》いで今年で七年目。はぁ……さすがにちょっと疲れたかも」

女王はそこでふっと背中の力を抜いた……ように見えた。リシェルにはよくわからなかったけれど、それは若い女王がこっそり漏らした本音のように思えた。しかし、その揺らめきは一瞬で立ち消え、彼女は笑みを浮かべる。

「だけど……もう少し頑張らないと」

「弟君はおいくつなんですか？」

「十二歳なの。セザールっていうんだけど、勉強中の身で、体もまだ丈夫じゃないので、今は母と一緒に別の場所で暮らしてる。私は弟が一人前になるまで、女王を降りる訳にはいかないの」

「……はい」

リシェルはどう答えていいのかわからず困ってしまった。

「私はセザールを守る。あの子が大人になって、聖王家を継ぐまでこの国を治めるの。それだけが目的なのよ。だから、今投げ出す訳にはいかない。それで――」

「私が身代わりを務めなければいけないのですね」

女王はそれまでの明るさを潜《ひそ》めて、重々しく頷《うなず》いた。

「ありがとう、リリ。もうリリしかいないの。実はずっと前から貴女《あなた》の存在は知っていた。ダーレで暮らしていることも。でも王家の男子が相次いで亡くなったり、他にも色々と難しい事情がいくつもあったりして、結局貴女を放っておいた。それは私の責任。なのにこんなことになってから慌てて迎えをやるなんて、ものすごく勝手よね。貴女が怒っても仕方がないって思ってる」

「怒りません。私はあの暮らしで良かったのです」

「それすら私達は取り上げてしまったのだけどね」

「また帰れます。アディが良くなったら、このお仕事は終わるのでしょう?」

「そうね……」

リシェルの言葉に少し眼を伏せて女王は言った。

——今の台詞《せりふ》はあまり良くなかったかもしれない。

リシェルは後悔した。手術前は誰でも不安なのに、その先の話を当然のようにされたら、どう言っていいのかわからなくなるだろう。ましてや、頭を切開する大手術なのだ。それが当人にとってどれだけ恐ろしいものなのか、想像もつかない。自分ならばこんなに気丈に振る舞えるだろうか。

無思慮《むしりょ》なことを言ってしまった、とリシェルは俯《うつむ》き、そっと唇を噛んだ。

「そんな顔しないで？　本当のこと言うと私だって不安はあるけど、もう仕方がないって思ってるから。すっかり覚悟は決まっているのよ。私はなんとしてもこの試練を乗りこえなくちゃならない。弟のためにも、国のためにも」

女王はリシェルを見つめて言い放った。それはとても意志の強い、美しい瞳だった。

──すごい……この人は本当に女王様なんだ……

「……手術はいつなんですか？」

「詳しくは侍医団や閣僚達と相談しないといけないけど、多分一月《ひとつき》以内には」

「一月……」

稽古期間としては短いな、とリシェルは感じた。

「それにもう一つ、私はリリに謝らないといけない」

「なんですか？」

「多分爺《じい》やは言わなかったと思うけど……無用に貴女を怖がらせないために。でも私は言わなくちゃ」

アディーリアは居住まいを正した。

「あのね、実はこの仕事は……絶対に危険がないとは言い切れないの」

「危険……ですか？」

――確かフェビアンもそんなことを言ってたっけ？

「この国はおおむね安定してるし、内政にも外交にも、大きな問題はない。異民族の方も、今は落ち着いているわ。アロウ爺《じい》やをはじめ、周りにいる者達はリリが髪の毛一筋乱さないよう全力で守るでしょう。皆、それぞれの役割を心得ているから。だけど、一〇〇パーセント絶対に何もないとは言ってあげられない。ごめんなさい、今更こんなことを言うのは卑怯ね」

「いえ……少しは思っていました。忠告してくれる人もいたし。アンゼル伯父さんと侯爵様の間でもきっと話し合われたと思います」

「リリ……なのに」

「けどもう、ここまで来ちゃいましたからね！」

リシェルは大げさに肩を竦《すく》めて見せた。

「私だってこれでも少しは考えたんですよ。正直、最初はびっくりしたし、迷いもしたけれど、自分で決めたことだし……私やります！」

「貴女《あなた》って……リシェルって、すごい……」

アディーリアは今までとは違った眼で従妹《いとこ》を見つめた。リシェルは自分の言葉に照れて、ぶんぶんと首を振る。

「すごくはないです。きっとアディは、私のもの覚えが悪いのに呆れかえりますよ。たった一月《ひとつき》しかないんですから、色々教えてくださいね！」

リシェルはぐいと顎《あご》を上げた。心からこの人を助けたい――そう思って。

「……本当に？」

女王の声は少し震えていた。

「はい。やります。それにアンゼル伯父さんは私のこと、舞台度胸があるって言ってますし」

「アンゼル伯父さんもすごい人なのね。こんな風に貴女を育ててくれたんだもの……」

「ええ、ステキな美中年ですよ」

「いつかきっとお会いしたい……でも、そうか……そうだわ！」

アディーリアは大きく頷《うなず》いた。

「はい？」

「じゃあ私もこの面倒事をお芝居だと思うことにするわ。王宮が舞台のお芝居。私はこれからしばらく病人の演技をしなくちゃいけないんだって。これなら乗り越えられそう！」

「お芝居……ですか？」

リシェルはきょとんと首を傾《かし》げた。

「ええ。ねぇ、演技は難しい？」

「それは……ええ、はい。お客さんは正直だし。へたくそだったら絶対に受け入れてくれません。ヤジが飛ぶこともあるし。でも、だからやりがいがあって。今、こんなこと言うと不謹慎かもしれないけれど……」

「いいのよ、言ってみて！」

アディーリアは身を乗り出した。

「演じるってかなり楽しいです！」

「へぇっ！　そうかぁ……楽しいのかぁ。じゃぁ……二人でやろうか！　満員の観客を夢中にしちゃうお芝居を」

そう言って聖女王は片手をぐいと差し出した。リシェルも今度は迷いなくその手を取る。

「はい！」

「ありがとう、リリ。貴女《あなた》に会えて本当に良かった……頑張りましょう。っていうか、私と一緒に頑張ってください！」

「はい！」

二つの白い手が力強く握り合わされる。それは間違いなく、同じ血が流れる掌《てのひら》の温もりだった。

「ふふふ。これから私達は女優……それも名だたる名女優になるのね。リシェル？」

「もちろんです！」

そう言って、二人の娘は笑い合った。


それからリシェルは白薔薇宮《しろばらきゅう》と呼ばれる女王の住まいで、アディーリアと一緒に暮らすこととなった。朝な夕なに女王と過ごし、彼女の仕草や癖、話し方などを直接学ぶ。他にも様々な作法や教養、さらにはあまり馴染みのない地方の文化まで学ぶ計画が立てられている。アディーリアの入院、手術まで約一月《ひとつき》。文字通り缶詰の詰め込み学習である。

「ごめんなさいね。大変だと思うけど」

二人が一緒に暮らし始めて二日目。

朝の採血を終え、リシェルに宛《あて》がわれた部屋に入ってきたアディーリアは、朝食をとりながらマナーの授業を受けているリシェルを見て謝った。しかし、その様子は心なしか嬉しそうでもある。

最初の対面以降、二人は急速に親しくなっていた。

「リシェルったら、ご飯すらゆっくり食べられないなんて……」

「大丈夫です、アディ。このくらいは覚悟していました。それに、確かに大変だけど楽しいです」

リシェルがそう言うと、侍従長補佐《じじゅうちょう》であるオーガスタも口を挟む。

「リシェル様は大変な努力家です。それに呑み込みも大層お速くて……さすがにお従姉妹《いとこ》同士だと思いますよ」

「そんな……オーガスタさん、褒めすぎです」

「どうぞ、オーガスタとお呼びください。その方が作法に適《かな》っておりますから」

オーガスタは端整な顔に穏やかな微笑を浮かべた。

彼は、リシェルが最初にこの宮に来た日に女王の部屋の前にいた男性だ。ほっそりした体つきと上品な振る舞いが印象的で、年は二十九歳とまだ若い。なのに白薔薇宮の侍従長に次ぐ地位にあるのだ。リシェルの教育係は主にこのオーガスタと、やはり最初の日にリシェルを着替えさせてくれた女官長のエロルに任されている。

エロルの補佐としてイビサとカチュアという二人の若い女官がおり、細々《こまごま》とした雑務は彼女らが引き受けてくれる。彼らは皆、リシェルを敬《うやま》い、庶民同様の彼女に辛抱強く王宮の習慣や作法などを教えてくれた。

「さて、朝の採血を終えたから私にも朝ごはんをちょうだい？　ここでリシェルと一緒にとるわ。卵もつけてね」

「畏《かしこ》まりました」

エロルに指示された女官達がきびきびと部屋を出ていく。きっとすぐに支度が整えられるだろう。

「あ、じゃあ、私、食べずに待ってます。マナー以外にアディの食べる時の癖も見たいから」

「まぁ熱心ね。だけど、私の朝食を覗《のぞ》きに来るお客人はいないと思うけど」

確かにリシェルに任された役割は、月に一度、国民に対して行われるバルコニーでの一般参朝《さんちょう》、それから外国からの賓客《ひんきゃく》の接遇ぐらいだ。公式行事としては、四カ月後に他国で行われる国際会議もあるが、リシェルがこれに出席するかどうかは、アディーリアの術後の経過次第である。リシェルにしてみれば無論とんでもない重責であるが、目下《もっか》のところそこまで考える余裕がない。まずはきちんとした所作や作法を覚えること、これが先決だ。

アロウ侯爵がいくら似ていると言っても、リシェルは本当に自分が女王になりすませるかどうか、正直疑問だった。そのことを侯爵に改めて尋ねてみると、アディーリア女王が日頃接するのは限られた人物のみで、その者達には女王が手術を受けることと、その間身代わりを立てることを知らされているとのことだった。つまり、白薔薇宮に勤める忠実な使用人と主だった政治家、ごく一部の軍人、そして女王の侍医団と看護師達である。

「立場や環境によってかなり違いますが、一人の人間が普段接する人間の数というのは案外少ないものですよ？　市井《しせい》の客商売の人々でも、不特定多数の客と毎日親しく接したりはしないでしょう？　そんな客達は大抵上辺にしか関心を払わないですし。ですから大丈夫」

侯爵はそう請け合った。

確かにリシェルのような女優にとっても、観客の多くは一見《いちげん》さんも同然である。もしリシェル以外の役者が同じ衣装をつけて代役を演じたとしても、よほど熱心なファン以外は気付かないだろう。つまり、それと同じことなんだとリシェルは無理やり自分を納得させていた。

「ま、その辺りのことは私どもに任せてください。老アロウも、私も引退した身ながら最近は色々奔走《ほんそう》しておりましてな。や、なかなか若返る気分ですわい」

などと言って笑っていた。

「それにしてもリシェルの胸は格好いいわねぇ。体格は私と似ているのに、羨《うらや》ましいわ」

アディーリアは小柄な割に目立つリシェルの胸と自分の胸とをじっくり見比べた。背後にはオーガスタが控えている。

男性の前で胸の話題なんかしてもいいものだろうかとリシェルは少なからず焦ったが、彼の物静かな物腰に変化はない。きっとエロルもこの青年も、女王にとっては家族同様の人達なのだろうと、これまた勝手に納得することにして、リシェルは答える。

「そんな……でも、コルセットに慣れるようにしなくっちゃって、エロルさん……エロルと相談しているんです。コルセットって舞台以外ではあまりしたことがないし、そもそも声を出すためにあまり締めないので」

「そうかぁ。確かに私も好きではないわ。けれどゆったりした服を着たら、着けてるか着けてないかなんてわからないんじゃないの？」

「でも、イブニングドレスやスーツの場合もありますし……外では肩かけなんかで隠すこともできそうですけど……」

昨日アディーリアの衣服を着せてもらった時、腰回りやお尻は問題なかったものの、胸だけは窮屈《きゅうくつ》で、コルセットを締め上げてやっと普通にボタンがとめられるような状態だった。これも教養や作法と同じくらい重要な課題になりそうだった。

「う～ん。これは予想外の苦労だわね。それで……ねぇ、これからの予定を聞いた？　今日の午前の予定だけど……そのぅ……本当にいいの？」

アディーリアは思い出したように話題を変えた。やはり心配そうである。

「ええ、もちろんです」

他の心配事はあるものの、これだけは全然気にしていなかったリシェルは、元気良く答えた。

「だって……惜しくはない？　ねぇ、オーガスタ」

「左様《さよう》でございますね……」

彼はそれ以上何も言わなかったが、深い緑色の瞳に複雑そうな色を浮かべてリシェルを見つめた。しかしリシェルは常と変わりがない。

「ちっとも。私もどうにかしたいって思っていたところなんで」

「……本当にごめんね？」

「全然……ていうか髪切るの、楽しみです！　どんな具合になるのかしら？」

＊

その日の午後。

アレクシオンが白薔薇宮を訪れるのは三日ぶりだった。アロウ侯爵と共に、この宮にリシェルを送り届けて以来である。侯爵の方は一日に一度顔を出して、女王や側近達と打ち合わせをしている様子だったが、アレクシオンの方には今日いきなり呼び出されるまでなんの音沙汰もなかった。

彼としては、今回の件で初めて国家機密というものに触れたのでそれなりに心構えをしていたのに、なんだか除《の》け者にされたような、とにかく非常に不愉快な気分だった。ダーレ滞在中は侯爵に散々驚かされ、自分なりに我慢もしたのに、その後は成り行きすら知らされないこの理不尽さ。

——俺は信用されていないのか？

アレクシオンは大層不満だった。

まさか、老アロウ一人で事を進めている訳ではあるまいが、白薔薇宮に詰める側近達のうち、どこまでがリシェルの件について把握しているのかわからない。そのため適当な人間に目星をつけて尋ねることもできないでいる。軍を退役し、政治向きのことを始めて間もない彼には、王宮に特別親しい人物はいない。目下の上司であるアロウ老侯爵は何かと理由をつけて彼と会おうとしなかったし——意図的であることは間違いない――息子の自由を奪ってさっさと引退した父親には自分の方が会いたくないしで、この三日間、アレクシオンは悶々《もんもん》と日々を過ごしていた。それに――

――あいつは一体どうなっているんだ？

自分が連れてきたのだから、その後の彼女の様子を気にしたっておかしくはないはずだ。彼はそう考えて自分を納得させる。今日ようやく呼び出されたのは彼女に関係することだろう。やっと知ることができるのだ――知ってどうなるものでもないが。

そういう訳でこの日、アレクシオンはかなり複雑な面持ちで、女王の私邸である白薔薇宮の客間に立っていた。しかし呼ばれて参上したものの、誰に面会をすればいいのか聞かされていない。この宮に呼ばれたのだから相手は女王アディーリアなのかとも思うが、侯爵である可能性もある。

さらに訳がわからないことに、彼自身、この宮に入ってからどうにも落ち着かないのだ。ホールでも階段でも、視線が何かを探してあちこち彷徨《さまよ》う。廊下の角や柱の陰に、黒い頭をした小さな姿が見えないかとでもいうように。それはこの部屋に入ってからさらに酷《ひど》くなった。

チチチ……

鳥の声がする。天井まである大きな窓の外には、優しい午後の陽《ひ》と色づいた木々があった。今日がこの秋最後の暖かな日になるかもしれない。やや曇ってはいるが、穏やかな昼下がりだった。

——それにしても待たせるな。一体どうなっているんだ。

無性にいらいらする。「待て」は昔から苦手だった。訓練だから、仕事だからと思えば辛抱強く待ちもするが、こんな訳のわからない待ちの態勢は精神衛生上、大変よろしくない。

アレクシオンはじっと椅子に座っていられず、無意識に扉の方へ歩きかける。

すると突然、目の前の扉が開いた。

「っ！」

「ここですか？　ねぇ……あれ？」

後ろを振り返りながら入ってきた人物が首を傾《かし》げながらこちらを向く。その時、アレクシオンの心臓が大きく跳ね上がった。

＊

「きゃー！　しっ失礼しました。今私、エロルさんにこの部屋で待つように言われて……まさか、人がいらっしゃるとは……え？」

真正面に立つアレクシオンに気付いて、リシェルは部屋を間違えたかと焦り一歩下がろうとする。が、靴音も高くつかつかと近づいてくる男の表情が酷《ひど》く険しいのを認めて思わず身を竦《すく》めた。後ろでバタンと扉が閉まる。

——わぁあああ……な、なんでしょうか？　ワタシ何かしましたかね？

両肩に掛けられる、がっしりとした重み。

「わわ！」

「お前……髪！　髪は!?」

「は？」

恐ろしい眼で真上から見下ろされて、何を言われるのかと思えば——

リシェルは言葉の意味すら理解できずに目を見張った。

「カ、カミ？」

——なんですか、この状況は!?

身を捩《よじ》ろうにも、がっつり肩を掴まれて身動きができない。

「切られたのか？　誰に？　どうして？」

たたみ掛けられ、リシェルはひたすら狼狽《ろうばい》する。

「誰にやられた？　いつ？　なぜ？」

「はへ？　やられ……って……ああ、もしかして髪の毛のことですか？　切ったんですよ？」

そこでようやく、午前中に切ってもらった髪のことだとリシェルは理解した。

朝食後、すぐに女王専属の美容師がやってきて、腰まであった長い巻き毛を背中の中ほどまでにカットしてくれた。ついでにかなり梳《す》いてもらい一気に頭が軽くなったリシェルは、大変ご機嫌だった。これで髪を高く結《ゆ》い上げることもできる。今までは重くてできなかったのだ。なのに――

――なんですか？　なんでこんなに怒っているの？　この人。って、ええぇ～！　触ってるし！

アレクシオンは茫然《ぼうぜん》とした表情で、短くなったリシェルの髪を両手で掬《すく》い上げている。

「無理やり切らされたのか？」

そのまま大きな両手で頭を挟み込まれ、親指で顎《あご》をぐいと持ち上げられる。続いて砂色の瞳に顔を覗《のぞ》き込まれ、リシェルはさらに焦った。

――ひゃああ！　近い、ちかい、ちか～い！

「あああああの？　は、伯爵様？」

「言え！　誰に切られた？　こんな……」

「誰にって……別に無理やり切られた訳では。だって私の髪って多いし長いしで、陛下のように結《ゆ》い上げられないから！　それで……」

「……」

「あの……伯爵様、スミマセンが放してください。痛いです」

「え？　わあ！」

自分が何をしているのか気付き、アレクシオンは慌ててリシェルを放す。目の前を遮《さえぎ》っていたものがなくなり、正面から光を浴びたリシェルの瞳が真っ青に染まる。

「う……」

「伯爵様？　どうされました？」

「い、いや……すまん。いや、ごめん。驚かせたな」

いつも厳しい彼が、一瞬慄《おのの》いたように見えて、リシェルは先ほどの詰問《きつもん》よりもそんな彼の方が気になった。また、彼が案外素直に謝ったことにも。

「ええと……びっくりしただけです。それより、私の髪がどうかしましたか？」

「いや別に……どうもしない。少し驚いただけだ。印象が随分違って見えたから……」

大柄な青年はしきりに首を振っていた。

「ああ、そうでしたか。かなり切っちゃいましたからねー」

リシェルは楽しそうに短くなった巻き毛を揺らした。

「そんなに変ですか？　皆似合うと言ってくれたんですけど」

微妙な目つきで再び見つめられてリシェルは居心地が悪くなってきた。もともとこの人物には好印象を持たれていなかったことを思い出す。

「……似合ってないとは言ってない。本当にびっくりしただけだ。……無理やり切らされたんじゃないんだな。てっきり大事にしていた髪かと思って……」

「はぁ、違うんです。でも、気にしていただいてありがとうございます。確かに少しだけもったいない気はしましたけど」

手術のために剃髪《ていはつ》するアディーリアに比べたらなんでもない。リシェルはそう思っていた。

「ではお前は、本気で身代わりを引き受けると言うのか。アディの話を聞いたんだろう？」

リシェルが答える前に背後の扉が再び開いた。二人は同時に振り返る。

「おや、これはこれは伯爵閣下。随分お早いお越しで。ごきげんよう、リシェル姫。ほうほぅ……これはまた一段と可愛らしく仕上がりましたね。どうですかな、伯爵、そうは思われませんか？」

老侯爵はいつものように晴れやかな笑顔と共に、ひょこひょこと部屋に入ってきた。

その侯爵の後ろからオーガスタが入ってきて、静かに扉を閉める。彼もいつものように目礼《もくれい》をしてから、リシェルに優しく微笑《ほほえ》む。その瞳には、やはり控えめながらも称賛の色が浮かんでいた。

「ありがとうございます、侯爵様。先ほど陛下の美容師さんに整えていただきましたの」

リシェルは、スカートをつまんで小腰《こごし》を屈《かが》めるという、覚えたての貴婦人の礼を返して微笑んだ。艶《つや》やかな黒髪が黄色のワンピースによく映えている。襟《えり》は詰まっているが、彼女の体の線をさりげなく引き立てており、程よく広がった裾《すそ》が上品なデザインだった。

「ふぅ～む、ふむふむ」

老アロウは腰に手を当てながら愉快そうにリシェルの周りを歩き回った。彼が歩くたびに長い髭《ひげ》がぴょこぴょこ跳ねるのがおかしい。

「侯爵様？」

「いやいやいや、こぉれは失礼。あのですね、実は今、手前味噌《てまえみそ》ながら自分の目の確かさに驚いていたところでして。まったく、よく似ておいでだ。これなら女王陛下と並んでも見分けはつかないなぁ。ねぇ、オーガスタ？」

侯爵は壁際に控えていた温厚そうな青年に同意を求める。

「はい。私も今そのように感じておりました。さすがはアロウ侯爵様でございます」

大げさにならない程度に長身を折り、オーガスタも頷《うなず》く。その顔は変わらず微笑んでいた。

「ありがとうございます。自分ではよくわかりませんが……それにまだこれで終わりではなくて、私の方が陛下より少し背が低いので、今より踵《かかと》の高い靴を履いて。あと、服の下にコ……いえ矯正具《きょうせいぐ》もつけなくてはならないんです。どちらもあまり好きではないのですけど、少しずつ慣れていかないと……」

さすがに男性の前で胸の大きさを補正するコルセットとは言えず、別の言葉でごまかした。侯爵は心得たように頷く。

「ははぁ……それはそれは、ご不便をおかけしますなぁ。誠に申し訳ない。ですが、今のままでも遠目にはわかりますまい。いや、結構結構」

侯爵が満足そうに言うと、皆仲良く笑い合った——一人を除いて。

「どこが結構ですか。ちっとも似ていない。髪型を変えただけではないですか？　こんなものすぐにばれますよ」

「おや伯爵、いたんだっけ？」

背後から響く地を這うような低い声に、老人はけろりとした様子で振り向いた。

「……貴方《あなた》が呼び出したんじゃないんですか？」

穏やかな秋の午後にもかかわらず、アレクシオンの周囲だけ氷河期である。

「ああ、そうだったっけ？　いやいやそうそう、そうだった。失敬失敬。いやね、リシェル姫と陛下が並ぶご様子をね、見てもらいたいと思って……陛下とあんたは一応幼馴染《おさななじみ》なんだし」

「一応ではなく、アディと俺は本当の幼馴染です。何も知らない子ども時分の俺を、無理やり王宮に入れたのはあんたと親父じゃないですか。おかげで俺はものすごい苦労を……」

アレクシオンは不機嫌そうに文句を言った。

――へぇ～、そうだったんだ。アディとこの人って幼馴染だったんだ。初めて聞いた。なるほど、だから身代わりの私に意地悪なんだわ。

どす黒いオーラを発するアレクシオンを呑気に見つめながら、リシェルは妙に納得した。

侯爵は飄々《ひょうひょう》と続ける。

「……ああ、そうだっけ。そう言えばあんたはクソ生意気なチビだったよねぇ。語学の教授に借りた辞書を燃やして腸詰めを焼いたりしてたっけ？　懐かしいねぇ。まぁそれはともかくとして、そんな幼馴染のあんただから来てもらったんだよ。ご覧、少し手を加えただけでリシェル姫と陛下は瓜二つになっただろう？　元々お従姉妹《いとこ》同士で似てはいたけれど、シシィは腕のいい美容師だからねぇ。まったくいい仕事だよねぇ」

「俺には全然違うように見えます。幼馴染の俺が言うんだから間違いありません」

アレクシオンはきっぱりと断定した。その様子を侯爵は哀れなものを見るような眼で見て言う。

「伯爵、あんたねぇ……少しは自分の尺度が人よりおかしいことを自覚しなさいよ？」

「それは聞き捨てなりませんな。俺のどこがおかしいと言うんです？　そんなことをおっしゃるんなら、なんでわざわざ呼び出してまで聞くんですか」

「私も今それを考えていたところですよ。もしかしてあんたを呼んだ私が馬鹿だったんじゃないかとねぇ……それじゃあ聞くが、あんたはこのお二人の、どこが似ていないというんだね？　伯爵」

侯爵は急に背筋を伸ばして、真正面からアレクシオンを見据《みす》えて問うた。さすがに海千山千《うみせんやません》の元政治家だけあって、小柄なくせにこういう時だけは威厳を発揮する。リシェルは感心しながら老侯爵を見つめた。対するアレクシオンは少し怯《ひる》んだように見える。

二人の遠慮のないやり取りに、リシェルはただはらはらするばかりだ。

「どこって、それは……確かに言われてみれば、髪の色や顔立ちなんかは似ている気がするが……体型の細かい部分なんかはあまり似ていない。それに持ってる雰囲気が明らかに……」

先ほどまで威勢の良かった彼の語調が、急に弱々しくなったのは気のせいか。

「ふぅ～ん、体型と言われるか？　なぁ～るほど。シテ、たとえばどこが？」

突然、二人の男性に視線を向けられ、リシェルの背筋に緊張が走った。

「どこがって……その……」

アレクシオンはさも嫌そうに彼女を眺めていたが、その視線が首から下に下がった途端、慌てて眼を逸《そ》らしてしまった。

「う……」

「は？」

「いや……か、体つきとか」

もごもごと答えるアレクシオン。

「やれやれ、これでは話にならんわ。これだからこの男は……」

老人はわざとらしく言葉を濁《にご》した。

「……どういう意味ですかな、それは。ご老人」

「いいえ、なんでも。ああ、ああ、わかっています。私にはわかっていますとも。あんたが思うよりも色々とね。まぁこんな石頭はおいといて。リシェル姫？　今日皆に集まっていただきましたのは、今後のことを少し打ち合わせておこうと思いまして。残念ながらこの朴念仁《ぼくねんじん》も一緒にね。おや、ちょうど良いところに陛下も見えられたようだ」

小さなノックの音と共に扉が開く。

「まぁ賑《にぎ》やかね」

若々しい声にリシェルがそちらを見ると、恭《うやうや》しく腰を折るオーガスタの前に、エロルを伴《ともな》った聖女王アディーリアが立っていた。

扉が開く瞬間は、幕が上がる時と似ている、とリシェルは感じている。それは場面の主役が代わる合図。今日はこれで何度目だろうか？　まったく忙しい日だ。幕間も無しにくるくる変わる展開。新たな登場人物を加えて、次の場では何が起こるのだろう。

一同は現れた君主に揃《そろ》って辞儀をした。これで先ほどまでの妙な雰囲気も少しは変わるかもしれない。リシェルは頭を下げながらほっとする。皆がゆっくりと頭を上げる中、一応庶民であるリシェルは一番最後に頭を上げた。にこやかなアディーリアと目が合う。

「こんにちは、皆さん。なんだか空気が妙な気もするけど」

「御意《ぎょい》」

老アロウは笑いを噛み殺している。

オーガスタは、部屋の中央に置かれた応接セットに皆を誘《いざな》った。女王が一番奥の椅子に優雅に腰を下ろすと、その向かいの椅子には侯爵が、そして横の二人掛けの長椅子にリシェルとアレクシオンが座る。彼らが腰を落ち着けるとオーガスタとエロルは茶の支度を始め、ほどなく香り高い茶と菓子が皆に給仕された。

「さて、これで皆揃った。陛下、よろしいですかな？」

どうやらこの場を仕切るのはアロウ侯らしい。女王も頷《うなず》いた。

「ええ、第一回目関係者打ち合わせってことね。わくわくするなぁ」

「アディ。これは遊びじゃないんだ」

相変わらず不機嫌の権化《ごんげ》のようなアレクシオンだったが、女王を愛称で呼んだり、敬語を使わないところを見ると、二人は本当に気が置けない間柄らしい。

――わぁ……なんかすごい。それによく見たらこのお二人、すごくお似合いだ。なんかこう、やっぱりお貴族様っていうか、まとっている雰囲気が同じだよ。私がこれから一カ月間どんなに頑張ったって、所詮は付け焼き刃でしかないんだろうなぁ。この恐い男の人はそのことを察して、ドシロウトの私に身の程を教えてくれてるんだろう。

「……お前にとってもそうなんだぞ」

低い声が自分の方にも飛んできて、リシェルは、はっと眼の焦点を合わせた。いつの間にかぼんやり二人を見比べていたようだ。

「はっ、はい！　って、はい？」

「まったく、何をへらへらしているのだか……お前はどう考えているか知らんが、これはヘタをすると国の威信にかかわる大問題なんだぞ。お前のような小娘に国の命運がかかっている。危険だってある。従姉妹《いとこ》同士だとか、そっくりだとか騒ぐ前に、貴方《あなた》がたはこのことをしっかり考えたのか？」

砂色の瞳が、リシェルから侯爵、二人の近習《きんじゅ》へと巡らされ、最後に女王へと向けられる。

「考えたよ」

アレクシオンの威圧的な口調にも全く動じず、老人は応じる。

「あんたに言われるまでもない。私だって伊達に長年政治家やってたんじゃないんだよ。確かにリシェル姫の身に何事も起きないという保証はない。それを知った上で言っているんだ。君主の不在は重大な危機を齎《もたら》すものだとね。伯爵だってわかっているだろうに、この国の君主は国家元首というより、宗教的な意味合いの強い存在だろ。リシェル姫、あのね？」

老人は珍しく辛辣《しんらつ》な調子で青年に言葉を返していたが、唐突にリシェルに声をかけた。

「はい？」

「貴女《あなた》にも少し説明をしておきましょうね。今日はそのための集まりでもあるのだから」

「はい」

侯爵はお茶を一口啜《すす》った。

「……伝説ではね、この王宮のどこかにあらゆる病《やまい》を治す泉があって、その泉の最初の守り人がエイティス聖王家の祖先と言われているのです。そして、泉の伝説が廃《すた》れたあとも守り人の子孫達はその地を守り続け、人々の尊敬を勝ち得たとね。有名な伝説だから、隣国で暮らしていた貴女も聞いたことがあるかもしれない。いかにもお伽話《とぎばなし》でしょう？　けれど、伝説はともかく、王家がこの数百年、聖地と言われる場所と民を守り続けたのは事実なんですよ」

「そのお話は聞いたことがある気がします。聖王家はエイティスの守護神だって……」

「ええ。そうでしょう？」

老人はいつになく真面目な様子で、リシェルに語った。

一同は口を挟むことなく老人の話に耳を傾ける。アレクシオンでさえ、腕を組んだまままぎゅっと口を引き結んでいた。精悍《せいかん》な横顔は何かをじっと考え込んでいるようだ。

「なのに、ここ何代か王家を継《つ》いだ男子は早世しておりまして。たった五十年の間に何度も代替わりしているのです。原因は主に病気や事故なので怪しいことは何もない。しかし人々の口に戸は立てられない。聖王家の血が呪われているだの、王家の力が弱まっているから国境が脅《おびや》かされるんだだの、他にももっと悪意に満ちた噂を流す輩《やから》もいて、民の不安を煽《あお》っている。多くは外国人ですが」

侯爵の言葉に女王は大きく頷《うなず》いて、説明を引き継ぐ。

「ええ、そうなの。だから、私が今ここで重篤《じゅうとく》な病《やまい》にかかったと国民に知られる訳にはいかないの。絶対に治る病気なのに、聖王家は男子だけでなく女子も呪われているなどと言い立てられて騒ぎになるかもしれない。我が国はダレルノを含め、七つの国と国境を接していて、東の国境からは不法に入ってくる移民も増えている。君主の不在に乗じて何か仕掛けてくる『火付け』の者達も出てくるかもしれない。これ以上、国内に不安の種を蒔《ま》く訳にはいかないのよ。私はだから、常に健康でいて皆を祝福し続けなくてはいけないの……わかる？　リシェル」

「わかります。アディーリアは皆を守りたいんですね」

「格好よく言えばね」

「格好いいですよ」

それは心からの賞賛だった。

ダレルノを出てわずか数日だというのに、今まで考えもしなかったことを一生懸命に考えている自分がいる。今まで考えることと言えば、毎日の生活と芝居のことだけ。一番気になることは、次の舞台の配役。それさえも性格上、自ら奪いに行くということはしない。奪うの、奪われるのという競争とは無縁な気性だったので、伯父や仲間と穏やかに語り合って、毎日が楽しく充実していればそれで良かった。それ以外の世界があるなんて考えもしなかったのだ。

なのに今は、どうすればアディーリアのように落ち着いて振る舞えるのかとか、女王の自覚とは何なのかだとか、そんなことで頭がいっぱいだ。

「でもね……」

ふと、アディーリアが小さな声で言った。

「本音を言うとね、私は死にたくないだけなの。国のことを放ったらかして身代わりを立ててでも、病《やまい》を治したいのよ。だって一つしかない自分の体なんだから……リシェルに身代わりをお願いしたのは、そんな大変傍迷惑《はためいわく》かつ、利己的な理由からなの……って言ったらどうする?」

「それでも格好いいですよ。アディは逃げていないです」

女王の言葉は嘘ではないのだろう。国のことも大事だが、自分の命だって大事だ。

ちょっとだけ休んで健康を取り戻せるなら、そうした方がいいに決まっている。誰だってそうだ。だから、リシェルの言葉にも嘘はない。

「だが現実から眼を逸《そ》らしてはいけないだろうに。本当に危険がない訳じゃないんだ。一国の君主というのは、人々に敬《うやま》われるだけの存在ではない。光の隣には常に闇がある。暗殺や誘拐の可能性がない訳ではない。お前はそれを理解しているか？　それでもこの役目を引き受けると言うのか？」

自分の君主を愛称で呼ぶ男は、リシェルに対しても容赦《ようしゃ》のない口ぶりであるが、その瞳は極めて真摯《しんし》なものである。容姿に難癖《なんくせ》をつけようとしていた先ほどまでとは全く様子が異なっていた。

——冷たいばかりではないんだわ、この人。

髪の件だって、無理やり切らされたんじゃないかと心配してくれていたみたいだったし。

リシェルは彼に向かってしっかりと頷《うなず》く。

「——はい、でも」

「だからアレックス、貴方《あなた》をリリの傍《そば》に置くのよ」

アディーリアが正面を切って言った。青年の頬が強張《こわば》り、リシェルもはっと青年を見つめる。

「なんだって!?」

「貴方《あなた》はリリを守るの。これから常に」

「俺――俺が？」

「アレックス、貴方にはこれまでいろんなことをお願いしてきたけれど、今回もぜひ頼まれてほしいの。お願い、私の大事な従妹《いとこ》を守って」

「……」

「軍で重用されていた貴方を、貴方のお父上にお願いして突然王都に呼び戻したのは私です。さぞ嫌だったろうに、貴方はそれに応じてくれた。政治を学び、外交に出向き、必要な時には私の恋人役さえ引き受けてくれる。私は心から感謝しているのよ」

「アディ……だが俺は」

「……え？　恋人役って？　あれ？　お二人は恋人同士ではないのですか？」

流れをぶった切る頓狂《とんきょう》な声に、全員がリシェルに注目した。アディーリアもアロウ侯爵もアレクシオンも、少し離れたところではオーガスタやエロルまでも。その中でも一番不機嫌そうな視線は言わずもがな。リシェルは焦った。

「あのう……違うんですか？　とってもお似合いだから私はてっきり……」

「違う」

思い切り不本意そうな声。

「そぉねぇ。残念ながら違うわねぇ。ねぇアレックス？」

アディーリアも困ったように苦笑した。

「そう言えば、別にくっついても良さそうなんですけどもね、お二人は。年齢も、ご身分も不釣り合いではないし。今までそうならなかったのはなぜでしょうなぁ？」

一気に緊張が緩《ゆる》んだせいか、いつもの飄々《ひょうひょう》とした物腰に戻った侯爵は、笑いながら二人の若い男女を見比べた。そんな理由など、とっくの昔に見透《みす》かしていると言わんばかりの顔つきだ。

「お互いを知りすぎているからよ。多分」

「なるほど、お二人はよく似ていらっしゃるからねぇ。勇敢で合理的なところとか……あと頑固なところも……こりゃ失礼」

「あ……スミマセン、私変なこと言ってしまって」

横に座る青年の方をなるべく見ないようにして、リシェルもぺこぺこ謝った。

「いいのよ。でも、恋人同士じゃなくてもアレックスは私をエスコートすることがあるから、リシェルもダンスくらいは一緒に踊れるように練習しておいた方がいいかもね。

嫌だろうけど」

「え？　そうなんですか？」

「そうしなくちゃならない時もあるって意味だ。嫌だろうけどって……お前嫌なのか？」

「嫌というより、経験がなくて……」

リシェルは少し赤くなりながら女王と青年を見比べた。

――ダンスか……そういうこともあるって頭に入れておかないと、いざって時に失敗しちゃう。

「まぁ、そんなにしょっちゅうある訳じゃないから、無理のない程度に練習しててね。それよりリリ、アロウ爺《じい》ややアレックスの言う通り、まったく危険がないとは言えない。それにいくら似ていたって、聡《さと》い人間なら別人だと気がつくかもしれないし……リシェル？」

「はい」

「ここまでの話を聞いたでしょ？　今ならまだ間に合う。髪まで切らせたあとでこんなことを聞くのは気が引けるけれど、どうする？　やめるって言ってもいいのよ。すべては我儘《わがまま》を言った私のせいなんだもの。私はラウリアス叔父様の娘である貴女《あなた》に会えただけでも十分嬉しかったのだから」

アディーリアは美しい微笑《ほほえ》みを浮かべてリシェルを見つめた。リシェルも背筋を伸ばし、この高貴な年上の従姉《いとこ》を見つめ返した。

「いいえ――いいえ、アディーリア。決めたんです。私、やります。危険なんてどんと来いです」

ゆっくりと首を巡らせ、リシェルは一同を見渡した。戸惑うことも多いが、先日アディーリアの気持ちを聞いた時から、彼女の心は決まっている。

その瞳が正面の窓の光を拾った刹那《せつな》、鮮やかな藍色《あいいろ》の光が瞬《またた》いた。女王の顔がぱっと輝く。侯爵は微笑みながら何度も頷《うなず》き、オーガスタは胸に手を当てて小さく頭を下げている。その横でエロルも茶器を持ったまま目を見張っていた。そして、アレクシオンは――

言葉もなく、吸い寄せられるようにリシェルを見つめていた。

リシェルは気恥ずかしくなって、「でも」と肩を竦《すく》める。

「……これから色々教えてもらわなくちゃいけないですけど」

「ご立派です、リシェル姫」

侯爵は軽く拍手を返して言った。

「勇気ある姫君に心からの感謝と喝采《かっさい》を。我々も全力でご支援いたします」

「……アレックスはどうなの？　リリのこの決意を聞いて、貴方《あなた》は私の大切な従妹《いとこ》を守ってくれる気になったかしら？」

青年は女王の言葉にはっと頬を引き締めて、リシェルを見つめた。その瞳は今はびろうどのような黒に戻っている。

「ああ……引き受けた。いや、お引き受けいたします。我が女王陛下」

アレクシオンは二人の娘に向かって頭を下げた。

第五場　王宮にて

リシェルが女王の私邸である白薔薇宮で起居を始めて早や五日。

アディーリアの仕草や姿勢、話し方、歩き方などを観察して自分のものとするため、その常に一緒に行動している。女王と離れるのは彼女の公務の時と眠る時ぐらいだが、その眠る時でさえ彼女の寝室の隣に部屋を用意してもらい、集中が途切れないようにしていた——聖女王になりきるために。その甲斐あってか、普段の仕草や態度などは、女官長エロルも感心するくらいアディーリアに近くなっているらしい。

本業の女優をやっている時でさえ、こんなに真剣に役作りをしたことはない。そのためリシェルにとって、この経験は新鮮かつ貴重なものであった。

「リリったら眼が怖いわ」

「今の私は厳格な観察者ですから。諦めてくださいアディ」

「はいはい」

「あ！　そこ！」

「え？　どこ？」

「今ご自分で外套《がいとう》を羽織りましたよね？　後ろから着せかけてもらうのではなくて、自分で着ることもあるのですか？」

「結構あるけど？」

「じゃあもう一度」

「え？」

「アディが外套を自分で着る時の癖を見たいんです。はい、もう一度！」

「ええ〜、私そんな癖なんてないわよぅ」

こんなやり取りが一日に何度も繰り返される。

女王が公務に向かえばそれも一旦休止されるが、その間はリシェルの勉強時間である。

王族としての教養を身につけなければならない。

生国《しょうごく》で八年間の義務教育を修めたリシェルだが、それ以降はほとんどの民衆と同じように進学はせず、そのまま伯父の劇団に入ってしまったため、高度な教養はほとんどない。幼いころから本を読むのは好きだったが、それは学問書などではなく、女優として役に立ちそうな物語ばかりだった。

——ほんとお気楽に考えてたわよねぇ、私って。だから今、こんなに大変なのかも。

『エイティス国正史』と書かれた分厚い本をつくづく眺めて、リシェルはため息をついた。

歴史は嫌いではないのだが、どちらかというと逸話や伝説といったものが好きだった彼女にとって、時系列に沿って淡々と事実を綴《つづ》った正史の硬い文面はなかなか頭に入ってこない。

——こんなんじゃだめだよね。

来週からはアディーリアの公務にも女官の一人として付き添う予定である。

影武者《かげむしゃ》が本来活躍するのは公《おおやけ》の場なのだから、早々にそちらに集中しなければならない。必然的に勉強の時間はさらに短くなるはずである。そのため、今週のうちに必要最低限の知識を詰め込まなくてはならなかった。

「ご精が出ますね。少し休憩されてはいかがですか？」

控えめなノックのあと、女官のイビサと共に、午前のお茶の用意をしにやってきたオーガスタが、眉間に皺《しわ》を寄せていたリシェルを見て気遣わしげに言った。それは儀礼的な言葉ではなく、本当に心配して言ってくれているものだとわかる。

なぜならリシェルに歴史を教授するのは、他でもないこのオーガスタなのだ。今日もこれから休憩したあと、彼の前で昨日読み進めた分について見解を述べることになっている。

彼はリシェルがこういった授業に苦労することを見抜いていたらしい。先日、できるだけ易しい言葉で書かれた歴史書を用意してくれた時も、「お気に召《め》さないと思いますが」とすまなそうにしていた。

「ありがとうございます。なかなか頭に入らなくて……すみません」

「そんなことはおっしゃらないでください。こちらこそ申し訳ありません。お若い姫君に歴史だなんて灰色の学問だと思うのですが……それでも王族にとって一番大事な教養は歴史だと申しますので……ああ、それにそこは」

オーガスタは、リシェルがやっとのことで半分ほど読み進めた頁《ページ》を見て笑った。

「はい？」

「今リシェル様が読んでおられるのは、割合平和な、と申しますか、戦《いくさ》のなかった時代のあたりですね。こう申してはなんですけれど、歴史を学ぶ者にとって興味深いのは動乱期ですから」

「そうなんです。エイティス建国のあたりの章はとっても面白かったんです」

リシェルはイビサから渡されたお茶に口を付ける。お茶は熱くて濃く、疲れた頭に染みた。

「そうでしょうとも。でも、たった数日でほぼ近代まで読み進められたリシェル様の熱心さには敬服いたしますよ。なかなかこのようにはいきません」

「でも、しっかり覚え切れていませんよ。このあと、お聞きになるのでしょ？　きっと笑われるか怒られるかしてしまいます」

リシェルは開かれた頁《ページ》に視線を落とし、ついでに肩まで落とす。それを見て、オーガスタが焼き菓子の皿を差し出した。顔を上げると穏やかに細めた緑の眼がある。

「怒ったりなぞいたしません。それに間違われても構いません。間違った箇所は私が改めてお教えします。そうやってやり取りしていくうちに覚えることもありますし、何より楽しくなくては、勉強は捗《はかど》りません。さぁ、少し休憩いたしましょうか。このお菓子は、リシェル様を励まそうとさっきイビサが焼いたのですよ。温かいうちにどうぞ召《め》し上がってください」

「あ、いただきます……わぁ！　美味《おい》しい、焼き立てね。イビサはお菓子を作るのが上手なのね」

「ありがとうございます。焼き菓子は特に得意なんです」

濃い鳶色《とびいろ》の髪をした女官のイビサは嬉しそうに言った。

「昼食前にどうかと思ったのですが、お勉強とは疲れるものだと伺《うかが》ったので。疲れた時には甘いものを、と言いますでしょう？」

「ホント、そうね」

リシェルはつくづくと同意する。イビサの優しさが舌とお腹に染みた。

そのあと、リシェルがつっかえながらも近代までのエイティスの歴史について見解を述べると、オーガスタは大変よくできましたと評価してくれた。

「そぉですかぁ？」

きっと間違いだらけなのを隠して慰《なぐさ》めてくれているんだと素直に喜べないリシェルに対し、彼は珍しく断固とした口調で言った。

「私はお世辞は言いません。侍従《じじゅう》としては、三流かもしれませんが」

「そうなんですか？　侍従のお仕事のことはよくわからないんですけれど、オーガスタさ……オーガスタは優しいと思います。それにお世辞じゃないのならとても嬉しいです。ありがとうございます。次はもっとしっかり理解できるよう、ご本を読み込んでおきますね」

「ご立派でございます」

力強い眼差《まなざ》しで分厚い本を見つめるリシェルを、オーガスタは好ましそうに見て言う。

「リシェル様は本当に素直にお育ちになったのですね。お育てになられたご両親様や伯父上様のお人柄がうかがわれます」

「えへへ……そうですか？」

「そうですとも。さ、朝からつまらない予定をこなしていただきましたから、午後からは少し体を動かしてみましょうか？」

「何をするのですか？」

期待半分、不安半分でリシェルが尋ねると、心配ないと言うようにオーガスタが頷《うなず》く。

「舞踏《ぶとう》。つまりダンスです。外交の場では舞踏会が催《もよお》されることが多いのです。陛下は大変御上手な踊り手ですので、よく外国の方々から申し込まれるのですよ。リシェル様はダンスのご経験は？」

「以前、お芝居で王宮の物語をやった時に、端役《はやく》でちょっとだけ。円舞の基礎は習いました。あとは学校に通っていた頃にパーティで同級生と踊ったくらいかな……でもそれだけで」

やっぱりアディーリアは何をやっても上手なんだ、とリシェルは感心した。だが、もう落ち込むつもりはなかった。へたくそならば教えてもらって、少しでも上手になればいい。

そんなリシェルを見て、オーガスタも頷く。

「それで十分ですとも。では昼食後、私と少々練習をしてみましょう。サザビーの弦楽器《げんがっき》の腕はなかなかのものですよ」

「へぇえ」

サザビーというのは、リシェルが白薔薇宮にやってきた時、オーガスタと共に会った年配の侍従《じじゅう》の名である。

それから再び授業を受けたあとで、リシェルが軽い昼食を済ませると、オーガスタが二階のホールに彼女を案内する。やがて、イビサに呼ばれたサザビーが楽器を携《たずさ》えてやってきた。

「失礼いたします」

彼が部屋に入ってきた時、リシェルとオーガスタは基本的なステップの確認をしているところだった。リシェルはオーガスタの肩に手を乗せていたが、身長差があるため少し苦しい体勢だ。おまけに足元が気になって俯《うつむ》き加減になってしまう。そんなリシェルを安心させるように、オーガスタはゆっくりとステップを踏んでいた。

「はい、結構です。前の先生が良かったのですね。基礎はしっかりできています。これなら上達はお早いでしょう。ではサザビー、早速ですがお願いします」

「畏《かしこ》まりました」

「リシェル様、いいですか？」

「……はい」

サザビーは壁際で楽器を構える。奏《かな》で始めたのは代表的な円舞曲だ。オーガスタのリードでリシェルはゆっくりと踊り始める。そのステップは自分でもそうとわかるくらいぎくしゃくしていた。

「リシェル様、少し力を抜いて……」

「はい！　そ、そのつもりなんですが……うっかりすると指が滑り落ちそうで」

「ああ、すみません。少々身長差がありすぎますね……私はシュトレーゼル伯爵様と背の高さがほぼ同じなので、練習相手にいいと思ったのですが。踵《かかと》の高いお靴にすれば良かったですね」

「いいえ、そうするともっと足元が覚束《おぼつか》なくなりますから、最初はこれでいいです。もうちょっと慣れてから靴を履き替えたいです」

「やはり姫は努力家ですね……あ、そこはもう少し大きく右足を出して……そう、そうすれば優雅にターンすることができます」

「あ、はい……次ですね。右足を……こうですか」

「そうそう、お上手です。次は回転です。私に体を預けて……」

オーガスタはくるりとリシェルの体を回した。続いて優しく体を引き寄せられるが、全く危なげない動きだ。彼が相当優秀な踊り手だということがよくわかる。

「お顔が赤いですよ。お疲れに？」

問われてリシェルは躊躇《ためら》いながら口を開く。

「いえ……そのぅ……ちょっと恥ずかしくて」

——男の人とこんなに近いのは、初めてなんだもの。

リシェルはそう思ったが、すぐにごく最近、自分の目の前に迫ってきた男の顔を思い出した。

意志の強い瞳と、傲慢《ごうまん》そうな削《そ》げた顎《あご》を持った男の顔を。

ドキン。

「どうしました？　リシェル様、ますますほっぺが赤くおなりに……」

「……いえ、なんでも……」

心配そうに覗《のぞ》き込んでくるオーガスタから顔を背けて、体を捩《よじ》る。ただでさえぎこちない足運びがますます疎《おろそ》かになってしまう。

「リシェル様？　そんな風にされてはパートナーが困ってしまいます。もし顔を合わせるのがお恥ずかしいのであれば、私の喉《のど》の辺りをご覧になってくださいませ」

「は……はい」

——な、情けな……

オーガスタが困っている。覚悟を決めたはずなのになかなか体がついていかない。リシェルは自分を叱咤《しった》しておずおずと顎《あご》を上げた。男性にしてはすんなりと伸びた首が目に入る。この辺りなら大丈夫だ。

無理に視線を合わせなくてもいいと言ってくれたオーガスタの気遣いが心に染みた。

「そう……それでいいですよ。ずっと見つめ合っているのはいくらなんでも、という踊り手もいらっしゃいますから」

「そうなんですか？　すみません、慣れたらもう少し上手になると思うのですが……」

「全くなってない」

「え⁉」

　不意に楽器が鳴り止んだ。

　アレクシオンがいつの間にか部屋の隅《すみ》に立っている。その横でイビサが肩を竦《すく》めていた。

「伯爵様！」

　ついさっき脳裏に浮かんだ顔が、仏頂面《ぶっちょうづら》で腕を組んでいる。不機嫌オーラを全身から放ちながら。

「おや、シュトレーゼル伯爵。ご公務は終わられましたか」

「ふん」

　丁寧な問いかけに、アレクシオンは鼻を鳴らして応じた。

「ちょうどようございました。リシェル様、このあとは伯爵様と踊ってみてください」

「……ええ？」

　突然の提案に驚くリシェルだったが、オーガスタはあっさり体を離した。

「女王陛下も、一緒に練習しておいた方がいいとおっしゃっていたでしょう。早いに越したことはないかと」

　──そんな急に……困ります、オーガスタさんってば！

前にアレクシオンから自分と踊るのが嫌かと尋ねられたことがあったが、嫌というより少々恐い。

そんな内心の葛藤《かっとう》はあったものの、それを押し隠してリシェルは頷《うなず》いた。

「はぁ……わかりました」

「伯爵様はよろしゅうございますか？　リシェル様にダンスのご教授をお願いしても」

「良かろう」

アレクシオンも面倒そうに応じた。

オーガスタは思いついたように言った。

「そうだ、イビサ？」

「すぐにシシィを呼んでもらえますか？　リシェル様に夜会のお支度をしていただきます」

「畏《かしこ》まりました」

「え？　でも今はまだお昼で……」

リシェルは正式な夜会服など着たことがない。今も襟《えり》の詰まった普段着で踊っていたのだ。

「すみません。お召《め》し物やお履物に慣れていただくいい機会かとも思いまして……伯爵様、少しお待ちになっていただけますか」

「仕方がない。だが、できるだけ早くしてくれ」

「承知しました。ではリシェル様、こちらに」


女王の専属美容師、シシィの腕は相当なものだ、とリシェルは思った。

別室へ連れていかれたリシェルは、わずか半時ののち、黒髪を後ろで結《ゆ》い上げ、華やかな夜の化粧を施《ほどこ》された姿で元の部屋に戻った。黒い巻き毛が引き立つようにとの配慮からか、ドレスは真珠色である。

——私は今、女王なのだ。

衣装と化粧は、小娘を何にでも生まれ変わらせる魔法だ。リシェルは女優としてそれをよく知っている。

——さぁ、お客を見据《みす》えて最初の一歩を！

リシェルはふわりと前に進んだ。イメージは聖王国の女王アディーリアではなく、ついこの間まで演じていた海の女王エローラン。衣装の色も流れるようなラインもあの時のものとよく似ていた。

「貴方《あなた》を待っています……」

リシェルは二人の青年にゆったりと微笑《ほほえ》みかけた。部屋の空気が一瞬止まる。

「……っ！」

「……え？」

「ああ、すみません。これ、お芝居の台詞《せりふ》なんです」

リシェルはそう言って、素《す》に戻って笑った。

「お前……これはお前のやってた芝居ではないんだぞ」

アレクシオンなぜか苦しそうに文句を言った。

「すみません、まだ夜会でのアディのイメージを掴んでいないので、エローランを代用したんです。決してふざけた訳ではなくて……」

「いえ……すばらしかったです、リシェル様、さすがです」

オーガスタは感《かん》に堪《た》えない様子で言った。

「目を奪われました。一瞬、神秘の女神が現れたように思いました」

その時、シシィが遅れて部屋に入ってきた。

「素晴らしくステキでございましょ？　陛下のお衣装をリシェル様用にお直しするのが間に合わないので、私の手持ちの衣装から適当に選んで補正いたしました。ですが大層よくお似合いでしょう？」

美容師は誇らしそうに言った。

「ええ、本当に……どうですか？　シュトレーゼル伯爵、これでも姫は陛下に似ておられないと？」

まるで自分の作品を自慢するかのようなオーガスタの声にも、アレクシオンはそっけなく頷《うなず》くだけだった。

「踊るのだろう？　さっさと始めるぞ」

ぶっきらぼうな言葉にもかかわらず、アレクシオンは扉の側《そば》に突っ立っているリシェルに大股で近づいてくると、意外にも優雅な所作で腰を折った。

「お手を」

「……はい」

この青年からこんな礼をされて一瞬驚いたが、これが男性がダンスを申し込む時の儀礼だということぐらいはリシェルにもわかった。教えられた通りに膝《ひざ》を折り、貴婦人の礼を返して彼の腕を取る。慣れない動きで、わずかに膝が震えたことに気付かれなかっただろうか？

アレクシオンの前でみっともない振る舞いはしたくない。自分を見下しているこの青年に少しでも認めさせたいと、柄にもなく負けん気が湧き上がってくる。

「ではお願いします」

オーガスタの合図を受け、サザビーが弦《げん》を奏《かな》でた。先ほどとは少々趣《おもむき》の違う、落ち着いた優雅な曲だった。これも有名な舞曲なのだろう。

アレクシオンは慣れた仕草で部屋の中央にリシェルを導き、もう一度礼をして彼女の手を取った。

正式な夜会服ということで、彼女は肘の上まである長手袋をしているが、アレクシオンの方は普段王宮に出入りする時の黒い服のままで、舞踏《ぶとう》用の礼装ではない。おまけにダンスの時は男性も手袋をするしきたりのはずだが、それもしていない。だから彼の手が腰に回された時、その大きさと熱さが薄い生地を通して伝わってきて、なぜだか不意にリシェルは怯《ひる》んだ。

「俯《うつむ》いていてはだめだ。お前は女王だろう、顔を上げろ」

「はい」

厳しい声に触発されて、リシェルはぱっと顔を上げた。

今度はオーガスタの時のように首筋を見るのではなく、男の顔に焦点を合わせる。途端に自分を冷たく見下ろす瞳と視線がぶつかった。だが、もう怯みはしない。いい加減、この青年の不躾《ぶしつけ》な態度にも慣れてきた。これで何度目の睨《にら》めっこだろうか？

アレクシオンの身長は、確かにオーガスタと同じくらいだが、彼の方が肩幅が広い。さっきより楽に相手の肩に手を置けるのは、少し高くなった踵《かかと》のおかげだろうか？　その分、今度は足元にも注意を払わないとすっ転びそうになる。

リシェルは自分のつま先がどこにあるのかを意識しつつ、背筋を伸ばしてアレクシオンの眉間の辺りを見ることにした。彼を押しやるように大きく前にステップを踏み出す。もう顔は下げられない。

ここは舞台なのだから。

＊

腕の中のリシェルがぐいと体を寄せてくる。

広く刳《く》れた襟《えり》から覗《のぞ》く胸の谷間とあどけない顔立ちの対比が、娘を酷《ひど》く煽情的《せんじょうてき》に見せた。

さっき、この部屋にリシェルが戻ってきた時、アレクシオンはあのダーレの夜が蘇《よみがえ》ったように感じたのだ。さして大きくもない舞台に立っていた海の女王。あの時と同じ白い服を着ている。なぜ髪を背に流していないのだろう。その方が彼女に相応《ふさわ》しいのに。

大きな眼は縁を筆でなぞられたのか、一層くっきりとしている。

アレクシオンは酷《ひど》く動揺している自分を感じていた。ろくに口もきけず、リシェルから視線を外すことにすら苦労したほどだ。

先ほどこの娘は、自らアディーリアを真似たのではないと言った。

やっぱり全然違うのだ。見た目はともかく、アレクシオンにとって二人の娘はちっとも重ならない。誰が何と言おうとも。

「……その調子だ」

戸惑いを押し殺してアレクシオンは何とか口を開いた。するとリシェルの唇が柔らかく緩《ゆる》み、言葉が漏れる。

「もっと褒めてくださいませ」

「ええ?」

——この娘……

なかなか強《したた》かだ。

「褒めてもらえるとやる気が出るのです」

「では、もっと体をくっつけろ」

アレクシオンはそう言って、リシェルの腰をさらに引き寄せた。

——ともかく舞踏《ぶとう》だ。これも役目のうちなのだから。

二人は優雅なターンを描きながら、曲に身を委《ゆだ》ねた。

——やはりまるで違う。アディとは。

アレクシオンは己《おのれ》の肌でもそう断じた。アディーリアとは何度も踊ったから体つきは覚えている。彼女はどこまでも華奢《きゃしゃ》で肉が薄い。しかし、今彼が抱きよせた腰は細さこそ同じくらいだが、ずっと柔らかくて、それでいて力強く彼の掌《てのひら》を押し返す弾力を持っている。

——困った。

夜会用の婦人服は大抵胸が広く刳《く》れている。アレクシオンとて今まで幾度かの夜会に出席し、数々の女性達と踊ってきた。だから、そんなものには慣れているはずなのに。

彼に向かって魅惑の谷間が覗《のぞ》いていた。首筋から伝うくるくるとした後《おく》れ毛が唯一の飾り。張りがあって、それでいて柔らかそうな薄い皮膚。

——誰がこんな服を着せやがった。

目のやり場に窮《きゅう》するとはこのことだ。こんな服をこの娘は着るべきではない。これではフロア中の男の視線を集めてしまうではないか。決して気付かれてはいけない替え玉の女王なのに。

アレクシオンは苦《にが》り切ったが、その場所から視線を引っぺがすのにはかなりの努力を要した。

――畜生！　なんで俺がこんな目に。

思わず大きなため息が漏れ、娘が小首を傾《かし》げた。

視線の行く先を見咎《みとが》められるかと思ったが、娘は何も言わずに唇だけで笑う。

「もっと優雅に笑え」

悔し紛《まぎ》れにそんなことを言ってみる。

「こうですか？」

リシェルは取ってつけたような営業スマイルで応じた。かなりリラックスし始めたようだ。

「だめだ。品がない」

「むぅ」

娘が唇を突き出す。

「そんなところが品がないというんだ！」

アレクシオンは視線を逸《そ》らして言った。

――そんな風に唇を差し出すな！

女王よりわずかにぽってりした唇は、いかにもキスがしやすそうだった。淡く差した紅《べに》はアディーリアと同じ色なのに、全く異なって見える。奪えばどんな風に応じるのだろう。

人間知らなくていいこともある。二十五歳にもなればいい加減それくらいわかるし、自分としても任務や職務以外で知らなくていいことならば別に知りたくない。

「褒めてほしくば、そんな子どもっぽい真似はやめるんだな」

「……」

彼の冷たい言葉に応じ、長い睫毛《まつげ》がゆっくり上がっていく。

その時、アレクシオンは知ってしまった。絶対に知りたくなかったことを。

自分はこの娘に興味がある。それも酷《ひど》く。

この感情には名前があった。しかしアレクシオンは長らくそれを封印している。軍人として直接戦闘に参加したことのある彼は、理不尽に人の心を乱すその感情を危険なものと考えていたのだ。

アレクシオンは普段人にも物にも滅多《めった》に執着しないが、一旦心を捕らえられればどこまでも固執する性質《たち》であることには気付いている。

一歩足を踏み入れれば抜け出せなくなる。そんな事態を前にしたら、賢明な人間なら潔《いさぎよ》く逃げ出すか、面倒を回避するためできるだけ知恵を振り絞る――はずだろう？

アレクシオンは自問した。しかし、どう足掻いても逃れられぬことが人生にはあるらしい。真正面から厄介事に立ち向かわなくてはならない時が。

美しい旋律が流れる中、アレクシオンは大変気になる存在を腕に抱いて、己《おのれ》の運命を呪っていた。


「どうでしたか？」

曲が終わってリシェルが尋ねた。

「……まぁまぁってところか」

アレクシオンは渋面《じゅうめん》を崩さず答える。

「そうですか。じゃあまたオーガスタさ……オーガスタと練習しておきますね」

「いや、練習台には俺がなろう。実際公務で踊るのは大体俺なんだし、その方がいいだろう？」

その言葉に応じたのはオーガスタだった。

「でしたら、もう少し丁重にお願いします」

「なんだって？」

「伯爵様は少々リシェル様をぞんざいに扱いすぎです。これからはご配慮をお願いします。今だって身を寄せすぎでしたよ」

「俺はアディにだってこんな感じだぞ。だからこの方が自然だろうが」

――いやアディにはこんなに密着はしていないのだが……あ？

リシェルが呆れたように自分を見つめている。

――もしかして拙《まず》かったか？　アディーリアを恋人ではないと言ったくせに、こんなに体をくっつけて踊っていると思われたらよろしくないのではないか？

「いや……まぁその。大体こんな感じ、ということだ」

「それはお二人が幼馴染《おさななじみ》という間柄だからでしょう？　リシェル様は違います。リシェル様はただでさえ重圧のかかるお立場なのですから、貴方様《あなた》も、もっと丁寧に振る舞われるべきです」

オーガスタがこんな風に厳しい口調になるのは珍しいことだった。しかも自分より立場が上のアレクシオンに抗議している。これにはアレクシオンだけでなく、リシェルも驚いていた。

「……お前はどう思っているんだ」

アレクシオンはリシェルの方を向いた。

「俺の態度はぞんざいか？」

「あ、いえ……伯爵様は最初からこんな感じだったので、今更気にはならないですけど……うん、でもそうですね。私が陛下になり切るために、協力してもらえると助かります。もう少し丁寧に振る舞ってください」

リシェルはオーガスタの言葉を真似て言った。

「う……」

娘に悪気がないことはわかっている。だからこそ、この言葉はこたえた。オーガスタも感心したようにリシェルを見つめている。

「わかった……気をつけよう……つけます」

「あ、でもあんまり気を遣っていただいてもやりにくいので、今よりもうちょっとだけ優しくしてくださるだけでいいですから」

リシェルは無邪気に言いながら、小腰《こごし》を屈《かが》めて貴婦人の礼をする。

「わ、わかった……善処しよう」

この幕はアレクシオンの完敗だった。


五日後。二日続いた秋雨《あきさめ》のあと、王都に広がる空は嫌味なほど澄み渡っていた。

平原地方の秋は割合雨が多く、この晴れ間もいつまで続くかわからない。が、今朝は近づく冬を思わせるような、薄い瑠璃色《るりいろ》の空が広がっている。

「わぁ広い！　お城の中にまだこんなに広い所があるなんて」

アレクシオンは、はしゃぐリシェルを見てわずかに頬を緩《ゆる》めながらも注意する。

「芝生がまだ湿っているから、転ぶと大変なことになる。気を付けなさい」

「はぁい」

ここは王室専用の広大な馬場である。遠くの方には、女王が住む王宮主要部の建物が小さく見える。

リシェル専用の乗馬服がまだ出来上がっていないので、彼女は今、白シャツとぴったりとしたズボン、それに小さな帽子と黒い上着を羽織っただけの軽装で、色褪《いろあ》せた芝生の上を歩き回っていた。そろそろ冷え込む季節なのだが、少なくとも彼女は寒がりではないらしい。

「本当にきれいですねぇ」

リシェルは視界一面に広がる秋の風景を見渡して言う。

「仰せの通りです」

リシェルを乗せる馬を引いてきたオーガスタも、細身に上品な黒い乗馬服をまとっていた。

「ここは白薔薇宮から見て北の方角ですが、ここからさらに北にもまだまだ王宮の敷地は続くのですよ。この奥には古い森があるのです。ほら、ずっと向こうにご覧になれますでしょう？　シャンタンジューの森と言います。そこには小川や小さな湖もあります」

「本当に？　そこまで行ってもいいのですか？」

「はい。ここしばらく白薔薇宮に缶詰めでしたから、今日ぐらいは羽を伸ばしてください。明日からはまた忙しいですし」

「やったぁ！　外に出るのは久しぶりです。しかも乗馬だなんて！　あの、伯爵様？　伯爵様は乗馬はお好きですか？」

　リシェルは後ろを振り返り、突っ立っているアレクシオンに元気良く話しかけた。青年は返事の代わりに頷《うなず》く。屈託《くったく》なく彼を見上げた瞳は、空の色を映して青味を増した藍《あい》色《いろ》。その眼に自分を映り込ませるべく屈《かが》んでしまいそうになる衝動を、アレクシオンはなんとか堪《こら》えた。

　そんな青年をどう見たか、リシェルは笑みを一つ零《こぼ》すと、自分がこれから乗る馬と仲良くなるため、パドックの方へ行ってしまった。細い背中に黒髪が揺れる。今日はまとめていないようだ。そう言えばアディーリアも乗馬の際には髪を結《ゆ》っていなかった気がする。

──こんな軽装は初めてだな。

上着が短いせいで、小気味よく上がった小さな尻の形がよくわかる。リシェルが向こうを向いているのを幸いに、アレクシオンはその後ろ姿を無遠慮に眺めた。

「……どうかされましたか伯爵、リシェル様に何か？」

「なんでもない」

含みのあるオーガスタの語尾上げ。

──気付いていやがる。嫌な奴。

その視線から逃れるように、アレクシオンは自分の引いてきた黒馬の背を撫《な》でた。除隊以来、初めて会う彼の愛馬、リクオウ号である。リクオウも嬉しそうに鼻づらを寄せてくる。

──乗馬の付き添いなんぞ、なんで断らなかった、俺。

リシェルに対する興味を自覚してから、多忙を理由に、できるだけ白薔薇宮には近づかないようにしていた。彼の役目は護衛だから、リシェルが外に出ないことを幸いに、距離を置いていたのだ。そうした方がいいと本能が命じていたから。

事実、アロウ侯爵の補佐官として従来の仕事に没頭している間は何も考えなくて済んだ。上司であるアロウ侯爵はアレクシオンの事務能力を試すがごとく、七面倒《しちめんどう》くさい雑用をあれこれ言いつけてきたからだ。

その侯爵が今朝になって突然、リシェルと乗馬を共にするように言い付けてきたのだ。女王の愛馬リリカ号に彼女を慣れさせる必要があるらしい。

しかし彼が護衛を務めなくてはならないのは、明日——リシェルが公務に携《たずさ》わるようになってからのはずだ。明日から約十日間、彼女は女官の一人を装《よそお》って女王が行う公務に同行する。公《おおやけ》での女王の振る舞いや言葉遣いなどを身につけるためだ。そこからがいよいよ影武者《かげむしゃ》の表舞台（妙な表現だが）なのだ。

——なのになんで。

アレクシオンとしては乗馬の稽古などに駆り出されるのは非常に不本意だったが、断ると侯爵から何を言われるかわからないので大人しく従った。それに女王本人から護衛を依頼された以上、いつまでもリシェルを避けている訳にもいかない。

五日ぶりに見た娘は、相変わらず自分に課せられた大任のことを思いわずらう様子もなく、機嫌良さそうに笑っている。女王の威厳など、どこにもありはしない。それなのに。

どうしても眼が追いかける。五日ぐらいの間隙《インターバル》では、この妙な心持ちが薄らがなかったようだ。

アレクシオンは盛大にため息をついた。

まぁ、あまり近づかないようにしていればいいだろう。こんな感情は、一時の気の迷いだ。すぐに収めてみせる。自分は軍隊時代、大の男が血反吐《ちへど》を吐くような訓練にも耐えてきたのだから。

アレクシオンは自分の愛馬越しにリシェルの方を窺《うかが》った。今日は馬丁《ばてい》も遠ざけられているから、付近には彼ら三人だけである。

幸いリリカ号の方は、アレクシオンよりも彼女に友好的なようで、早速仲よくなろうと歩み寄っている。リシェルも嬉しそうに角切りにした人参をやっていた。傍《そば》ではオーガスタが微笑《ほほえ》ましげにその様子を見守っている。親しげな会話がこちらまで届いてきた。

「乗馬なら少しはできるんですよ、私。都会っ子のくせに意外でしょう?」

「そうですね。どなたに習ったのですか?」

「手ほどきしてくれたのは父です。父さんはとても馬が好きだったみたいで、小さい頃よく一緒に乗せてもらいました。父が亡くなってからはアンゼル伯父さんに。伯父さんも乗馬が趣味で、舞台の合間にダーレ郊外の馬事公苑《ばじこうえん》によく連れていってもらいました」

「そうなのですか? ラウリアス殿下が……では、基礎は省略いたしましょう。リリカ号もリシェル様に好意的のようですし、今から少し馬場で馴《な》らしてみてはいかがでしょうか」

「はい！　嬉しいです。リリカ、私が乗ってもいいかしら？　お前のご主人様みたいに上手ではないけれど」

　ぶひひん、とリリカ号がいななく。

「あ、いいって言ってくれてるみたいです。私がこのまま馬場に連れていってもいいですか？」

「ええ、並足から始めましょう。一人でお乗りになれますか？」

「大丈夫です。それ！」

　鐙《あぶみ》に足を掛け軽々とリリカ号に跨《また》がると、リシェルは馬場に入っていった。名手とされる女王には及ばないが、思った以上に危なげない様子である。

「おお、お見事です。ああ、伯爵？　伯爵様はどうされますか？　ご一緒に？」

　思い出したようにオーガスタは付け加えた。

「……ここで見ている」

　むっつりと答えたアレクシオンは、愛馬の手綱《たづな》を近くの柵《さく》に結び付けると、そのままそこにもたれた。これでは自分の出る幕がない。

「お好きに。では、リシェル様、参りましょう」

　オーガスタも颯爽《さっそう》と馬に跨《また》がると、リシェルを追って馬場に入っていった。

二人は柔らかい土が敷かれた円形の馬場で、自分と馬の相性を試している。リシェルとリリカは気が合ったようだった。並足からだく足、駆け足へと速度を速めてゆく。

——存外巧《うま》いじゃないか。

乗馬中の姿勢も、馬に対する指示の出し方も見苦しいものではない。

アレクシオンはあまり記憶にないが、リシェルの父だというラウリアス王子は、なんでも器用にこなしたらしい。その血を引いているのか、小柄な少女のくせに人馬一体となって馬場中を走りまわす様《さま》は勇ましくさえあった。これなら馬場の外に出ても問題なさそうである。

「お上手です。陛下に引けを取りません」

オーガスタが轡《くつわ》を並べる。褒められてリシェルが嬉しそうに声を上げて笑った。この娘の笑い声を聞くのは初めてかもしれない。笑うと一層幼く見える。

何も知らない者が見れば、オーガスタとリシェルは仲の良い恋人同士に見えることだろう。

二人は楽しそうに笑い合いながら、アレクシオンの見ている前をトロットで駆け抜けていく。

「楽しいです！」

輝くような笑顔は侍従《じじゅう》の青年に向けられている。

影武者《かげむしゃ》だと知られないためにも、あまりおおっぴらに笑わせない方がいい。もっとも実際に公務につくようになれば、緊張で笑うどころではなくなるだろうが。

アレクシオンは皮肉りつつ考えた。

アディーリアは最近、ますます忙しいようだった。今日も時間があればこちらにも来るかと思ったのだが、今のところそんな気配はない。きっとリシェルが影武者になった時に苦労しないよう、あれこれ根回ししているのだ。本来ならば早めに入院して、手術に備えて体調を整えておくべきなのに、彼女の責任感がそうさせないのだろう。それに比べて。

──女優め、いい気なもんだ。

彼女の従姉《いとこ》は病《やまい》の恐怖と闘《たたか》いながら、国政に奔走《ほんそう》していると言うのに。

アレクシオンは、オーガスタとの乗馬を楽しんでいるとしか見えないリシェルに、理不尽な苛立《いらだ》ちを抱いた。

リシェルが王宮で過ごしたこの数日の間に、彼らはかなり親しくなったようだった。

普段無口なオーガスタが、王宮暮らしに慣れぬ娘を労《いた》わってかよく話しかけていると侯爵から聞いている。自分には正面切って『丁重に扱え』と文句を言ったくせに。

面白くない状況に柵《さく》のささくれを毟《むし》る。仲間の様子を見て自分も駆けたくなったのだろう、リクオウが強請《ねだ》るようにアレクシオンの背中を鼻で押した。

──つまらん。

自分がここにいる意味があるのだろうか？

＊

「休憩にしましょうか」

しばらくすると、どぅどぅと手綱《たづな》を引きながらオーガスタは停止した。リシェルもそれに倣《なら》う。

「お疲れ様です。一旦お茶にいたしましょう」

「ええ～、もっと乗っていたいです」

「いけません。私が姫様にお茶も飲ませず、ずっと馬に乗せていたと知られたら、陛下にも侯爵様にも叱られてしまいます」

オーガスタは馬から下りながら、リシェルを窘《たしな》めた。

午前と午後のお茶は、一日中学問や女王の観察に明け暮れるリシェルが唯一寛《くつろ》げる時間である。何しろ食事中でさえ、作法や機知に富んだ会話などの訓練に費《つい》やされているのだ。

「はい。ではそのように」

リシェルはそう答え、オーガスタの手を借りて馬から下りる。彼はそのまま馬を厩舎《きゅうしゃ》に預けた。

「こちらへ。屋内観覧席の横に休憩室があるのです」

「え～」

オーガスタは屋内馬場の隣にある小さな建物へ案内しようとしたが、リシェルは躊躇《ためら》った。

「外でお茶を飲んではだめですか？」

「それは構いませんが……ではこちらの木陰に席を用意させますので。それでいいですか？」

馬場の横に楡《にれ》の大樹があった。オーガスタはそこを示す。

「ありがとうございます。まだ体が熱かったし、それに馬を見ながらお茶したかったんです。我儘《わがまま》言ってごめんなさい。何かお手伝いしましょうか？」

「いいえ、ちっとも構いません。でも少し風が出てきました。汗をかかれたようですので体が冷えすぎないように熱いお茶を持ってきましょう。しばらくお待ちを」

「お願いします」

オーガスタが立ち去ると、リシェルは楡の木にもたれて馬場の外で草を食《は》む馬達を眺めた。

彼らは大きく穏やかで、そして美しい動物だ。走るために鍛えられた力強い筋肉が、びろうどのような毛並みの下でしなやかに躍動している。食べている時でさえこんなに素晴らしいのだから、競技をしている時などはどんなに素晴らしいだろう。

リシェルがうっとりと馬達を眺めていると、不意に視界が陰る。顔を上げると傍《そば》にアレクシオンが立っていた。太陽を背にしているので、リシェルにはその表情がよくわからない。

「意外に巧《うま》いじゃないか。だがオーガスタの世辞を真に受けては駄目だぞ。アディにはまだ遠く及ばない」

自分でもわかっているので、リシェルは神妙に頷《うなず》く。

「アディは今頃内務省で会議中だ」

「はい、そう伺《うかが》ってます」

「病《やまい》を押しての公務だ。精神的にきつかろうに。だからお前もいい気にならないで、さらに上を目指すように」

「……わかっています。少しはしゃぎすぎました。申し訳ありません」

「謝ってもらおうとして言ったんじゃない……俺はこれが普通なんだが……厳しすぎるか？」

素直に反省するリシェルに罪悪感を覚えたのか、アレクシオンは態度を和らげた。

「……いいえ、伯爵様」

今のリシェルにはアレクシオンの心情を推し量《はか》ることができた。おそらく彼は、厳しく言わずにはおれないのだ。アディーリアを大切に思うあまり、上手く影武者《かげむしゃ》になり切れていないリシェルに腹を立てている。

「誰が見ても女王に見えるようにならないといけないのだから、陛下をよく知る伯爵様が厳しいのは当たり前です」

すっかり笑顔の消えたリシェルに、アレクシオンはわずかにたじろいだようだった。

「……そうか、それなら俺と練習をしようか。アディの馬術は優雅にして大胆。女にしては卓越した技術を持っている」

「優雅にして大胆」

リシェルは繰り返した。

——この人にこんな風に言わせるんだから、アディはよっぽど格好いいのねぇ。

「私ったら、こんな平坦な馬場で少し乗りこなせたぐらいで、満足していてはいけませんね」

「……まぁ、そうだ」

「もっと練習して上手になります」

「では、俺についてくるか？」

突然のアレクシオンの言葉に、リシェルは彼を見上げる。

「え？」

「お前、森に入りたがっていただろう？　今から連れていってやる。いいか？　オーガスタには悪いが、お茶は後回しだ。奴には後で俺から言っておく」

「はい！」

リシェルは満面の笑みで頷《うなず》いた。試されている。けれどもリシェルは、なぜかそれを嬉しいと思った。

二人が向かったシャンタンジューの森は古く、瘤《こぶ》だらけの太い幹を持つ樹木が陽光をすっかり遮《さえぎ》るほどに茂っている。下生《したば》えも深い。

その間を縫うように二頭の馬が行く。地面に凹凸《おうとつ》があるので速度は抑えているが、それでも二人は馬場からもうかなり離れてしまっていた。実はもう少し整備された道もあるらしいのだが、アレクシオンはあえてそこから外れた森の中にリシェルを導いているようだ。

確かに平坦な馬場よりはよほど神経を使う。獣道のごとき小道には石や根っこが所々大きく飛び出している。うっかり蹄《ひづめ》に小石でも挟まれば、とても面倒なことになってしまうだろう。

リシェルはアレクシオンに遅れないように慎重にリリカ号を進めた。

「遅れはないな。まぁ合格だ」

振り返った青年伯爵は、リシェルに向かって口角《こうかく》を上げて見せた。

「ここからは少し開《ひら》けてくる。横に並ぶように」

「はい」

リシェルはアレクシオンと轡《くつわ》を並べながら話しかける。

「オーガスタの話では、森の中に湖や小川もあると」

「ある。この先だ。道は少し楽になる」

「お城の中に森や川があるなんてすごいですね」

「平原で一番古い王家だからな。昔は城壁で囲まれたこの中だけが都だったらしい。森や川があるのはその名残《なごり》だな」

リシェルが思い切って話題を振ると、意外にも普通の答えが返ってきた。先日、少しだけ優しくしてほしいと言ったことが効いているのだろうか？

とはいえ、それはリシェルのためではなく、彼が敬愛するアディーリア女王のためだろう。自分自身はどちらかというと嫌われているとリシェルは思っている。今まで人から嫌われた経験はあまりないが、人間には相性というものがあるから仕方がない。

――そもそも最初のいきさつの時点で、伯爵様は私が気に入らなかったのよね。仕方がないけど。

二頭の馬は軽快に森の中を進んでいく。

そうしている内に道は随分と広く平坦になった。さっきとは違い、アレクシオンはリシェルが進みやすい道を選んでくれているようだ。おかげであまり気を遣わずにゆったりと馬を進められる。

リシェルは半馬身ほど前を行く広い背中を見つめた。

――伯爵様はきっと悪い人じゃない。アディに忠実なあまり、職務に厳しくなっているだけなんだわ。なのに、こうやって私の面倒を見てくれる。それで十分じゃない。

二人は黙ったまま、ぽくぽくと馬を進めた。

アレクシオンの言った通り、進むにつれて森は開け、空が見渡せるようになってきた。

湖が近いのかもしれない。

——さっきより曇ってきたかな？　風も出てきたみたいだし。

空の色はもう澄みわたってはいない。東には雲の気配がある。

「……明日からアディの公務に同行するのか」

リシェルがぼんやりと空を眺めていると、今度はアレクシオンの方から話しかけてきた。リシェルは少し驚いたが、丁寧に答える。

「はい、アロウ侯爵様から伺《うかが》っています。初日はなんでもどこかの組合の人達と会うんだとか。緊張します」

「何、お前が話す訳ではあるまいし、アディの後ろで突っ立っていればいいんだ。安心していろよ」

「でも、これから同じようなことが何度もあるんでしょ？　やっぱりちゃんと聞いておかなくちゃ」

「確かにそうだ。アディの入院まであまり時間がないからな」

真摯《しんし》なリシェルに、アレクシオンも真面目に応じる。

「ええ、オーガスタもそんな風に言ってました。それから少し慣れてきたら影武者《かげむしゃ》のことを知ってる偉い方々を前に、女王として振る舞う練習もするそうです。これもドキドキします。最初はアディも立ち会ってくれるみたいですけど」

「実地訓練という訳か」

「そう言うんですか？　オーガスタはおさらいだって言ってたんですけど」

「お前は奴のことばかり言っているな。あいつのことを何も知らないくせに」

「はい？」

見ればアレクシオンは、何やら面白くなさそうな顔をしている。

――あれぇ？　ちょっと怒ってる？

この青年は、またしてもリシェルの言動に不満の種を見つけたらしい。慣れてきたので今更傷ついたりはしないが。

――どうも話しづらいなぁ。すぐむっとするし……この人の怒るツボがわからないや。

「すみませんが……あのぅ……伯爵様はもしかして、オーガスタのことをお嫌いなのですか？」

「好きも嫌いも、あいつは軍隊時代の俺の上官だ」

アレクシオンは不味《まず》いものでも呑みこんだような顔をして言った。

「え？　ええっ!?　軍隊？　あのオーガスタさんが？」

――それで上官って？　伯爵様の？

驚きすぎて思わず手綱《たづな》が疎《おろそ》かになってしまう。

「おい！　危ないだろうが！」

「あっ、すみません。でも、本当ですか？　あの穏やかなオーガスタさんが」

「嘘をついてどうする。あいつを見かけ通りの温厚なお人よしと思うなよ。眉一つ動かさず苛酷《かこく》な命令を下せる男だぞ。峠《とうげ》を越える敵を向かいの峰《みね》から狙撃《そげき》しろとか。射程距離ぎりぎりだってのに」

当時を思い出したのか、アレクシオンは口をへの字にしている。

「へぇえええっ！」

「ふん」

――そうか、好きとか嫌いとかじゃなくて単に苦手なのね。

リシェルはそう納得する。

「それで……撃ったんですか？」

「命令だからな。それに、武器を持った敵に国境侵犯させる訳にはいかん。だが、愉快な話ではないな、すまん」

「……けど、伯爵様は伯爵で……オーガスタさんは侍従《じじゅう》で、でもあの……上官？」

王宮ではアレクシオンの方が絶対的に地位が高い。爵位のことも軍隊のこともよく知らないリシェルには、訳がわからなかった。

「軍隊では家柄や身分は関係ない。あるのは本人の実力と、経験に応じた階級だけだ」

「それで……伯爵様の上官？」

「そうだ。奴の方が先に退役して俺は最近まで軍にいた。だから最終的な階級は同じ少佐なんだが」

「そ、そうなんですか？　なんでオーガスタさんは兵隊さんをやめて侍従さんに？　あ、秘密なら別に話してくださらなくてもいいです」

リシェルは、領分を踏み越えた質問だったかと慌てて言い添える。

「別に秘密でもなんでもない。奴に直接聞いたって話してくれるだろうさ。奴は数年前、東の国境紛争で腿《もも》に銃弾を喰らって退役した。当時はかなりの重症だったが、機能回復訓練をやり遂げて歩けるようになるまで回復したそうだ」

アレクシオンの声に感慨はない。もしかしたら、軍人なら当然と思っているのかもしれない。

「そうだったんですか？　普通に歩いていらっしゃるので気がつきませんでした。ダンスのお相手だってしてくださるし」

「あいつは自分にも厳しい男だからな。訓練に訓練を重ねて、全力疾走以外はできるようになったんだとさ……お、そこ穴が空いているから気をつけろ」

アレクシオンが地面を指差し、先導する。

「あ、はい。わかりました。だけど……」

――あの優しいオーガスタさんにそんな過去があったなんて……

いつも穏やかな微笑《ほほえ》みを浮かべた静かな緑の瞳。優雅な長い手足に、物静かな態度。教養も高く、細々《こまごま》とした作法もよく知っており、戸惑いがちのリシェルに何事も丁寧に教えてくれる。

その彼が武器を携《たずさ》えて敵と闘《たたか》ったり、大声で部下達を叱咤《しった》したりしている姿など想像できない。でも――

――なんでこの人は、自分にこんな話を聞かせたんだろうか？

「人を見かけで判断するなってことだ。お前はすぐに人を信用しすぎる。危険だ。よくない癖だぞ」

リシェルの疑問を見透《みす》かしたのか、アレクシオンはむっつりと言った。

「アロウ老侯のことだって無条件に信頼しているだろう？　あの爺《じい》さんだって本当はものすごい食わせ物だぞ。昔は平原地方を股《また》にかけた外交官で、議会の面々も怖《おそ》れる宰相だったんだ」

「はぁ」

「間抜けな顔をするな。だからつまり、普通の奴ならこんな危ない話に乗ったりしないってことだ。他人を信じるのも大概《たいがい》にしないといつか大怪我をする」

――私があっさり侯爵様の依頼を受けて、アディの影武者《かげむしゃ》を引き受けたことを言っているんだ。結局それが面白くないのね、この人は。

リシェルはそう判断した。

――私だってものすごく悩んだのに……まぁ一晩だけだけど。

でも、決して浮ついた気持ちからじゃない。いろんなことを考えた上でお話を受けたのに。

「人を信用してはダメなんですか？」

リシェルは口答えをしたが、意外にもアレクシオンは怒らなかった。

「そういう場合もある。よく考えて軽挙《けいきょ》は慎《つつし》むことだ」

リシェルがなんと答えようかと考えていると、急に視界が暗くなった。

今まで明るかった森の中が夕方のように陰りに満ちている。見上げると空模様が急速に悪化しており、太陽は完全に雲に隠れていた。風もいつの間にか随分と冷たくなっている。

アレクシオンも空を見上げて舌打ちをする。

「これは来るな、すぐにも……。まずいな」

「え？」

「嵐だ。戻るぞ！」

しかし、馬首を返していくらもしないうちに大粒の雨がばらばらと落ちてきた。悪いことにちょうど森が開《ひら》けたところにいたので、樹の陰に避難してやり過ごすこともできなかった。

「くそ、いきなり降ってきやがった。これだから秋の空は……おい！」

「はい！」

「ここからでは馬場に戻る前にびしょ濡れになる。この少し戻ったところに大きな樹があったから、とりあえずそこに駆け込むぞ！　行けるか？」

「はいっ！」

アレクシオンのあとを追いかけてリシェルもリリカに拍車をかけた。二頭の馬は心得たように速度を速める。しかし雨足はそれ以上に速く、雨粒が木々を叩く音がばたばたと森の中に響いた。

「もうすぐだ」

急に激しさを増した雨で、少し先を行くアレクシオンの大きな黒馬がやや霞《かす》んで見える。リシェルは必死で手綱《たづな》を握った。こうなると人間より馬の方が頼りになるだろう。

「見えたか？　あそこだ！」

「はい！」

リシェルがついてきているのを確認して、彼は前方を指差す。

二人が駆け込んだのは、樹高は低いが、枝が広く張り出し、葉が密生した古い樹の下だった。馬達も心得ているようで、二人が降りるとぶるぶると身震いして水滴を払う。そして濡れるのが嫌なのか、特に繋がなくても樹の下から出ようとせず、大人しく下草を食《は》み始める。

「大丈夫かな？」

「馬なら大丈夫だ。それより俺達の方が問題だ。しばらくここで凌《しの》ぐしかないな。おい、お前、かなり濡れたんじゃないか？」

「ええ、結構濡れたような」

リシェルの羽織っていた上着はさほど厚い生地ではない。良い天気だからと重い上着を避けたせいで、上着の肩から背中にかけてびっしょりと濡れていた。上着でこうなのだから、下ろした髪は雫《しずく》が滴り落ちるほどに濡れている。小さな帽子など役には立たなかった。

「上着を脱げ」

いかにも命令に慣れたその口調に逆らうこともできず、リシェルは上着を脱ごうと袖を引っ張る。だが下のシャツまで濡れているらしく、布同士がくっついて脱ぎにくい――と思うが早いか、後ろから伸びた手に一気に上着をはぎ取られた。そしてさほど濡れていない部分で髪をごしごしと擦《こす》られる。頭がぐらぐら揺れてよろけるほどの強い力だった。

「うわぁ、あの、あの」

「黙ってろ」

やっと解放されたかと思うと、今度は肩にずっしりしたものが掛けられる。見ると伯爵が今まで着ていた黒い上着である。それは持ち主の体格を表すように大きく、リシェルの顔まで覆ってしまう。特殊な素材でできているのか、表面こそ湿っているものの内側は乾いており、今まで着ていた人の体温を残して温かかった。

「伯爵様？」

「お前に今風邪など引かれたら困る。こっちへ」

戸惑ったリシェルが見上げると、アレクシオンはその視線から逃れるように彼女の腕を引っ張った。そして樹の根元までリシェルを連れていくと、いきなり彼女を抱えて樹の根元に胡坐《あぐら》をかき、自らの膝《ひざ》の上にそっと小さな尻を乗せた。そうして上着ごと両腕で抱え込む。

「わわわ、はっ、伯爵様？」

突然のことにリシェルは体を捩《よじ》ったが、しっかり抱き込まれていて逃れることができない。

——何これ……わ、私今、伯爵様の膝の上に座ってる？　そんで、抱っこされてる？　にわかにリシェルの鼓動が速くなった。

「あの……あの、私大丈夫です……から、下ろしてください」

辛うじて自由になっている首を動かして見上げると、怒ったような声が降ってきた。

「嫌だろうがお互い様だ。仕方ないと思って我慢しろ。さっき見た感じじゃシャツまで濡れていただろう、まさかそれまで脱がす訳にもいかないしな。こうでもしないとすぐに冷えてしまう」

「い……いやその、あのでも、これでは伯爵様がお寒いでしょう？　伯爵様が上着をお召《め》しになって私がその中に入れば……」

「できるか！」

怒鳴り返され、リシェルはひぃと首を竦《すく》めた。

「あ……すまん。つい怒鳴ってしまったが、とにかくそんなことできないんだよ」

「でも、今は私女王様じゃないし、誰も見てないし、重いし」

そう言ってみるものの、青年はリシェルを睨《にら》みつけてくる。いつもと同じ怖い顔だが、心なしか頬が赤いような……？

「黙って包《くる》まっていろ。俺はそんな柔《やわ》じゃない」

「……すみません」

顔が見えないくらいすっぽりと包み込まれながら、リシェルは頭を下げた。

「またそうやって謝る。悪いのは俺だろう？　無理やりこんな森の中まで連れ出したんだから」

「だけど私もお願いしましたし……」

「お前は人が良すぎる。俺が悪い男だったらどうする……？」

「いっそ、悪い男だった方が良かったのでは？」

「ナニ!?」

アレクシオンが、珍しく頓狂《とんきょう》な声を上げた。

「いえ、こういう時、紳士は大変だなって思って……自分を犠牲にしても、私みたいな小娘を守んなくちゃいけないのでしょう?」

リシェルはけろりとして言った。

悪い男なら、こんな風に自分の上着を着せかけてくれたりしないと思う。

「お前……わかってないな」

そう言うと、なぜかアレクシオンはリシェルを抱く腕に力を込めた。

リシェルは、ドキドキ騒ぐ鼓動に気付かないふりをして続ける。

「わ……わかってますよ。言葉は少し乱暴だけど、伯爵様は悪い人ではないって言ってるんです」

「だからな!　『悪い男』と『悪い人』では意味が違う」

「はぁ」

リシェルはなぜ怒鳴られたのかわからず、きょとんとしている。

「……もういい。毒気を抜かれた。すぐにオーガスタが駆け付けるだろ。それまでの辛抱だ」

「すみません……やっぱり重いですよね?　足痺《しび》れます?」

彼の足に負担をかけているのだと思い、リシェルはしゅんとなってしまった。

「だから違うと言っているだろ。謝るな。それに別段重くもない。痺れもしない」

「やー、最近勉強ばっかりでお部屋に籠《こも》りがちで運動してなかったから……拙《まず》いですよね。陛下はあんなにほっそりしているんだし」

「アディとお前は違うだろう？」

「そうですけど……でも私、影武者《かげむしゃ》だし……体型は揃《そろ》えておかないと」

「それもそうか。元々俺にはお前達がそれほど似てると思えないんだが……皆がそっくりだって言うんだから、そうなんだろう」

「……伯爵様は……陛下のことを特別な人だと思ってらっしゃるから……そう思われるんですよ～」

リシェルは厚い上着の中で、もごもごと言った。

「確かにアディは特別だが……何しろ君主だし」

「君主……そうですね、君主は国を代表する存在……というか、国そのものですよね？」

「……そんな風に思うのか？」

アレクシオンが驚いたように尋ねてきた。リシェルは分厚い布に包《くる》まれながら真剣に答える。

「思います。アディや皆さんのお話を聞いたら、この国は軍隊とか議会でなく、君主で成り立っているんだって感じました……まだそこまで実感してる訳じゃないんですけど、でもアディは日々それを実感して国を背負ってるんですよね？」

「……そうだ」

「だから女王を演《や》るってことは、単に所作や知識を身につけるだけじゃなく、そんなことを常に考えて行動することなんだって……こりゃ、初めに思っていたよりずっと大変なんだって」

「なら、やめるか？」

「やめませんよ。だってもう、決心したし……それに周りの皆さんだって動き出してるじゃないですか。今やめたらすごい損害が出るのでしょう？　これが劇団だったらそうなるんですけど」

「……確かにな」

アレクシオンは納得したように呟《つぶや》いた。

「……ね？」

「……ところでお前、寒くはないか？」

突然、アレクシオンが腕の中の黒いつむじに向かって尋ねた。

「全然。むしろ体がポカポカしてきました。でもそろそろ苦しいんで顔を出してもいいですか？」

リシェルはそう問い返す。

一生懸命真面目《まじめ》な話をして気を落ち着かせているのだが、湿った服から立ち昇る男の香りに中《あ》てられて、なんだかくらくらしてきた。香水の匂いではない。この階級の男性は皆香水を付けるのか思っていたら、そうではないらしい。もっとも香水など、アレクシオンには似合わないと思うが。

アレクシオンが上着の襟元《えりもと》を緩《ゆる》めてくれたので、リシェルはそこからひょっこり顔を出す。火照《ほて》った頬に外気が心地良い。

「あ～熱かった」

「それは冷えのぼせだ。体が冷えすぎると反動でそうなる。あまりよくないんだ」

「そうなんですか？　風が顔に当たって気持ちいいですけど」

「気持ちいいとか言うな！」

「はい？」

なぜかアレクシオンが慌てたように言ったが、リシェルは本当に気分が良かったので気にしなかった。

――やっぱり伯爵様って慣れたら結構いい人かも？　親しくはなれなくても、普通に話すぐらいはできるかもしれない……これからもお世話になるんだから、絶対にその方がいいなぁ。前にも思ったけど、この人は自分が悪いと思った時はちゃんと謝ってくれる。謝ることができるのは人として大事なことだもの。

そう思ったが口に出すのは躊躇《ためら》われて、リシェルはあえて関係のない質問をした。

「……この上着、温かいんですけど、なんだか重いですね？　一体何が入っているのですか？」

「いざという時に様々な武器が仕込めるようになっている。特殊な生地で、軽い防護機能もある。重いか？」

「いえ、座っていますから。着て立っていたら肩が凝《こ》りそうですけど」

「ふむ」

「伯爵様はいつもこんな服をお召《め》しになっているのですか？」

「まぁな」

「大変ですね」

「俺が大変だって？　大変なのはお前の方じゃないか」

「さっきはいい気になるな、とかおっしゃってましたが」

リシェルは言い返したが、アレクシオンは怒らなかった。

「ちぇっ、覚えていたか」

「別にいいんですけど。私、根っからの庶民ですから、努力しないといけないのは確かですし」

「別に俺は……」

急に男の声が弱々しくなった。

リシェルは少しだけ愉快だった。この気難しい青年とこんなにたくさん喋ったのは初めてだ。しかも、今はなんとなく自分の方が優位なように感じるのだ。よく知らない男性に、分厚い上着越しとはいえ抱かれているのだから、普通ならばもっと困るか怖がるかしてもいいはずなのに、不思議とそういう感情は湧いてこない。ちょっとばかりドキドキはするけれど。

「ああ、嫌味を言ったつもりはないんですよ？」

黙り込んでしまった青年を、リシェルは気分よく慰《なぐさ》める。

「でも、私もまだまだ頑張りますから。明日から公《おおやけ》の場にも出なくてはなりませんし、怖がっていては務まらないでしょう？　下町の女優根性をお見せしますよ」

リシェルが強気な発言をすると、アレクシオンはかすかにため息をついたようだった。

「はぁ……そうだったな。頑張れよ」

「はい」

「実地訓練の折は俺も立ち会おう」

「はい……ありがとうございます……」

「アディの様子をよく見ておくんだぞ」

「はぁ〜い……」

＊

「どうした？　疲れたか？」

リシエルの声が急速に不明瞭《ふめいりょう》になったことに驚き、アレクシオンは少女の顔を覗《のぞ》き込んだ。いつの間にか白いほっぺたが自分のシャツにくっついている。

「あれ？　そう……なのかな？　そう……かも。でも」

リシエルは心なしか間延びした口調になっている。

「なんだ？」

「私が乗っかって大分経ちますが……足……だいじょぶですか？」

「お前など、子猫を乗せているのと変わらん」

「こねこぉ？」

「だな」

「にゃあお」

突然リシェルがアレクシオンの胸にすり寄る。

「は!?」

——なんだ、こいつ。

度肝を抜かれた男をおかしそうに見上げ、娘はくすりと笑った。

それが彼に——彼だけに向けられた初めての笑顔。

「お、おい？」

「ふふふ……猫のまねー……」

にぎにぎした小さな手が顎《あご》の下に添えられるのを見て、アレクシオンの胸の中で心臓がすっ転ぶ。

——危険だ。危険極まりない。この女は女優だ。騙《だま》されるなよ、俺。

頭の中で警鐘が鳴り響く。

「……お前、子どもか？」

返事がない。アレクシオンの膝《ひざ》の上で、子猫の重さが突然、普通の猫のそれに変わった。

「おい？」

「……」

「お、おい！　リ……リシェル……リシェル？」

「ふー」

それは初めて呼んだ娘の名。なのに呼ばれた本人は全く気付かずに、長い息を吐くだけだ。

「眠って……しまったのか」

リシェルは眠っていた。広い胸に頬を押しつけて。

乱れた巻き毛から雨の匂いが立ち昇る。黒い睫毛《まつげ》がびっしり生えた瞼《まぶた》はピクリとも動かない。

――まさか熱が……？

アレクシオンは心配になって思わず額《ひたい》に手を当てた。どうやら発熱はしていない。単に眠ってしまっただけのようだ。

王宮に来ておよそ十日。慣れぬことだらけで気が張り詰めていたのだろう。夜は夜で、遅くまで様々なことを学んでいるようだし、おそらく本人が感じている以上に疲れが溜まっているのだ。

ぐっすりと眠っている娘を起こさないように気をつけながら、アレクシオンは眠りこけているリシェルを抱え直した。彼女が楽になれるよう腕の中で体を倒してやる。白い顔が上向《うわむ》いた。

――他人を容易《たやす》く信用するなと言ったばかりなのに、危機感というものがないのか。今この瞬間の俺を警戒しろよ、お人よしめ。

こんなに簡単に男に身を委《ゆだ》ねてもいいと思っているのだろうか？　それとも可愛い顔をして、案外慣れているのだろうか？　何しろ人を魅惑するのが商売なのだ。さっきだって一緒に服に入るなどと言い出すし。

彼とて若い男である。腕の中に温かく柔らかい女体を抱え込むなど、厚い布を間に挟んでいなければ、精神的な拷問に等しい。辛抱という言葉をリシェルは完全に誤解していたが、要はそういうことである。

――男の本能知らんのか？　それとも知っててやっているというのか？

アレクシオンにはわからない。そもそも彼は、この年頃の娘のことなど何も知らなかった。だが、彼女が甘やかされてきたことはわかるから、自分だけは常に厳しくしようと気を引き締める。

リシェルは自分を抱いている男にどう思われているのかも知らず、すうすうと眠っている。

——いや……違うか。厳しくして距離を置いておかないと困るのは——俺だ。つまりこれは——惚れたということなのか？

自分がこの娘に関心があることには気付いていた。だが彼女は、アレクシオンが今まで相手にしてきた女達とは、立場も年齢も全く違う。しかも、庶民として育ったとはいえ主筋《しゅうすじ》の血を引く姫君なのだ。本来ならばもっとその立場を尊重し、心から敬意をもって仕えるのが当たり前だ。そう、オーガスタのように。

その時、リシェルが苦しそうに身じろいだ。

「あ、すまん」

アレクシオンは聞こえもしないのに謝り、腕を緩《ゆる》める。いつの間にか随分強く抱きしめていたらしい。

「ふぅー」

子猫は気持ちよさそうな吐息をついて彼の胸に具合よく収まると、一層深く眠り込んでしまった。

——今ならば。

今なら戯《たわむ》れに口づけても、誰にも——本人にさえ、気付かれまい。

ぽってりとした唇は、まるで誘っているようにうっすらと開いている。ならば。

ごつい指の腹でそっとなぞると、それは想像していた通り柔らかく、そして温かかった。

——こんな出会い方さえしなければ、もっと普通に付き合えていたのだろうか？

いや、あんな風に出会わなければ、俺達はそもそも知り合うこともなかったのではないか？

下町の劇場。小汚い客席から見た青い闇。涙を流す海の女王。そしてそのあとの驚くべきやり取り。

「なぁ、リシェル……最初からさ」

アレクシオンは眠りこける娘に話しかけた。

「くー」

「……」

寝息だけ返されて、アレクシオンはため息をつく。

不意にあの忌々《いまいま》しいダーレの裏通りでの記憶が蘇《よみがえ》る。ぼんやりした灯りの下、別れが悲しくて泣いていたリシェル。それを抱きしめる美青年。この唇をあの優男《やさおとこ》は幾度奪ったのだろうか？

想像するだけで、かっと肝《きも》が煮えた。

——畜生！　面倒くさいことは無しだ！

アレクシオンはそこで思考を停止させた。

つまらぬことを考えても仕方がない。ほんのちょっと触れるだけ――アレクシオンはそう念じて顔をゆっくりと近づけた。甘い吐息が彼の顔にかかる。

もっと近くで吸い込みたい。唇で、舌で感じたい。


ぱっ！


触れ合う刹那《せつな》の、閃光《せんこう》。

「っ！」

まばゆい光に横顔を照らされ、アレクシオンは、片手を額《ひたい》にかざして身を起こした。

激しい雨風に沈んだ森から無粋《ぶすい》な光の束が飛び出したのだ。

車のサーチライト。それは大きく向きを変えると、アレクシオン達が座っていた樹の脇に停車した。激しく降り注ぐ雨がライトに照らされ、光の糸のように輝く。いくら小型車両とはいえ、こんなに近くに来るまで気付かなかったのは、激しい雨音のせいだ。そうに違いない。

「馬鹿野郎！」

アレクシオンは忌々《いまいま》しげに吐き捨てた。迎えが来たのだ。

車からオーガスタが下りてくる。

「お二人とも大丈夫ですか？」

よく通る声は静かだったが、その緑の瞳はリシェルを膝《ひざ》の上に乗せるアレクシオンを強く見据《みす》えていた。

――見られてしまったか？

「遅かったな。侍従長補佐殿《じじゅうちょう》」

「申し訳ありません。車を取りに戻っていましたので。リシェル様はいかがなさいました。まさか怪我でも……？」

「大事ない、眠ってしまっただけだ。かなり睡眠不足だったようだな。どこかの誰かがよほど厳しい学習計画を組んだと見える」

「恐れ入ります」

オーガスタはアレクシオンから眼を逸《そ》らさずに言った。

――喰えぬ男だ――昔から。涼しい顔をして、何を考えているのか決して表に出さない。

リシェルを抱え上げ、アレクシオンはすっくと立ち上がった。彼女が雨に濡れないように覆い被さるようにしながら、後部座席の扉の前に立つ。

「ドアを」

「は……どうぞ」

アレクシオンはオーガスタの視界から隠しつつ、リシェルを後部座席に横たえると、そのまま用意されていた毛布で体を包んでやる。

それから扉を閉め、助手席に乗り込もうとした時、無慈悲な手が彼を遮《さえぎ》った。

「おい、なんの……」

「伯爵様は馬達を厩舎《きゅうしゃ》まで連れていっていただけますか。このままでは良くないのはおわかりですね？　馬用の上掛けも持ってきましたし、このくらいの雨、貴方《あなた》なら平気でしょう？」

ずけずけとオーガスタは言い放った。

「どうせ適当なことを言ってリシェル様を連れ出したのは、貴方でしょうからね。責任は取ってもらいます」

「……いいだろう」

アレクシオンは目の前の男を睨《にら》みつけながら低い声で了承する。忌々《いまいま》しいが、言う通りなのだから仕方がない。

「それでこそ紳士です。貴族たるものそうでなくては」

「言葉が過ぎるぞ、オーガスタ。弁《わきま》えろ」

「これは失礼を。では、お願いしますね」

低い恫喝《どうかつ》に少しも動じず、オーガスタはスマートに運転席に乗り込んだ。アレクシオンの鼻先で扉は無情に閉められ、車は闇の中に走り去る。

──畜生！

残されたアレクシオンの周りを囲む雨と闇。

うるさいほどに森を打つ雨音が彼を世界から遮断した。

＊

謁見《えっけん》室の壁際に並んだ女官達に交じって、リシェルは一人緊張していた。

目の前では難しそうな議論が行われている。その中心にいるのはアディーリアだ。

「ベアール周辺の山岳民族の動きはその後どうですか？」

「昨年の今頃よりは大人しいかと。しかし油断はできません。ご存知の通り彼らは冬に強い。国境付近では去年の冬、三カ所の村が襲われました。死人こそ出ませんでしたが、今年も警備の薄いところをついて襲ってくるでしょう。今のナハシール市にそれを抑える力は期待できません」

「元々ベアールは独立心の旺盛な民族なのです。つきましては議長閣下、東国境への部隊の増派を諮《はか》っていただけないでしょうか？」

「増派？　どの程度の」

「そうですな。二個中隊ほどかと。それくらいなら威圧とは取られないでしょう。ベアールを無駄に刺激しないで済む。ただし精鋭部隊でお願いします」

「ベアールがゲリラ化すると厄介ですからな」

「数年前のように山岳地帯で戦闘になることだけは避けたい」

東の三州の知事達は口々に自分の治める州の状況を申し立てた。アディーリアは厳粛《げんしゅく》に彼らの言葉に耳を傾けている。その様子は、白薔薇宮でリシェルと笑い合っていた姿とは別人のようだった。

「陛下」

「いいでしょう。では審議事項の一番目に。国境の守りは国の優先事項です」

女王はそう言って静かに頷《うなず》いた。

「畏《かしこ》まりました」

——すごいなぁ。やっぱりアディは女王様なんだ。

今日はリシェルが初めて公務に同行する日である。この日は最初、養蜂《ようほう》組合の表敬訪問という小さな行事のみだったのだが、急遽《きゅうきょ》東の州の三知事との会談が入ってきたのだ。というのも、三知事のうち一人が急ぎ地元に戻らなければならなくなったからで、女王の予定と折り合いがつくのは今日の午前中のみ。そのため養蜂組合の訪問は午後に延びた。

口述筆記をする事務官の後ろでアディーリアが公務を行う姿を目《ま》の当たりにし、リシェルは改めて女王の仕事の大変さを知った。昨日の夜は、美味《おい》しい蜂蜜《はちみつ》をいただけるから一緒に試食しましょうね、と二人で笑い合っていたのに、今は蜂蜜とはかけ離れた難しい国境周辺事態について、国会議長や地方の政治家と話し合っている。

――アディは立派なおじさん達の議論に交ざってもちっとも引けを取らない。おどおどしていては信頼をなくしちゃうからなんだろうなぁ。

リシェルは、感嘆の思いでアディーリアを見ていた。

横には女官のイビサとカチュアも並んでいる。二人とも何度かこのような場に同席した経験があるらしく、落ち着き払った様子で会談の様子を見守っていた。

彼女達はリシェルより少し年上で、濃い髪色をしていた。白薔薇宮専属の女官で、影《かげ》武者《むしゃ》の先輩でもあるらしい。初めてそれを聞いた時、リシェルは酷《ひど》く驚いたものだ。

うか？

──三人も影武者《かげむしゃ》が必要なほど、女王の身には常に危険がつきまとっているのだろうか？

聞けば、イビサもカチュアも女王と背格好は似ているが、顔までそっくりという訳ではないので、主に外遊時のパレードなどにおける影武者であるらしい。また万が一襲撃を受けた時に、少しでも目くらましになるよう、女王の衣装や帽子などを常に携行しているという。つまり彼女達も危険と無縁ではないのだ。

さらに恐ろしいことに、一年ほど前、国境の街ナハシールに紛《まぎ》れ込んだ一部過激分子達の間で、女王の暗殺計画が持ち上がったそうである。それは専門家が見れば、子どもだましのような杜撰《ずさん》な計画だった。そのため実行する前に当局に露見し、関係者もあらかた拘束されたが、それでも首謀者と賛同者、出資者まで存在する、れっきとした〝計画〟だったのだ。国の象徴たる女王を亡き者にしてエイティス聖王国を揺るがそうとする輩《やから》が、現実に存在するということである。

以来、政府高官も王宮関係者も急激に用心深くなり、様々な事態を想定してイビサら影武者をはじめとする対策を練っていたのだが、その矢先のアディーリアの病《やまい》だったのだ。

──さぁ、しっかりアディの様子を観察するのよ。偉い方々の顔と名前も覚えないと。

リシェルは神経を研ぎ澄まして、政治家達の難しい話に耳を傾ける。

――ああ、相槌《あいづち》はあんな風に、相手を励ますように入れるのだわ。なるほど、そうすれば相手は気を良くする。質問は話が終わってから、慎重に。時々右手で左の肘を掴んでる……これはきっとアディの癖ね。今度やってみよう。

リシェルの心のメモは、どんどん膨《ふく》れ上がっていった。


「お帰りなさいませ、陛下。リシェル様も」

知事達との会談のあと、養蜂《ようほう》組合の訪問を終え、他にもいくつかの公務を済ませたリシェルとアディーリアは、夕方頃に白薔薇宮に戻った。オーガスタとサザビーがいつものように出迎えてくれる。

「お疲れ様でございました。初のご公務はいかがでございましたか？」

「とても緊張しました。ご会談中は皆さんのお話を聞いたり、アディの仕草や言葉遣いを観察するのに必死でしたけれど、政治の現場を見るのは初めてなので……」

「ふふふ……怖い顔で頑張っていたものね。で、どぉ？　私になれそう？」

アディーリアは笑っているが、顔色が少々悪い。疲れているのだと思いながらリシェルは答えた。

「正直今は自信がないです。あんなに堂々と、しかも難しいお話を偉い方々とするのは。やっぱりアディはすごい。生まれながらの女王様です」

「そんなことないわよ。わからない時は正直に質問するし……それにリシェルだって大丈夫よ。難しいことは全部官僚や議員達がやってくれるし、どうしても臨まなくてはならない会談なんかは、事務方がお芝居のように台本を書いてくれる」

「はい……」

「でも……考えてみればそうよね。誰だって嫌だわ。こんな仕事。気を遣うし、疲れるし」

アディーリアは椅子に深く沈みこんで天井を見上げた。

「……そういうつもりでは」

リシェルは弱音を吐いたことをすぐに後悔したが、アディーリアはそんな従妹《いとこ》の気持ちを察してか、その白い頬に笑みを浮かべた。

こうして暖かい居間に落ち着いたばかりではあるが、仕事が終わった訳ではない。一時間ほど休憩を取った後《のち》、今度は議会の小委員会が白薔薇宮で行われる。それに明日は二カ月ぶりの一般接見の日である。疲れた顔は見せられない。

――女王様って本当に重労働だわ。

「リリったら、そんなに眉を下げないで？　いいのよ、貴女《あなた》の気持ちはよくわかる。でもどんな仕事だって大変なのはきっとおんなじよ。私、ちょっと着替えてくるわね。あと、少し横になります。お茶は今いいわ。夕食は軽めにして」

「は。では、あとでお持ちいたします」

サザビーはアディーリアの言葉を聞くと途端に元気をなくし、寝室へ向かう後ろ姿を心配そうに見送った。普段は愉快で素敵なおじさんなのに。

リシェルは彼の心情を察して悲しくなった。彼は心からアディーリアに忠義を尽くし、美味《おい》しいお茶や食事で女王を労《いたわ》ることを自らの使命と考えているのだ。

「お夕食には何か、栄養のある濃いスープをご用意しておきます」

「それがいいでしょうね」

オーガスタはしおしおと居間を出ていくサザビーを気がかりそうに見送る。しかし、リシェルの方へ向き直った時には、彼の顔はいつもの穏やかなものに戻っていた。

「リシェル様はこちらでご夕食を。その前にお茶にいたしましょうね。お疲れのようなので甘いものも少し」

「……はい。でもお茶だけでいいです。それと私もお夕食はスープだけで」

リシェルはお茶と一緒に出された小さなケーキを恨めしそうに眺めた。ケーキにはふわふわのクリームがたっぷり添えられている。

「どうされたのですか？」

オーガスタが心配そうにリシェルの顔を覗《のぞ》き込んだ。

「え？　別に？」

「リシェル様まであまり食べられないなんて……よほどお疲れになられたのでしょうか？」

「それもあるけど……」

リシェルは言いよどんだ。

確かに今日一日緊張して疲れてはいた。しかし、リシェルには別の気がかりがある。

実はタイトな黒い女官の服を着るべくつけたコルセットがきつい。特に胸元が。これは地味ながら結構なストレスだった。

――けれどこんなこと言えやしないわ。

リシェルは項垂《うなだ》れて言った。

「私、あんまり食べない方がいいと思うんです」

痛ましいアディーリアの様子を見たため食欲はあまりないが、それでも健康な若い体は時間が来るとそれなりに空腹を告《つ》げる。

「は？　それは」

「だって、今まで一緒に生活していてわかったんですけど、アディーリアは私より少食だから、私がぱくぱく食べていてはまずいでしょう」

「しかし、食べなければお疲れになりますよ。体力が持ちません」

「昔から体だけは丈夫なんです。それに痩《や》せた方がいいと思うし……」

――コルセットで締め上げなくてもいいぐらいには、痩せないとね。

そう心の中で言ってみるが、オーガスタは訳がわからないといった様子である。

「リシェル様はこれ以上細くなる必要はないと思いますが」

確かに男性にこの苦しみというか、痛みは想像できないに違いない。リシェルはなんと言ったらいいのかわからず困り果てた。

「でも……ねぇ？」

助け舟を求めてイビサとカチュアに視線を送る。

「ええ、わかりますわ、リシェル様。ね？　カチュア」

イビサは心得顔で同意を示した。

「ええ。大変ですわ。リシェル様はお胸の形が良くて、お姿がいいのが逆にあだとなっていらっしゃるんです。私共も厨房《ちゅうぼう》に行って相談してみます。少ない分量でお腹が一杯になって滋養のある食事について」

「なるほど。私などが思うよりずっと、ご婦人というものは大変なのですね」

三人の娘達の様子からなんとなく事情を察したのか、オーガスタは眉を顰《ひそ》めつつ納得する。

「でも、ご無理なさらないでください。上に着る服などで対処できるなら、その方がいいでしょう？」

「はぁ。まぁそうです」

「はい……まぁそうですけど」

オーガスタは、なおも心配そうにリシェルに言い聞かせる。

「イビサ達はリシェル様のご負担があまり増えないように、シシィに尋ねてみてくれませんか？」

「そうですわね。はい、そのようにいたします」

女王専属美容師であるシシィは、女王の髪だけでなく衣装の手配も担当している。が、彼女に頼んだとしても、小さな体にやや不釣り合いに育った自分の胸がこれ以上どうにかなるだろうか？

リシェルは半ば諦めながら自分の胸元を見下ろした。

「あ、それはそうと」

「なんでしょう？」

「伯爵様は今日はお見えにならないのですか？」

食後のお茶を飲みながらふと思いついて、リシェルはオーガスタに尋ねてみた。

「シュトレーゼル伯爵様ですか？　今日お見えになるとは聞いておりませんが……何か御用でも？」

さも意外そうにオーガスタは聞き返した。

「いえ、一昨日とってもご迷惑を掛けたみたいなので……私、うっかり寝てしまったし……お詫《わ》びとお礼を言いたかったのですけど、昨日もいらっしゃらなかったし、怒っておられるのではと思って」

リシェルは雨の森でのことが気にかかっていた。

あの日、リシェルが目を覚ましたのは、白薔薇宮に戻ってからだった。雨はまだ止んではいなかったが、陽はすっかり落ちていた。雨宿りをしていた大きな樹の下で、アレクシオンに抱かれながら話をしていたことは覚えている。ふかふかとした温かさに包まれ、ふと気持ちを緩《ゆる》めた瞬間、ことりと眠り込んでしまったことも。だが迎えの車に乗せられたことや、オーガスタが車から部屋まで運んでくれたことは全く覚えていない。カチュアに揺り起こされた時、リシェルは大いに慌てたものだ。

その後オーガスタから説明は受けたものの、一緒にいたはずのアレクシオンは白薔薇宮には戻ってこなかった。だからあれ以来、リシェルは彼に会っていない。

「私ったら伯爵様にとっても失礼なことを」

「お気になさる必要はありません。聞けば、リシェル様には落ち度などありませんでしたし。伯爵様もそれはよくご存じです」

「でも、親切にしてくださったんですよ？　上着を貸していただいたり、あ、あの上着はどうなったのですか？」

「私が謹《つつし》んでお返し申し上げておきました」

「そうなのですか。じゃあ今度お会いしたら私もお礼を申し上げないと」

「伯爵様の方が恐縮しそうですがねぇ」

オーガスタは少し微笑《ほほえ》んだ。

「なぜですか？　伯爵様が何かおっしゃられましたか？」

「いいえ。ですが、そんなに彼のことが気になりますか？」

言われてリシェルは曖昧《あいまい》に視線を彷徨《さまよ》わせる。

「いいえ、そういう訳では」

ないんだけど——

なんと答えていいものかわからず口籠《くちごも》る。

「あ、そうだ」

気まずさから逃れるため、リシェルは新たな話題を切り出した。

「はい？」

「そう言えば、オーガスタは軍隊にいらしたんですってね」

「ええ、三年前まで。伯爵様からお聞きになられた？」

「はい。お気を悪くされたら申し訳ないんですけど、気になって。足にお怪我をなさったと聞きましたが、もういいんですか？」

「はい。完治していると思っているのですが……私の動きに何かおかしなところがございますか？」

「いいえ、ちっとも。だからすごいなぁって思って」

「すごいですか？」

「はい。あの……お嫌な話ではないですか？」

「大丈夫ですよ」

向かいでリシェルが飲み終えたお茶を片づけている彼の態度に変化はない。ほっとしてもう少し話を聞いてみることにした。

オーガスタは先ほど伯爵のことが気になるかと聞いた。確かにアレクシオンのことも気になるが、オーガスタのことも気になるのだ。リシェルから見れば、二人ともよくわからない、なんだか不思議な大人達である。

オーガスタはほとんど感情を表さず、そしてリシェルに好意的だ。彼に比べるとアレクシオンは感情が見えやすく――今のところ怒りばかりだが――彼女に対して厳しく批判的だ。これは立場の違いのせいだろうか？

「そのぅ……伯爵様はオーガスタが、随分厳しい軍人さんだったっておっしゃっていました。今の貴方《あなた》からあんまり想像できなくて私、びっくりしてしまって」

「伯爵様が何をおっしゃったか存じませんが、厳しくない軍隊なんてありませんよ。この国には徴兵制度があります。ご存じでしょう？」

「……一応」

「私はたまたま運が良くて、軍学や訓練の成績が少し良かっただけの話です。それに次男坊ですからね、家業を継《つ》げない以上自分で自分を養わなくてはと、二年間の徴兵期間が終わってからも軍に所属していたのです。珍しい話ではありません。結局怪我をして辞めざるを得なくなりましたが」

「へぇ、オーガスタって次男さんなのですか？　しっかりしてるから長男さんみたいですね」

「いい年をしてしっかりしない男なんてあり得ませんよ。私は貴族ではありませんし」

「私だって貴族ではないですよ」

「リシェル様は違います。お父上は王弟殿下であらせられました」

「でも、そんな時分の父なんて知りませんもの。私はダーレの下町育ちのリシェル・クロエです。それで駆け出しの女優なの」

「ふふふ、リシェル様が舞台で演じておられるところを見てみたかったですね」

「このお仕事が終わればダーレの劇場に来てください。招待券を差し上げますから」

「それは楽しみです。ですがリシェル様」

不意にオーガスタがリシェルの両手を取った。

「は、はい？」

「そろそろ私に対しても敬語はおやめください。女王陛下の影武者《かげむしゃ》であってもそうでなくても、貴女《あなた》様は王族なのです」

「……」

「ご自覚を持って。でないと綻《ほころ》びが出てしまいます」

「でも……急にそんなこと……演技ならできるんですが」

「ええ、私どもはまだお若い姫に無理を強《し》いております。ですが、リシェル様はお優しすぎるのです。シュトレーゼル伯爵の無礼な態度を許してはいけません」

「伯爵様は別に無礼ではないです……アディにだってあんな風だし」

「明らかに無礼ですよ。陛下に対してはもっと気を遣っておられます」

「それはだって……」

――お好きだからだろうし。

リシェルは黙った。

以前アディーリアは、彼と恋人であることを真っ向から否定したが、アレクシオンは多分、幼馴染《おさななじみ》の女王のことが好きなのだ――やはりそう感じられる。

「とにかく、リシェル姫。姫はもう少し我儘《わがまま》になってください。特に私どもには」

おろおろしているリシェルに、オーガスタは真剣な調子でそう言った。

「こんにちは。何やら愉快なお話をしておられる」

特徴的なリズムのノックと共に現れたのは、すっかり見慣れた感のある、剽《ひょう》げた笑顔のアロウ侯爵である。老人は二人が礼をとろうとするのを制し、そそくさとリシェルの向かいに着席すると、オーガスタに茶を所望《しょもう》した。

「今日のご公務に付き添えなくてすみませんでした。私が行くと何かと大げさになりますので。それにしても、リシェル姫は随分お疲れのご様子だ。陛下はお休みになられたと聞いていますが、リシェル様は大丈夫ですか」

「大丈夫です。緊張しましたが、私は見ていただけですから」

「さすがに舞台人は度胸がありますね」

老人は出された茶を美味《うま》そうに啜《すす》りながら言った。

「そんな……それって褒めていただいているのですよね？」

「もちろん。乗馬も素晴らしい腕前だと伺《うかが》いましたし、この爺《じじ》ぃの目に狂いはありませんでした。ね？　オーガスタ？」

「左様《さよう》でございます」

「どっかの馬鹿は、なかなか素直になれんようだが……いや、それはそれとしてリシェル姫？」

口の中でもぐもぐ言っていた侯爵は、突然調子を変えるとリシェルに向き合った。

「はい？」

「実はですね。前から一つ気になっていたことがありまして」

「え？　なんでしょう」

リシェルの顔が途端に曇った。

――なんだろう……やっぱり痩《や》せなくちゃってことかな？　それとも胸のことかしら？

「や、そんな不安そうなお顔をなさらんでくださいまし。大したことにはならないかもしれないし……そのぅ、姫は確か、お酒を全くあがられないのでしたかな？」

「お酒……ですか？」

全く予想もしない話の展開だった。

「左様《さよう》。ダーレで姫に初めてお目にかかった時、お酒は苦手だとおっしゃって、一口も飲まれなかったように思うのですが」

「あ、そうでした。はい、確かにお酒は苦手です。すぐにくらくらしてしまって……でも、最初の乾杯くらいはお付き合いできますよ。二口くらいまでなら」

「そうですか……」

侯爵は薄い肩を落とした。

「あのう侯爵様？　お酒が何か？」

「ま、なんとかごまかす手を考えなくてはならないな。体調が良くないとか、美容のためだとか？」

「左様でございますね」

水を向けられたオーガスタも真剣に考え込んでいる。

——一体なんのことだろうか？　さっぱりわからない。

リシェルの胸のうちを察してか、侯爵は珍しく困ったように笑った。

「いやいやいや、失礼しました」

「お二人してなんなのですか？　すごく困っておられるみたいですけど」

「いやご心配なく。確かに少しは困っておりますが、そうは困ってはいません」

「はぁ。一体どっちなんでしょう？」

「これは失礼。では率直に申し上げます。あのですね、リシェル姫、実は……」

芝居っ気たっぷりに侯爵が声を潜《ひそ》めるので、リシェルもつられて渋面《じゅうめん》を作った。

「実は？」

リシェルは身を乗り出す。

「我がアディーリア陛下は……」

「陛下は？」

「……結構イケる口なんですよ」

新たに加わった難題に、リシェルは前傾姿勢のまま固まってしまうのだった。

翌日——

アディーリアの朝の接見に同行したリシェルは、その後主だった側近や政治家を練習台に、接見の練習をすることになった。これはオーガスタの意見をもとに、リシェル自らが言い出したことである。練習場所は王宮の隣にある迎賓館《げいひんかん》。ここなら普段使われていないし、格式も高くて練習にはもってこいの場所だった。

「すみません、急に予定を変えちゃって……」

「いいんですよ。言ったでしょう、リシェル様はもっと我儘《わがまま》を言ってもいいんだって。それにほら、また私に丁寧語を使っておられます。ここは公《おおやけ》の場所ですよ」

「あ、そうか。そうでした」

白薔薇宮のホールを出る寸前にオーガスタに窘《たしな》められ、リシェルは顔を引き締める。ここから先は練習とはいえ、自分は女王なのだ。王宮では、女王の私邸たる白薔薇宮以外は全て公の場所と言ってもいい。

今日の彼女は女官姿ではない。アディーリアがよく着るスーツを手直ししたものをまとい、髪もちゃんと結《ゆ》っている。少し踵《かかと》のある自分用の靴も誂《あつら》えてもらった。

お付きはオーガスタの他にはサザビーと、お馴染《なじ》みのイビサとカチュアである。今回アディーリアは付き添わない。その方がリシェルが集中できるとの判断からだ。

「では、頼みます」

リシェルは胸を張った。

「大丈夫です。陛下そのものです」

サザビーも太鼓判を押す。彼は普段、白薔薇宮から出ることはあまりないが、オーガスタに頼まれて、リシェルへの助言と精神的な支えをすべく同道しているのだ。

外に出ると、すでに迎えの車が待っていた。傍《かたわ》らに立つのはアレクシオンである。彼に会うのは三日ぶりだ。

二人の目が合う。

「陛下」

背後からオーガスタが促《うなが》した。その意味を悟ったリシェルは、小さく頷《うなず》く。

「おはよう、アレックス」

「……おはようございます」

リシェルの言葉に一瞬動揺したように見えたアレクシオンだったが、すぐに車のドアを開けた。

「意外と似合っている……その服」

「安全運転でお願いしますね。アレックス」

車に乗り込む瞬間に低く囁《ささや》かれた言葉を、リシェルは華麗に無視して言う。

一行が車に乗り込むと、早速アレクシオンが説明を始めた。

「急なことだったから人数を集めるのに手間取ったが、今日の立会いは侍従《じじゅう》数名と、文官、武官数名。皆王家に忠実で、陛下の病《やまい》のことも知っている者達ばかりだ。きっと役に立ってくれる。迎賓館《げいひんかん》の役人には、陛下が女性用の化粧室の模様替えを思いつかれたので、急ぎ様子を見に行かれると言ってある」

「……もう少し、ましな言い訳はなかったのですか？」

オーガスタが呆れたように言った。

「だって、他に思いつかないだろ！　国賓《こくひん》も来てないのにアディが迎賓館に来る理由なんて！」

「それにしたって……化粧室とは……ねぇ陛下」

リシェルは何も返せない。自分のことながら、笑いを堪《こら》えるので精いっぱいだったのだ。

敷石が美しい通りを進むと、やがて立派な迎賓館が現れる。王宮の隣とはいえ、車でなければ少々面倒な距離だ。正面玄関で迎えるのは、アロウ老侯爵。

「陛下、お待ちしておりました。こちらには久しぶりですな」

「ええ、爺《じい》や。急に付き合わせちゃってごめんなさい。化粧室の壁紙が少し気になったものだから」

もうお芝居は始まっている――

リシェルは大真面目に答えて中に入った。その途端、にわかにリシェルの心拍数が上がる。

――うわぁ……すごい豪華だ。金ぴかだ。

磨き抜かれた石の床にヒールの音が響いた。普段あまり使われない場所とはいえ、迎賓館は王宮の一部なのだ。

「今日は関係者以外は誰も来ないように取り計らっております。こちらが小謁《えっけん》見室になります。皆様、もうお揃いですよ」

「はい」

なんとか声は出せた。

そのまま廊下を進む。この先に乗り越えなければならない試練が待っている。膝《ひざ》が震えないようにするのがやっとだった。

「アディ？」

アレクシオンの声も心なしかかすれている。彼も緊張しているのだ。

「だ、大丈夫です。少しだけ待ってください」

リシェルは眼を閉じた。

舞台はすぐそこだ。素晴らしいレリーフがほどこされた観音開きの扉の前で、リシェルは立ち止まり、大きく息を吸って眼を閉じ、集中力を高める。

——私は女王。さぁ、お芝居の幕が上がるわ。

「……行きましょう」

オーガスタの手で扉が開け放たれた。

二時間後——

「ああ、もう泣くなって！」

白薔薇宮の三階、女王の私室。

寝台に突っ伏したリシェルの背に、アレクシオンの途方に暮れたような声がかけられる。

「……だって、だって……ううう……まったくダメだったんだもの！」

「駄目でもしょうがないだろう！　色々初めてだったんだ……だからひゃんひゃん泣くな！」

「シュトレーゼル伯爵、お言葉が過ぎます」

アレクシオンの後ろにいるオーガスタが窘《たしな》めた。

「姫はご立派でしたよ、私から見ても」

それを聞いてリシェルは枕に顔を押し付けたまま言い返す。

「オー……ガスタさ……ん！　慰《なぐさ》めはいりません。私、本当に情けなくて……ごめんなさいっ！　伯爵様もごめんなさい！」

「泣くなって！　正直そんなに悪くなかったぞ。いやほんとに」

「嘘！　だって、最初から大失敗だったし。声があんなに上ずって……台詞《せりふ》の間《ま》も持てなくて！」

「そりゃダンネル中将が悪いだろ！　あの人に悪気はないんだが、初めて会った奴は大抵怖気《おじけ》づくんだ。若い娘ならなおさらだ。だから、泣くな、な？」

世にも珍しいアレクシオンの慰めの言葉も、リシェルの耳には入らない。

「無理です！　出だしからトチって……私、女優失格ですぅ！　わぁん！」

「……ああ、姫様お気の毒に……伯爵、貴方《あなた》もなんでリシェル様の最初の試練に、ダンネル中将を呼んだんです。あの方は中身はともかく、ご面相《めんそう》は子どもが泣き出すレベルじゃないですか」

リシェルのあまりの取り乱しぶりに、オーガスタはきっとアレクシオンを睨《にら》む。

「仕方ないだろ！　たまたまあの人が空いてたんだよ！　くそ、俺だって反省してる」

苦り切ってアレクシオンは吐き捨てた。

事の次第はこうだ。

迎賓館《げいひんかん》一階の小謁見室《えっけん》の扉を開けた瞬間、アディーリアにそっくりなリシェルの姿に感動したエイティス国軍中将ダンネルが、「おお！」と叫んで突進してきたのだ。彼は軍人とはいえ情が深く、女王や政府からの信頼も厚かったが、いかんせん顔が怖すぎた。頬に斜めに走る傷は昔命がけで戦った勇者の証《あかし》だが、それと立派すぎる口髭《くちひげ》、吠《ほ》えるようなだみ声は、若い娘の勇気を挫《くじ》くに十分であった。ただでさえ緊張し切っていたリシェルは、老兵の勢いに恐慌状態に陥《おちい》り、「ぎゃあ！」と叫んで後ろにいたアレクシオンにしがみついてしまったのである。

その様子に狼狽《ろうばい》したダンネル中将はオーガスタに叱られ、同席した者達は困惑し、老アロウは笑い転げるしで、場の空気はしばしどうしようもなく混乱した。

ともあれ予定通り模擬謁見は行うことになったが、一旦途切れた集中力を取り戻すことは難しく、リシェルは台詞《せりふ》をトチるわ、見当違いのところで予定外の質問をするわ、挙句の果てに毛足の長い絨毯《じゅうたん》にヒールを絡めてしまい、つんのめってダンネル中将の胸に突っ込んでしまった。リシェルにとっては散々なデビューである。

「皆様もう、私のことを決して信用してくださらないでしょう！　あんな醜態《しゅうたい》を晒《さら》してしまって……本当になんと言ってアディに謝ればいいんでしょうか？」

二人の男達は、『リシェルを悪く思った者は一人もいなかったし、むしろ友好的かつ、微笑《ほほえ》ましいムードだった』と宥《なだ》めるのだが、そうだとしてもリシェルの女優としての誇りが許さない。

「アディは絶対、今頃腹を抱えていると思うぞ？」

「やっぱり！　頭を抱えて……私もうアディに愛想を尽かされたんだわ……」

リシェルは呆然と呟《つぶや》き、それからまた盛大に泣き出した。

彼女は白薔薇宮に戻ってすぐに自室に駆け込んでしまったので、ちょうど休憩中だったアディーリアとも顔を合わせていない。だが、きっと事情は伝わっているだろう。

「違うって！　違う！　頭じゃなくて腹だ！　腹！　おいオーガスタ、お前なんとかできるか？」

アレクシオンは、一番頼りたくない相手を振り返った。

「できるものならしていいます。まずは落ち着いていただかないと……ここはやはり」

「私の出番ですねぇ」

音もなく入ってきた老人に、青年二人は今までにない感謝の目を向けた。どうやら今

までアディーリアに事の顛末《てんまつ》を話して聞かせていたらしい。アロウ侯爵は、痛ましげな声でリシェルに話しかける。

「ああ、ああ、お可哀そうに。こんなに泣いて……さ、あんた方は出ていって」

侯爵は青年達に扉を指し示した。

「けど……」

「大丈夫ですから。この老人にお任せあれ。さぁさぁ」

二人の青年達は少しの間顔を見合わせていたが、やがて頷《うなず》くと、リシェルの方を気にかけながら出ていった。

あとには老人と泣いている娘が残る。

「リシェル様？」

「……すみません」

「いやお気持ちはわかりますよ。だけどもね、ほんっとに意外なんだけど、今日に限ってはあの意地っ張りの意見が正しいです」

「……意地っ張り？」

リシェルは少しだけ枕から顔を上げた。

「シュトレーゼル伯爵閣下のことですよ」

「……伯爵様は意地っ張りなんですか？」

――そんな子どもっぽい表現が、あの大きな男に相応《ふさわ》しいだろうか？

「そりゃもう最高に。でも今、大事なのはそのことではありません。今日、貴女《あなた》は本当に頑張ったのですよ」

「ですが、あの大きな軍人のお爺《じい》さんにびっくりして。冷静じゃなくなって……あとはアディとは似ても似つかない態度になってしまって……コケたし」

「いやいや、似ておりましたですよ。十八歳の頃の陛下に。さすがはお従姉妹《いとこ》同士だ」

「……？」

「私は真実王家の血の繋がりに驚いたのです。昔の陛下は、それは感情豊かで、素直に振る舞っておられたから」

「ですが、私が演じるのは昔のアディじゃありません。今の、完璧な女王陛下なんです！」

リシェルはなんとか寝台の上に起き上がり、膝《ひざ》を抱えた。

「確かに。でも、素質は十分だってことです。今日だって、緊張はされていたようだけど、文言は……姫は台詞《せりふ》とおっしゃってましたが、ほとんど覚えていらしたじゃないですか。普段使わない言い回しが結構あったのに、これはすごいですよ」

「台詞は暗記すればいいだけだから……でも、何カ所か噛んだし、もっとゆったり間を取らなければいけないところで、焦って早口になってしまいました」

「そりゃ、接見というものをしたことがないんだから、当たり前ですよ。でも、貴女の声には艶《つや》がありますよ。慣れればきっと人々が耳を傾けるような話し方ができます。ダンネル中将だって感激のあまり、泣き出す始末だったじゃないですか。あの人はもう貴女に忠誠を誓っていますよ。それに他の侍従《じじゅう》や文官達も、姫が影武者《かげむしゃ》をやることに納得していました。この試《こころ》みは姫が言い出したものなのでしょう？　なら今日成し得たことを喜んで、あとは経験を積み重ねていきましょう」

「慣れれば……でももう、時間がないわ。アディを早く入院させてあげないと……そうだ、アディ！　アディは大丈夫かしら？」

「うんうん、そうね」

リシェルが顔を上げると、笑いを堪《こら》えた様子のアディーリアがいつの間にか側《そば》に立っていた。

「アディ！　聞いていたの？」

「ごめんね。リリはすごかったんだってね」

二人は寝台に並んで座り、リシェルはなんとか涙を拭《ぬぐ》って言った。

「違うの……大失敗だったの。皆さん、優しいから慰《なぐさ》めてくれるんだけど……」

「じゃあまた一緒にお稽古しましょうよ……してくれるんでしょう？」

「お稽古……？」

「そうよ、私達は女優でしょう？　初日を迎えても役者は幕が上がる直前まで練習するもんだって言ってたじゃない。まだ大丈夫」

「そうか……こけら落としは何も明日じゃない……まだまだ稽古ができる！」

自分の知る世界に状況を置き換えてみれば、リシェルの心はどんどん落ち着いていく。

「そうよ、お稽古。私もするから。ね？」

「……はい。これくらいで落ち込んでごめんなさい。私、色々混乱してたみたい。明日からまた」

リシェルは従姉《いとこ》の手を握りしめる。

「ええ、一緒に」

アディーリアもリシェルの手に自分の手に重ねた。リシェルはもう泣いてはいない。

「頑張りましょうよ」

「はい！」

二人の娘達は手を取り合って微笑《ほほえ》んだ。

「……なんとこれは……お美しい」

やはりそっくりだと、二人を見比べながらアロウは密かに呟《つぶや》いた。

女王とその影武者《かげむしゃ》でなくても、この二人は尊い王家の貴婦人なのだ。

彼はそっと部屋を出ると、やや元気のない様子で椅子に腰かける青年達に向かって言った。

「お二方。リシェル様も陛下も大丈夫です。我が姫君達のなんと素晴らしいことか！」

「爺《じい》さん」

「閣下……」

彼はしゃんと背筋を伸ばし、指先をくるりと回して魔法使いのように青年達を指さした。

「さぁさぁ、お若い方。我々男達がしょげ返っていてなんとします。私達にできることはお二人をお守りすること、そして国の危機を乗り切ること。そのための剣と盾になるんですからね。そらそら立って！　明日からまた忙しいですよ！」

翌日からリシェルは、アディーリアの昼の公務全てに同行し、公《おおやけ》の場での作法や言葉遣いを身につけていった。

時には民間の施設訪問や美術館で行われる子どもの絵の表彰式などといった、短時間で済む簡単な公務を〝女王〟として行う。その場に立ち会う者達は、女王を写真や遠目でしか見たことがない一般人だったから、リシェルが経験を積むいい機会となったのだ。

そして終わってからは必ず、アディーリアやアロウ侯爵、アレクシオンも交えて、リシェルの言うところの〝おさらい会〟を行い、「ここはもっと力を抜いて」とか、「すべての質問に答える必要はない」などといった意見に耳を傾けた。

夜は夜でオーガスタの講義を受け、教養を身につける。それらの合間を縫って数種類の舞踏《ぶとう》、馬術などの練習も重ねた。

一度腹を括《くく》ったリシェルは、アロウが密かに舌を巻くくらい熱心で貪欲《どんよく》だった。

そして秋はどんどん過ぎ去り、空は低く、雲が垂《た》れ込める日が続くようになった。

気がつくとリシェルが王宮に来てから一月《ひとつき》になろうとしていた。もうこれ以上アディーリアの手術を延ばせない。

冬がもうそこまで来ている。

＊

「おはよう、リシェル」

ある寒い朝、アディーリアは白薔薇宮の自室にリシェルを呼んだ。

「おはようございます」

「ちょっと冴えない顔色ね」

「曇り空のせいですよ」

リシェルはそう言うが、今日は実際元気が出ないのだろう。

「……お互い、いよいよなのね」

アディーリアは住み慣れた部屋を見渡した。

基本的に何も変わっていない。部屋は衣類も家具類も本もそのままにリシェルが預かることになり、今日からしばし、主《あるじ》の帰りを待つ。必要なものはすでに病院に運んでいるので、アディーリアは身一つで入院すればいいだけだった。

本当なら医療機器を全て王宮に移して手術する方が、秘密の保持にはいいのだろう。が、移動が不可能な設備があるらしく、やむなく外部での入院、施術、療養となったのである。

アディーリアは普段通り堂々と振る舞っていたつもりだったが、その黒い瞳にいつもの強い光はない。

優秀な侍医団がついているとはいえ、彼女は今、自分の体、しかも頭部を開いての手術に臨もうとしているのだ。

昨夜眠る前、アディーリアは寝台の上で少しだけ泣いた。これから待ち受ける試練を思って。

今の自分には、慰《なぐさ》めと励ましを与えるために胸を貸してくれる人はいない。王宮にいる間、たくさんの忠臣や友人達に囲まれてはいても、本当に辛い時は常に一人だった。肉親たる母と弟には一年以上会っていない。さすがに母にだけは、病気と手術のことは知らせてある。母は密かに病院に来てくれるらしい。が、来るといってもわずかの日数だけだろう。家族の縁が薄いのは、エイティス王家の宿命なのだろうか?

——いや、そうじゃない。

アディーリアは涙を拭いた。

リシェルがいる。

彼女はもうアディーリアにとって家族以上の存在になっていた。

彼女は従姉《いとこ》である自分のために故郷を離れ、努力し、そして力が足りないと言って泣いていた。

毎日毎日、一分一秒を惜しんで女王になり切ろうと努力している。その強さと献身は、間違いなくアディーリアだけに向けられたものだ。

——そう言えば、最初からなんだか不思議な子だなぁって感じていたっけ。

アディーリアはたった一月前《ひとつき》の、彼女と初めて対面した時のことを思い出していた。

父方の従妹《いとこ》がダーレにいることは聞いていた。しかしここまで自分に似ているとは思わなかった。

たった一人で緊張しながら女王の私室に入ってきたリシェル。初めて見た従妹は思っていたよりずっと若くて、そして可愛らしかった。

最初は、こんな子どもに自分の身代わりを頼むなんて、と内心冷や汗をかいた。アロウの眼は信頼していたけれど、まだ自分の人生に踏み出したばかりの少女に、一国の君主の身代わりなど、荷が重すぎる。

しかし、アディーリアの心配は、ものの見事に外れたのだった。大好きだったラウリアス叔父の一人娘は、予想以上に強く、聡明で、愛情に満ちていた。

一月の間、リシェルと共に起居し、多くの時間を共に過ごすうちに、そのことを強く感じるようになった。彼女は王家の複雑な事情を聞いても、危険の可能性を知っても、この役目を引き受けてくれた。加えてその素直で温和な気質や、目標を定めたら努力を惜しまずやり遂げようとする姿に、アディーリアは自分をも凌《しの》ぐ君主の資質を感じていた。

確かにぱっと見には人の目を惹くような才気は感じないが、しかしそれこそがリシェルの持つ最大の武器と言えた。普段は人目につかず、すぐにその場の空気に溶け込んでしまうほどに平凡。だがいざという時は、誰よりも輝く素質を持った娘。それは王家の血だけではない、この少女自身に内包される宝石の力――いや、この少女こそが宝石なのだ。

――あの子を育て、こんなところに寄越してくれた人達に、一生分の借りができたわね。いくら感謝をしても足りないわ。

でも……もし、自分が病《やまい》に打ち勝ってここに戻ってきたら、彼女はいなくなる……帰ってしまう。

そう考えるとアディーリアの心は、ずきりと痛んだ。

――だめよ、そんなことを思っては。私はまだ何にも乗り越えていないじゃないの。今は先のことよりも手術を乗り越えてできるだけ早くここに戻ること、それだけを考えなくては。明日に備えて今は眠るのよ。

そこまで考えて、アディーリアは眼を閉じた。

――絶対に負けたりしない。リシェルが勇気をくれたから。

そして出立《しゅったつ》直前の今、リシェルが目の前にいる。アディーリアの希望で彼女は白薔薇宮ホールでの見送りはしないことになっているから、ここが二人の別れの場である。

「アディ……雨が降ってきました」

朝だというのに、暗い空からはついに水滴が滑り落ちてきた。

「あ、ほんとだ」

アディーリアも窓の外に目をやる。

「でも、雨の方が目立たなくていいですよ。この場合は吉兆《きっちょう》です。午後には晴れるそうですし」

見送りはできるだけ人目につかないよう、白薔薇宮の中でもごく少数の人間のみで行われる。病院の場所もほとんど知らされていない。

「そうか。リリは物事を別の面から見るのが上手ね」

アディーリアは感心する。

「よく言えばそうかもです。でも大抵能天気だって言われますけど」

「そんなことないわよ。あっ、そう言えば……」

「え？　なんですか？」

「爺《じい》やにリリが昨日から食前酒を飲み始めたって聞いたわ。私が見てない時にそんなことしてたのね」

「あー……実はそうです。少しずつお酒に慣れなくちゃと思って」

「もう……そんなことまでしないでいいのよ。今でも貴女《あなた》にすごい無理をお願いしているのだから」

「ええ。でも、ほんの少しだけですし、とても飲みやすいお酒にしていただいて……実際なんだか好きになってきました」

「やだ！　リリったら。でも、気をつけてね。そのくらい、皆が何とかするわよ」

「ええ。わかっています。アディこそ、くれぐれもお大事に。お心を煩《わずら》わせることなく自分のことだけ考えてくださいね。……すみません、無教養でこんな言葉しか出てきませんけど」

「いいえ。よく伝わるわ……リシェル」

リシェルは言葉の代わりに、自分の手でアディーリアの白い手を包み込んだ。

「はい」

「本当にごめんね？　そしてありがとう」

アディーリアはリシェルを見つめた。

ほんの数カ月前まではもう諦めかけていたのだ。自分の身代わりをできる者などいないと。

なのに今、リシェルは自分の傍《そば》に立ってくれている。

――私はもう一人じゃないんだわ。

「……アディ？　どうかされました？」

「いーえ、なんでも！　ただリリで良かった、会えて良かったって感動してただけ……大好きよ」

「私もです、アディ」

「だけど……本当に、もし何かあっても絶対無理しないで、いつでもこんな役目なんか……」

アディーリアはそう言って、リシェルの手を握る。

リシェルに全て話してはいないが、女王として国の抱える問題はよく知っている。東の国境は不安定だし、王都で不審な人物を見かけたという情報もある。まったく危険がない訳ではないのだ。

だがリシェルは首を振る。

「いいえ、アディ。私はもう決めたんです。だからこの一月《ひとつき》でアディの癖とか仕草とか、かなり上手く演じられるようになりましたわ。侯爵様も、オーガスタも、他の皆さんも、そうおっしゃってくださいましたもの。これはお世辞ではないはずです。それに……」

リシェルは愉快そうに肩を竦《すく》めた。下ろした巻き毛が肩の上で揺れる。

「なぁに？」

「こんな大舞台を踏める役者は滅多《めった》にいません。女優冥利《みょうり》に尽きます！」

「リリったら！　まぁ！」

呆れたように口を開けて見せたが、アディーリアにはわかっていた。

リシェルは仮に自分が女優でなくても、この役目を引き受けたであろうことを。

アディーリアは、自分よりほんの少しだけ低いところにある頬に唇を寄せた。見えないうぶ毛の生えた頬は、自分と同じように白くて柔らかい。この下には自分と同じ血が流れているのだ。

「貴女《あなた》はもう私の家族なのよ。数少なくなった我が家の大切な生き残り。いえ、そうでなくても、貴女は大好きな私の従妹《いとこ》、愛する妹なの」

「アディ……」

「リリ。お願いだからこれだけ約束して。この先何か不測の事態があってもう駄目だと思ったら、絶対に我慢しないでアロウ爺《じい》やに相談して。彼ならきっと上手く計らってくれるはず。いえ、あのお爺さんならもう色んな予防線を張っていると思うんだけど……

だから絶対に一人で悩まないで」

「はい、約束します」

リシェルは大きく頷《うなず》いた。

「ふふふ」

「ふふ」

笑うと一層よく似ている娘達だった。

「それからもう一つ……実はアレックスのことなんだけどね！」

アディーリアは素敵な秘密を持った子どものように言った。

「伯爵様？　そう言えば、今日はお見送りにいらっしゃらないんですか？」

意外そうにリシェルは尋ねた。

「来ない。今日は来ないでって私が言ったの。アレックスとは昨日二人で話をしたわ」

「そうですか……道理で今日見かけないと。伯爵様はどうおっしゃっていました？」

「さっさと元気になって帰ってこいと、ただそれだけ。あいつらしいわね。でも……」

アディーリアは少しだけ探るような眼をリシェルに向けた。

「リリは彼のことをどう思っているの？　ほら、これから一緒に過ごすことも多くなるだろうし……どぉ？　上手くやっていけそう？」

「ええ、大丈夫です。ちょっと怒りっぽいけど、いい人だと思います」

リシェルは本当にそう思っているのだと、明敏《めいびん》な女王は見て取った。

——いい人認定か……アレックスも気の毒に。

この十日間ほど、彼は非常に口数が少なかった。その上、黙ってリシェルを見ていることが多かったように思う。

「それならいいんだけど。彼、口下手で偉そうで、まったく困った奴なんだけど、貴女《あなた》の言う通り悪い人間ではないの。だから彼のことも頼りにしてあげて。当てにされると俄然《がぜん》張り切る男だから」

「はい、そうします」

リシェルも大きく頷《うなず》く。彼は今日から公務のある日はリシェルについてくれるはずだった。

「アレックスが何か言っても、リリは私にちっとも負い目を感じなくてもいいのよ……というか、負い目ならむしろ私にある。だから、貴女は役割を果たす時以外は、できるだけ貴女のままでいて。私に遠慮なんかしないで。アレックスもそう思っている」

「はい」

「それに無理に優しくしてやる必要はないのよ？　はっきり言って彼にリリはもったい

ない」

「……はぁ。確かに伯爵様は、私なんかにはもったいない……」

「違うわよ、その逆！　リリみたいないい女には、アレックスじゃ足りないって言ってるの。いいこと？　リシェル、アレックスを頼るのも利用するのもいいけれど、つけ上がらせてはダメよ」

「えっと……」

「絶対よ！」

「はい！」

よく意味が呑み込めないまま、リシェルは元気よく返事をした。アディーリアを安心させようとしているのだろう。

「それから……ああ、これではキリがないわね。どうもリリといると、もっともっと話していたくなるわ」

「じゃあ早く帰ってきてください。お話することが、絶対いっぱいできると思いますから」

「ほんとそうね。じゃあ最後にね、これを……」

アディーリアは自分の指から銀色の指輪を抜き取る。王家の紋章入りにしては簡素な造りだ。それは、奇《く》しくもぴったりとリシェルの指に収まる。

「ありがとうございます。指輪ってあんまりしたことないんですが……失くさないようにします」

顔の前に手を翳《かざ》し、不思議なものを見る目でリシェルが呟《つぶや》く。

「大したものじゃないんだけどね。金銭的にもそんなに価値はないだろうし。でも、こんなものでも私の紋章が入っているし、何かの役に立つかもしれないから。私だと思ってはめておいて」

「はい。お預かりいたします」

「じゃあ、行ってくるわ。なるべく早く戻るから……あとを頼みます。女王陛下」

「アディ……ええ、わかりました」

二人の娘はどちらからともなく、しっかりと肩を抱き合った。

涙はない。かわりに降りしきる秋の雨が窓を濡らしていた。

*

アディーリアが白薔薇宮を発《た》った、その日の午後。

今日の公務は、暁宮《あかつききゅう》で行われる小規模な表敬訪問を受けること。宮中におけるリシェルの初仕事だ。もうアディーリアはいない。リシェルが女王なのである。

王宮で一番大きな建物である暁宮は、様々な官庁と渡り廊下で繋がっており、接見や会談などのほとんどがこの宮殿で行われる。言わば女王の主たる仕事場である。

今回は有名な音楽家との交流だった。四人の音楽家達と、国立劇場での催《もよお》しの内容や、街角の小さな音楽堂建設計画について話し合い、最後に彼らの演奏を聴いて終わるのだという。アディーリアは表向き、伝統音楽にも強い興味を持っているということになっているらしい。

暁宮に出向く直前、リシェルは白薔薇宮最上階にある女王専用のパウダールームにいた。

この階は女王の私的な空間であり、部屋数は十を数える。三つの客室、居間、書斎、衣装室、そしてパウダールーム付きの寝室等々。

アディーリアが不在の今、これらは全てリシェル一人が使うことになった。リシェルは初め、従姉《いとこ》とはいえ寝室や居間のような極めて個人的な部屋を使うことを遠慮していたが、アディーリアの部屋や持ち物を使うことによって、精神的にも感化されるのではというオーガスタ、そしてアディーリア自身の助言に従ったのだ。

衣装室と繋がるこのパウダールームはそんなに大きくはないが、一つの壁が全て鏡になっている上に、中央には大きな三面鏡まである。外は雨だというのに、鏡のおかげか室内は明るい。

女官長のエロル、カチュアとイビサ、そして美容師シシィはその大きな三面鏡の周りに立っていた。中央にはリシェルがいる。

「まぁ……カチュア、これって……」

「ええ、本当にそうね、イビサ」

二人の女官は嬉しそうに頬を染めた。シシィが最後の確認を終え、鏡に向かっていたリシェルの手を取ってくるりと回す。

「いかがですか?」

髪を短く刈り込み、ひょろりと背の高い女王専属美容師シシィは、誇らしそうに己《おのれ》の力作を女官達に示した。エロルも言葉をなくして、娘ほどに若いリシェルを食い入るように見つめている。

「非の打ちどころがありませんね。さすがですシシィ。それともリシェル様が、と言った方がいいのでしょうか」

「陛下が、と言うべきです。今、リシェル様は完全に女王陛下なのですから」

つんと反り上がった細い鼻をひくひくさせて、天才美容師はリシェルに視線を戻した。

秋の新作、上品な紺のスーツ。スカート丈は脹脛《ふくらはぎ》の半ばで、膝《ひざ》まではぴったりと体の線に沿い、裾《すそ》にいくに従って緩《ゆる》やかに開いている。上着の下に着ている白いブラウスは胸元に大きなリボンがあしらわれ、リシェルが気にしていた胸を目立たなくしていた。そうでなくとも、宣言通り食事の量を二割ほど減らし、少しほっそりとしたリシェルである。そのおかげもあって、コルセットの責め苦は幾分楽になっていた。

ふわふわの巻き毛は耳を隠すように少し垂《た》らしている他は、後ろできれいな髷《まげ》にされていた。ひっつめすぎず、緩すぎず、具合よく後《おく》れ毛を見せて、女らしさと大人っぽさを醸《かも》し出している。

肝心なのは靴だった。アディーリアより若干背が低いリシェルは、目立たないように底上げされたヒール靴を履かされている。元々ヒールが苦手だったので、最初足のあちこちに靴ずれを作った。しかし今はそれにも慣れ、短時間であれば危なげなくスマートに歩けるようになった。

――そうは言っても苦行だったわぁ。

この一カ月あまり、心の中で何度もそう思ったが、いったん決めた覚悟は揺るがなかった。外見だけでなく、中身も女王であろうと寝る間も惜しんで努力してきた。その成果を、アロウ侯爵やオーガスタ、そしてアレクシオンをはじめとする、一緒に頑張ってきた仲間達に見てもらうのだ。

リシェルは大きな姿見に視線を戻した。そこに映っているのは、常日頃見慣れた、ぽやっとした笑みを浮かべる平凡な娘ではない。背筋を伸ばし、全ての所作が洗練された大人の女性である。

——だけど、形ばかりマネしたってダメなのよ、リシェル。わかってるわよね？

「そろそろお出ましを」

扉の外から聞こえるオーガスタの声に、リシェルはぐっと顎《あご》を上げた。鏡から反射した鈍い光を受け、瞳が一瞬青く染まる。

＊

アレクシオンは白薔薇宮のホール脇の控え室で待っていた。

ここ最近、アレクシオンは気を遣ってリシェルに接している。オーガスタやリシェルに言われたからではなく、自分の意思で。

リシェルとアディーリアが似てないという彼の認識は変わらない。が、リシェルに関する先入観だけは跡形もなく消え去っていた。

彼の予想を超えて、下町の女優は頑張ったのだ。それは身の程知らずの努力ではなく、前向きで、優しい気持ちでの日々の積み重ねだった。

作法を身につけ、所作を整え、面倒な史学を繰り返し暗唱した。舞踏《ぶとう》を覚え、馬術にも磨きをかけた。最初の接見練習では失敗したものの、その後はさらに精進し、女王に相応《ふさわ》しい振る舞いを見せ始めている。

こんな努力をする人間を彼は他に知らない。だからアレクシオンは、リシェルへの接し方を改めざるを得なかったのだ。甘すぎてもいけないが、厳しすぎてもいけない。

その上彼は、彼女の小さな姿を目で追わないようにするのにも苦労していた。その苦労を悟られないようにするのにも気を遣っている。なぜなら常にリシェルの傍《そば》に控えるオーガスタの前で無様《ぶざま》な男になり下がる訳にもいかなかったからだ。

——これも己《おのれ》を律する訓練の一つだ。

自分に枷《かせ》を課し、それを感じなくなるまで訓練を積んでいく。軍隊時代はそれが当たり前だったし、自分の性にも合っているはずだ。

アレクシオンはそう考えることにし、リシェルに負けぬ努力で日々邁進中《まいしんちゅう》なのだ。

小娘一人に何を大げさなと思うが、獅子は兎《うさぎ》を狩るにも全力を尽くすと言うではないか。アレクシオンはこの格言を唱え、とりあえず自己を律するという点では一応の成果を上げた（と思っている）。

——で、その実践の初舞台が、音楽家との懇談会《こんだんかい》という訳か。リシェルと俺だけの。

思わずため息が漏れた。

そう、実のところアレクシオンは今回初めて、リシェルと二人で公務に臨むのだった。二人で行動するのは、雨に見舞われた乗馬の日以来である。あの時の失態を思い出すたび、苦い後悔がせり上がってくる。だから、今日は何としても無難に収めなくてはいけない——のだが。

悪いことに芸術は、アレクシオンの最も苦手とする分野であった。今日の公務の内容を侯爵に聞かされた時、今回ばかりは遠慮させてくださいと願い出ようと思ったくらいだ。

どう考えても護衛官である自分が必要な場面などあるはずもない。念のため資料を見せてもらったが、四人の音楽家のうち、二人の男は老人と言って良い年齢で、あとの二人は女性である。しかも、謁見《えっけん》の前に身体検査を受けるのだ。リシェルに何の危険があると言うのか。

しかし、侯爵は「貴方《あなた》がたがお互いに慣れるにはちょうどいい機会ですよ。ぜひお二人で」と言った。

——他人事だと思って……

不特定多数の人間と接する夜会や大きな会議ならばともかく、今回自分は同じ趣味を持つ女王の友人という立場で、横に座っているだけなのだ。もちろんアレクシオンに音楽鑑賞の趣味はない。軍楽隊でおなじみの吹奏楽ならまだしも、弦楽器《げんがっき》を主とする室内楽など聞かされては、眠気を堪《こら》えるのに絶対に苦労しそうである。

——何が同じ趣味だ。誰だ？　勝手なことを言った奴は。だが——まぁ。

あの娘の初仕事としては、ちょうど良いかもしれない。舵取《かじと》りの難しい国際問題でもなく、複雑な利権の絡んだ通商会議でもない。さすが世事に長《た》けたアロウ侯爵だ。なかなか上手い仕事をする、とアレクシオンは不本意ながらも感心する。

時計を見れば、一時半である。予定では二時からということなので、そろそろ上に迎えに行こうかと思った時、ノックの音がしてサザビーにホールに移るように告《つ》げられた。

「お待たせしました。暁宮へは東の廊下を通って参りますので、こちらへ」

そう言ってサザビーは扉を開くと、その横に立って恭《うやうや》しく頭を下げる。

——さぁ、行くぞ、小娘。

アレクシオンは大股で部屋を横切った。

観音開きの扉の向こう。

そこに聖女王が立っていた。

第六場　君主の仕事

アディーリアが入院する前夜のこと。

「明日は見送りに来なくていいわ」

アディーリアは白薔薇宮のホールに幼馴染《おさななじみ》の青年を呼んでそう告《つ》げた。

「どうして？」

アレクシオンが殊更何気《ことさらなにげ》ない口調で問うと、アディーリアもまた何気ない様子で答える。

「さぁね、貴方《あなた》には弱みを見せたくないからかな？」

子どもの頃からよく知っているこの女性が、アレクシオンに弱音を吐いたことは一度もない。多分今夜もそうなのだろう。

時刻は九時を回った頃。こんな時間に白薔薇宮に呼び出しを受けたのは初めてのことだった。

薄暗いホールは侍従《じじゅう》が立っている他は、誰もいない。が、上の階ではまだ起きている者が大勢いるに違いなかった。あの娘も、多分。

女王はホール脇にある小部屋の一つに彼を導く。その部屋も明かりが最小限に落とされていた。

女王は明日の朝、生家とも言うべき王宮を発《た》つ。その聡明な脳のどこかにできた腫瘍《しゅよう》を摘出するために。弱音の一つも吐いておかしくないし、吐いたところで誰も非難などしないだろうに、彼女はいつも通り背筋を伸ばして立っている。

窓辺に立って暗い空を見上げるその強い背中を、不満げにアレクシオンは見つめる。糸のような月が黒髪を密やかに照らしていた。

少年の頃は憧れの存在だった女性。いや、彼だけでなく、彼女を知る全ての少年少女達が憧れていたことだろう。学問に秀《ひい》で、帝王学を学んでいても、価値観や感覚は普通の娘と変わらず、気さくで優しい。しかし、そんな少女が見せるいざという時の度胸と果断《かだん》は、幾度も経験豊かな政治家達を唸《うな》らせた。希有《けう》な女性君主である年上の友人。

本人は弟が成長するまでの王位だと言って憚《はばか》らないが、このままアディーリア女王の治世を、と望む声もあることをアレクシオンは知っている。しかし女王であってもなくても、アレクシオンにとって、彼女こそが敬慕と忠誠を捧げる唯一無二の存在であることに変わりはない。数多《あまた》いる貴族達の中でこうして一番近しい立場にいることは彼の誇りであり、崇高《すうこう》な使命とも言えた。

だから、そんな自分にぐらい本音を漏らしても良さそうなものなのに、華奢《きゃしゃ》な背も肩も揺らがない。

「じゃあ、誰になら弱みを見せられるって言うんだ？」

「誰かなぁ……リリになら見せられるかな？」

振り向いた黒い瞳も静かなままだ。

「あの子ならいいかも」

「はぁ？　何を言っている。あんな嘴《くちばし》の黄色いヒヨっ子に？　しかもついこの間、出会ったばかりじゃないか……というか、本当に貴女《あなた》は弱っているのか？」

「あははは、鋭い。最近は自分でも感覚が麻痺《まひ》しちゃってわからないのよね。でも」

「なんだ」

「あの子はいい子だわ。従妹《いとこ》だからじゃなくて、本当に好きなの。なんだかすごく不思議だけど、私の半身だっていう気さえするのよね。だから口で言わなくても私の気持ちはあの子に伝わる」

「いくらなんでもそう上手くはいかんだろ。気持ちは口に出さないとわからない」

夢見るように呟《つぶや》かれた言葉に対し、アレクシオンは現実主義者ならではの答えを返す。

アディーリアは幼馴染《おさななじみ》の無粋《ぶすい》な答えに肩を竦《すく》めた。

「アレックスには絶対にわかんないわよねぇ。私達の間には確かに何かがあるというのに」

「わからない。わかりたくもない」

ぶすりとした顔で青年は吐き捨てる。こういう話題は苦手だった。

「まぁ、それってなんだか、私とリリとの仲を妬《や》いているように聞こえるわよ」

「馬鹿言え。あんな小娘なんか、仕事でなければ興味はない」

「うわぁ、素直じゃないわねぇ」

アディーリアが呆れたような声を上げたので、アレクシオンは即座に言い返した。

「いいから！　それよりも、早く元気になってここに戻れ。貴女には、まだまだ働いてもらわなければ皆困る」

「やれやれ。病気になってもゆっくり休めとは言ってもらえないのね、私って」

「君主たる者、休む時は墓の中だけと思えって言葉がなかったか？」

「聞いたことないわよ、そんな格言。まぁ、とにかく」

やれやれとばかりに小さな頭が振られる。

「リシェルを頼みます。私の大事な従妹だから、貴方《あなた》にとってもきっとそうなる。もうなってるかもだけど」

「なるか、そんなもん。確かに普通ではない娘だが……まぁいい。承《うけたまわ》ったと俺は言ったはずだ。護衛官として必ず守る。あの娘のことは任せておけ」

「ふふ……そうね。その点は安心しているわ。でも、もうわかってるわよね。あの子は貴方《あなた》が思っているより賢いわ。そしてとても優しい」

「……」

「悲しませたりしないでね。手を出すなんてもってのほか」

「……そんなことしない。俺だって大人だ」

先日思わず手を出しそうになったのだが、そんなことはおくびにも出さず言ってのけた。

「大丈夫、必ず守って見せる。貴女《あなた》は安心して体を治せ」

「そうか……ありがとう、アレックス。じゃあ私、行ってくるわね」


——そう言って別れたのはつい昨夜。

なのに今、アレクシオンの目の前には、曇った膜《まく》を脱ぎ捨てたような女王がいた。

——違う——これは違う。アディではない、まったく違う女だ。

アレクシオンの混乱はわずかの間だった。

「リ……」

彼が何か言うより早く、女王が一歩前に踏み出した。当たり前のように腕が差し出される。それを馬鹿のように見ている自分がいる。アレクシオンは思わずその大きな瞳を覗《のぞ》き込んだ。ほんのわずかに色が違う。だからこれは別の娘だ。その瞳はしっかりと自分を、自分だけを映している。

その眼が少し細められた。笑ったのだ。不意にその存在が胸の中で膨《ふく》れ上がる。

アレクシオンは殴られたような衝撃を胸に感じた。

アディーリアではない、これは全く違う女王だ。だが、女王には違いない。

「……では、参りましょうか、アレックス？」

返す言葉もなく、彼はその腕を取ったのだった。

「そうですか。それでは市民の間で演劇は良い娯楽として、世代を超えて広まってきているのですね」

「はい。市民演劇とは、元々はダレルノ国より伝播《でんぱ》して参った文化でございます。俳優も演奏者も、王立劇場付属の学院で学んだ専門家達でなく、全て一般市民というのが堅苦しくなくて良いと言われ、中には連日満員になる芝居小屋もあるそうです」

暁宮の小さな接見室。金と灰青《はいあお》を基調とした上品なしつらい。

アレクシオンの双眼はまだ、リシェルの白い横顔に据えられたままだった。

表情のないその顔の下で、彼は戸惑いと感嘆を禁じえない。この女は一カ月前、ダーレの居酒屋で皿を次々空《から》にしていた呑気な下町娘ではない。エイティス聖王国の君主たるアディーリア・リィン・ジ・エイシリアその人だった。

「まぁ、楽しそうですね。面白そうな演目があるのなら、ぜひ私も見てみたいものです」

そう言って、左の肘に手をやる仕草も彼の幼馴染《おさななじみ》そのものである。それはアディーリアが会話中、興が乗った時に見せる癖で、白薔薇宮でも気付いた者はほとんどいないだろう。もちろんアディーリア自身も自分にそんな癖があるとは知らないに違いない。

高く結《ゆ》い上げた髪のおかげで女王によく似た細い首筋が目立つ。丹念《たんねん》に施《ほどこ》された化粧は、少女を大人に変えていた。椅子に浅く腰かけ、背筋を伸ばす姿も若い女王そのままである。

リシェルは目を輝かせ、アレクシオンにはちんぷんかんぷんな音楽や演劇の話に耳を傾けている。

確かに音楽や演劇はリシェルの専門分野である。しかし、こうも別人格になり切って自然に会話できるものなのだろうか？

――小娘め、なかなかやる。

アレクシオンは密かに唸《うな》った。

あれほど似ていないと言ったのは自分なのに、単に見る目がなかっただけなのだろうか？

アレクシオンの葛藤《かっとう》も知らぬげに、女王と音楽家達の会話は進んでいく。

「機会があればぜひ。庶民ならではの愉快な演出が見ものです。先日観た演目では、なんと客席の真ん中に丸い舞台が設けられていたのですよ。しかも舞台の中央が水盤になっていて、そこから飛び出す俳優もいたくらいで。演目は『熱帯魚の涙』というのですが」

「まぁ！　それは驚きです。なんて斬新《ざんしん》な演出なのでしょう。大衆演劇がそこまで面白いのならもっと普及させたいものですね。ねぇ、アレックス。貴方《あなた》もそうは思いませんか？」

リシェルは隣に座るアレクシオンに話を振った。この部屋に入って以降ずっと黙りこくっている彼にも、いい頃合いで会話に参加してもらわねばと思ったのだろう。二人の視線が一瞬だけ絡み合う。

「左様《さよう》ですな。私に異議はありません、陛下」

リシェルを見つめることに忙しく、話をさっぱり聞いていなかった彼は、適当な答えを返した。こんなことで動じるアレクシオンではない。

「おお！　シュトレーゼル伯爵様もご賛同を？」

白髪混じりの巻き毛をこれ以上ないくらい逆立てた高名な音楽家は、嬉しそうに身を乗り出した。

「では、女王陛下。祭日ごとに辻々《つじつじ》で催《もよお》される演奏会や芝居の規制を少し緩《ゆる》めていただけましょうか？　現在、路上での集会や公演には、当局の許可がなかなか下りないのです。演者の身元さえはっきりしていればそうそう問題は起こらないと思うのですが……これは我が国の文化を底支《そこざさ》えする意味でも有意義なことかと」

「そうですね。法律を変えるのはすぐにはできませんが、警察や軍にあまり厳しく取り締まらないようにという通達はできるかもしれませんね……ただし、演者の身元が保証されていることと、通行や商売の邪魔にならない規模で行うことが条件になるとは思いますけれど」

「もちろんでございます」

「だが、近頃噂に聞く地下劇場《アングラ》というのはどんなものだ？　あまりいい話は聞かんが」

話題が見えてきたアレクシオンも、元武官としての立場から質問した。それを聞いて音楽家達の顔が一様に曇る。

「……確かにそういう場は存在するそうでございます。私どもには詳しいことはわかりませぬが」

「私の聞いた噂によりますと」

木管楽器の奏者だというふくよかな女性が躊躇《ためら》いがちに話し始めた。

「……こういう言い方はあまり良くないかもしれませんが、そのような劇場というか集会の場がエトアールにも数カ所存在し、風紀上好ましくない演目や風刺《ふうし》劇を行うこともあるそうです」

「文字通り地下にあるのか？」

「そう聞いております。人づてに聞いたものでございますから、不確かな情報で申し訳ありません」

女性奏者が申し訳なさそうに言うと、リシェルが殊更《ことさら》驚いたように返す。

「まぁ、地下で？　内容もよろしくないのでしょうが、それ以前に、地下で行われているとなると万が一ロウソクの火が緞帳《どんちょう》に燃え移ったりしたら危険ではありませんか？　そういう劇場の出入り口は、大抵一つしかない上に狭いものだ……なのでしょう？」

思わず「ものだし」と断定してしまいそうになり、さりげなく言い直したようだった。女王とてそこまで知ることはまずないからだ。幸い音楽家達は何も気が付いていない。

「おお、さすがによくご存じであらせられる。まことにもってその通りです」

「柄《がら》の悪い外国人が出入りしているという噂も聞きます」

もう一人の女性奏者が言った。

「ふむ……では、防災の観点からも、エトアールの音楽通りの巡察を増やすように手配しておこう。地下劇場だな。あとで部下を寄こすので詳細を話してもらいたい」

とても〝同じ趣味を持つご友人〟とは思えない軍人口調で命じ、アレクシオンは再び黙り込んだ。

「畏《かしこ》まりました」

「アレックスならではの助言ですね、そうしてもらえると助かります」

リシェルはそう言ってこの話を締めくくった。

その後も芸術関係の話は続き、会談の後に音楽家達は得意の楽器を取り出して、予定通り三曲ほど演奏した。飴色《あめいろ》に光る弦楽器《げんがっき》や、きらきら輝く部品をつけた木管楽器は、リシェルが見慣れていたものより数段美しく、音色も際立っている。外は枯葉を散らす冷たい風が吹いていたが、程よく暖められた室内に流れる流麗なメロディは、春の日差しのようであった。

アレクシオンはリシェルを見ている。大きな瞳の中にいつも宿っている悪戯《いたずら》っぽい光も、おっとりした仕草も今はない。穏やかな表情に気品を漂《ただよ》わせ、室内楽に耳を傾けている。その耳がまた小さくて、真珠の耳飾りをつけた耳たぶは薔薇色《ばらいろ》をしているのだった。

彼の視線の圧力に気付いたのか、リシェルが不意に振り返った。

強い光を放つ澄んだ瞳が、落ち着き払ってアレクシオンを射る。

「……っ」

これまで何回も目を合わせたことはあるのに、一向に慣れないのはどうした訳だろう。

アレクシオンが何も返せないうちに、リシェルはにっこりと口角《こうかく》を上げ、再び眼前で奏されている管弦《かんげん》に集中する。

――こんな女だったか？

先ほどの音楽家達とのやり取りにも特に不自然な点はなかった。会話の概要は前もって予想していたとしても、細かな内容や質問までは想像できなかったはずだ。なのに彼女にとってあの程度の会話は、筋書きのない即興劇のようなものなのだろうか。

女優だから？　血筋だから？　アレクシオンにはわからない。ただ、たかだか十七歳の小娘にやれることとは思えなかった。

「ありがとう。素晴らしい演奏ですね。お話も含め、とても楽しいひと時でした。街角演奏やお芝居がもっと盛んになれば面白いでしょうね。小さな音楽堂も増えるのを楽しみにしています。微力ながら私も協力させていただきますわ」

演奏が終わると拍手と共にリシェルは立ち上がり、音楽家達にそう言って小さなメダルを記念に与えていく。予定されていた内容だ。

「ありがとうございます。私共も陛下がこんなにも音楽や演劇に造詣《ぞうけい》が深くていらっしゃることに驚きでした」

「それではまた。音楽会に足を運ぶ機会があればお会いしましょう」

「ぜひ。大歓迎いたします」

音楽家達は嬉しそうに顔を見合わせて帰っていった。

「大層ご立派でした」

音楽家と入れ替わりに、小謁見室《えっけん》に侯爵が入ってくる。彼は同席こそしなかったが、声の聞こえる隣室に控えていたのだ。彼は大層にこやかにリシェルを賞賛し、幾度も頷《うなず》いて見せた。

「本当に素晴らしかった。この爺《じじ》ぃの目に狂いはなかった。善哉善哉《よきかなよきかな》」

「……ありがとうございます」

褒めちぎる侯爵に対し、リシェルの反応は薄い。先ほどまで輝いていた瞳の中の星が消え、ぼんやりと侯爵のタイのあたりを眺めている。薔薇色《ばらいろ》だった頬は強張《こわば》り、くすんで見えた。

「リシェル様？　どうなされた」

「あ……すみません、侯爵様、なんでしたかしら？」

応じる声にもいつもの張りがない。

「いえ、大層お疲れのようだと。今日はもうお休みになった方が良いでしょう。この後は内務省の高官との茶話会《さわかい》でしたが、こんなものはどうでもいい。身内ですからね。明後日《みょうごにち》は月に一度の一般参朝《さんちょう》を控えていることですし」

一般参朝は、エイティスの一般市民が聖女王に会える貴重な機会である。

女王は壮大な暁宮正門のバルコニーに立ち、防弾ガラスの向こうから市民に手を振り、拡声器を通して励ましと祝福を述べる。時間にしてわずか十分ぐらいの行事ではあるが大変人気があり、この国の王室がどれだけ国民に慕われているかを目の当《ま》たりにすることができる。

先月はアディーリアの都合がつかず中止されたから、今月はより多くの市民が正門前の広場に集まると予想された。だが、侯爵はリシェルにそのことを言わずにおいた。一般参朝《さんちょう》を見たことのないリシェルが聞いても不安を覚えるだけだろうし、実際彼女は今非常に疲れているように見えた。無理もない。ただの娘が女王を演じ切ったばかりなのだ。しかもこれと同じようなことが、これから何度も続く。

「……本当に頑張られましたからねぇ」

言いながら侯爵は小さな背に手を回して幾度も撫《な》でた。その様子は孫娘を労《いたわ》る優しい祖父そのもので、リシェルの肩から次第に力が抜けていく。

「正直すごく緊張しました。また前みたいに失敗しやしないかと冷や汗もので……実際ほんの少し余計なことを言いそうになりましたし」

「俺は気付いていたぞ。だがあの程度はアディでもけっこうやる」

アレクシオンは言った。

「さぞお疲れでしょう。なんと言っても宮中での初仕事でしたからね。さ、今日はもう白薔薇宮に戻られてゆっくりなさってくださいませ」

その言葉に娘がわずかにほっとした表情を浮かべたのを、アレクシオンは見逃さなかった。

彼もリシェルが疲れていることぐらい、とうに気付いていた。休ませてやりたい。だが、彼の口は心とは全く逆の言葉を吐いた。

「こんなくらいでへこたれているのか？　アディはこんな懇談《こんだん》のあとも、まだまだ多くの執務をこなしていたぞ」

その言葉にリシェルがはっと顔を上げた。使命感を取り戻したのか、眉が上がり、唇が引き結ばれる。自分の言葉が娘に及ぼした効果を見て、アレクシオンは捻《ねじ》くれた満足を覚えた。

「まぁまぁ伯爵、今日はもう……」

「そうですね伯爵様。ほんとそうです。大丈夫です、侯爵様。お茶会……出席します。内務省のお役人様達も直前に予定を断られては不安でしょうし……」

助け船を出しかけた侯爵を遮《さえぎ》って、リシェルはぱっと笑顔を作った。

「お茶会は確か上の階の談話室でしたね？　どう行けばいいのですか？」

「案内しよう。ついてこい……いや、参りましょう陛下」

アレクシオンは頷《うなず》くとさっと踵《きびす》を返した。そのあとにリシェルが続く。その背をさらにアロウが追いかけた。

「リシェル様、本当に今日はもう御無理をなさいますな。充分です」

「大丈夫です。お茶会には侯爵様もいらしてくださるのでしょう？」

「それはそうですが……本当に今日は……」

「平気です。それに、お茶会が休息になりますし」

――なる訳がない。公務としての茶話会《さわかい》など。

珍しく心の声を顔に出した侯爵に、リシェルは微笑《ほほえ》んだ。

「本日は二部公演です」

「根性見せろよ」

アレクシオンも同意した。

「……あ～あ、ちょっとは助けてやればいいのに。この男、救いようのない馬鹿だわ」

アレクシオンにだけ聞こえるように、老侯爵は背後でため息をついていた。

＊

三時間後――白薔薇宮へ至る長い渡り廊下にて。

壁の片側に等間隔で設けられた細長い窓からは、初冬の早い黄昏《たそがれ》の陽が斜めに差し込んでいる。陽が落ちるにつれ、ぐっと冷え込んできたようだ。冬はこれから始まるのだ。

リシェルはアレクシオンと並んで歩いていた。常に大股でつかつかと歩く彼が、非常にゆったりとした歩調になっている。背の低い娘を意識してのことだろう。少し遅れて数人の女官がそれに随《したが》っていた。

暁宮での全ての公務が済んだのち、アロウ侯爵はアレクシオンに白薔薇宮の私室までリシェルを送っていくように命じた。

彼の仕事は基本的にリシェルの公務の際の護衛だ。白薔薇宮にはオーガスタや周辺警備の者がいるから、部屋まで送るのは彼の役目ではない。彼は文句を言おうとしたが、老人の「だまらっしゃい！」の一言で封じられてしまい、不承不承《ふしょうぶしょう》という態度で引き受けた。

当のリシェルは遠慮会釈《えしゃく》もない二人のやり取りをはらはらしながら見ていたが、やがて思いっきりしかめ面のアレクシオンにまたもや「ついてこい」と言われ、大人しく従った。というより、言葉も返せないほど疲弊《ひへい》していたという方が正しいかもしれない。

政治の中心である暁宮やその周辺の宮には常に多くの人々が勤めている。そのほとんどはリシェルが替え玉であることなど知らない下級役人や使用人達なのだ。彼らは白薔薇宮に続く廊下を歩く君主に恭《うやうや》しく頭を下げ、時には崇拝の視線をよこしたりもする。リシェルはその一つ一つに微笑みかけながら頷《うなず》いていった。白薔薇宮に辿りつくまで緊張を解くことはできないのだ。

やっと自分の宮に着いて、エロルとオーガスタに迎えられた時は、安堵《あんど》のあまり膝《ひざ》の力が抜けそうになった。踵《かかと》の高い靴のせいもあったかもしれないが、とにかく泥のように体が重かった。

「お帰りなさいませ」

「さぁ、こちらへ。リシェル様」

「ただいま戻り……ま、し～……」

すっかり親しくなった人達から優しく出迎えられて、ほっと肩の力が抜けた途端――

「……っ！　おい！」

「陛下！」

「きゃぁ！　しっかりなさって！」

「はへ？」

たくさんの声が一斉に聞こえたような気がしてリシェルが我に返ると、背中にものすごく頑丈なものが密着している感覚があった。

「……あれ？」

「あれ？　じゃないだろう？　大丈夫か!?」

「え？　伯爵様？」

背中に感じたものは温かく広い胸。しかも、太い腕が胴に巻きついてリシェルの体を支えている。どうやら眠すぎてふらついたらしい。周りには心配そうな顔が勢ぞろいしていた。

「わぁ、すみません！」

慌てて身を起こそうとすると今度は真正面からオーガスタに覗《のぞ》き込まれ、両肩に手を添えられる。

清き乙女に対して、なんという挟みうち攻撃だ。

――お二方とも近い！　近すぎます！

タイプの違う美男に挟まれて、眠気が一気に引いていく。

「リシェル様、お顔が真っ青です。すぐにお休みを」

オーガスタが珍しく眉宇《びう》に憂いを滲《にじ》ませて言うと、ひんやりした指先でリシェルの額《ひたい》に触れる。

「……お熱はないようですが。イビサ、カチュア、すぐにお休みのお支度を」

「はい！」

女官達が慌てて階段を駆け上がっていった。エロルはリシェルの傍《そば》に付いていてくれている。普段は頼もしい彼女の顔も、今は曇って心配そうだった。

「って、あの皆さん、私別になんでもな……わわわ！」

のを感じた。

「これがなんでもない顔色か！」

背中を支える男の腕がするっと下がったかと思うと、リシェルは体がぐいと浮遊する

「ちょっ……伯爵様っ!?　あのっ」

「黙っていろ」

彼はぶっすりした顔のままホールを横切り、正面階段をのしのしと上がっていく。すぐ後ろからオーガスタとエロルも付き添ってくれた。自分の両足がぶらぶらしているのが見える。背中と膝《ひざ》の裏に感じる硬い腕の感触がリシェルを酷《ひど》くうろたえさせた。

——ひゃあああ～。だって、だって……こんなの初めてで……自分で歩けますって言っても絶対聞いちゃあくれないだろうし、うるさいぞって叱られるだけだしぃ。でも、やっぱり慣れない～。

以前森で雨に降られた日もそうだったが、こんな風にされると自分が子どもになってしまったようですごく決まりが悪い。恥ずかしくてジタバタしたくなるが、そんな心情とは裏腹に、すっぽりと抱え込まれている体は安定しているのだから複雑だ。

いくつもの階段を上がっているのに、アレクシオンの歩調は揺るがなかった。気力と体力が尽きかけていたリシェルは、徐々に力を抜いてその腕に身を任せる。

四角く回りながら上《のぼ》る大きな階段室。壁面に掛けられた肖像画のご婦人はさぞ呆れているに違いないが、まぁそれもいいか、とリシェルは開き直る。隅《すみ》の磁器に活けられた花がつま先をかすめる。

最上階に着き、先回りしたオーガスタが居間の扉を開けてアレクシオンを通した。リシェルはすぐにクッションを重ねた大きな寝椅子に下ろされる。待ち構えていたカチュアが靴を脱がせてくれた。

「まぁ、足が少し腫《は》れておりますわ。すぐに冷やしましょう。痛みますか」

「痛くないわ、ありがとう。伯爵様、おかげで助かりました。疲れてちょっと眠かったので……」

自分を見下ろす砂色の瞳にそう言ってみたが、黙って見下ろされただけだった。運んでもらった時も、体を下ろされた時も、逞《たくま》しい腕は優しいと言っていいくらいに細やかな配慮を見せたのに、今の彼の瞳からは感情が読み取れない。

「私、へなちょこで申し訳あり……」

「謝るな。部屋まで送るように命ぜられたのは俺だ。それに茶会があれほど長引くとは思わなかったんだ。あれは茶会の名を借りた会議だったんだな。だから侯爵はあんなに止めたんだ。だからお前を疲れさせたのはこの俺だ。すまない、ゆっくり休んでくれ」

「……ありがとうございます、伯爵様」

言葉はぶっきらぼうだが気遣ってくれたのは確かなので、リシェルは心から礼を述べた。

「いいから――休め」

「はい……え？」

驚いたことに、大きな手がリシェルの額《ひたい》を撫《な》でていた。

「は、伯爵様？」

「なんだ？　俺に触れられるのは嫌か？」

――やだ。絶対私、今赤くなってる。

大きな掌《てのひら》は温かくて心地いい。リシェルがドキドキしながら眼を閉じると、頬を軽くつねられた。

「おや、顔色が戻ってきたな」

「……はい。ありがとうございます。伯爵様」

「伯爵、伯爵言うけどな。別に俺は偉くないぞ。爵位は親父に押し付けられただけだ」

「伯爵様のお父さん？」

リシェルは首を傾《かし》げた。

「へぇえ、どんな方なんですか？」

「いけ好かないただの親父さ」

「お父さんをそんな風に言ってはダメですよ～」

嫌そうに吐き捨てるアレクシオンを、リシェルは窘《たしな》めた。傍《はた》から見ればどちらが年上かわからない。

「元気なうちに親孝行、ですよ」

「……そうか、お前の父は……悪かった」

ごつごつした指の背がリシェルの頬に触れた。

そこへイビサが湯気の立つカップを運んでくる。

「姫様。さ、お茶でございます。疲れを和らげる香草で淹《い》れました」

「ありがとう」

茶は独特の香りがしたが存外甘く、リシェルはありがたく啜《すす》った。二人分用意されていたが、アレクシオンは手をつけない。ただ黙って、傍《かたわ》らの椅子に座りリシェルを見つめている。

「大層お疲れのようです。お食事になさいますか？　ご入浴の用意も整っております」

二人の様子を見守っていたオーガスタが、気がかりそうにリシェルに尋ねた。

「ご飯は……今はいらないです。ごめんなさい。それよりも服を脱いでお風呂に入りたいです」

「畏《かしこ》まりました」

オーガスタがエロルを振り向くと、彼女は心得たように頷《うなず》いた。

「お立ちになれますか？」

「もちろんです」

半分ほどお茶を飲んだリシェルはやっとこのスーツ――というかコルセットが脱げるのだと思い、いそいそと立ち上がった。

「私だけ勝手をしてすみません。伯爵様、今日は色々とお世話になりました。また明日もよろしくお願いします。イビサもお茶、ありがとう」

そう言って一同にお辞儀をすると、リシェルはエロルに付き添われて、奥の間に入っていった。

＊

イビサが盆を持って出ていくと、部屋は男達だけになった。難しい顔をして腕を組んでいる男と、背筋を伸ばして立っている男。

「お帰りにならないのですか？」

黙りこくったアレクシオンを見てオーガスタが尋ねると、意外な答えが返ってくる。

「……もう少しあれの様子を見てからにする」

「多少は責任を感じておいでで？」

「責任は常に感じている。俺はアディに頼まれてあれを守らなくてはいけない」

「あまり親身になっているようには見えませんが」

「……」

オーガスタの態度にも表情にも変化はなかったが、その静かな声はアレクシオンを苛《いら》立《だ》たせた。

「今日のご首尾《しゅび》はどうだったのです」

聞かなくてもわかりますが、とはオーガスタはあえて言わなかった。

「ああ、思った以上にアディになり切っていた。俺も驚くほど。だから、少し頑張らせたんだ……頑張らせてしまったんだ」

「それは——伯爵様がそうおっしゃるのでしたら、よほどリシェル様は頑張られたのに違いない。ならばもう少々優しい言葉をおかけになるべきでは？」

「俺がそんなこと言う立場か？　一応謝罪だけはしたつもりなんだが……それに爺《じい》さん

が俺の分まで褒めちぎっていたしな」

「異なる立場の者が言うから励みになることもあるのですよ」

「あいつが欲しいのは別の男の励ましだろうよ」

苦々《にがにが》しげにアレクシオンは吐き捨てた。

居酒屋の裏口で娘を抱きしめて口づけた優美な影が、またしても脳裏に蘇《よみがえ》る。幾度打ち消しても事あるごとに浮かび上がってくる、忌々《いまいま》しい場面。これは嫉妬《しっと》だった。

「一体誰のことを……」

オーガスタが言いかけた時、軽いノックの音がしてエロルが戻ってきた。

「シュトレーゼル伯爵様、アロウ侯爵様がお見えに」

「お通ししろ」

「こんばんは」

すでにお馴染《なじ》みの登場の仕方である。この老人は真打《しんうち》登場とばかりにいつも遅れて現れるのだ。

ち、とアレクシオンは眉間に皺《しわ》を刻んだ。侯爵はあえてアレクシオンとリシェルを一緒に白薔薇宮に戻らせ、リシェルが休む頃合いを見計らってやってきたに違いなかった。

——老獪《ろうかい》な爺《じじ》ぃめ。

入ってきた老人に対しアレクシオンは口をきかず、頭を下げるに留《とど》めた。

「アロウ侯爵様、よくぞお越しに」

「やぁ、オーガスタ、夜更けにすまないね。今日の報告はこの朴念仁《ぼくねんじん》閣下から聞いたかな？」

老人は疲労の影すら感じさせない足取りでやってくる。明らかな嘲弄《ちょうろう》の弁にも、アレクシオンは黙ったままだった。薄い唇を引き結んだまま無視を決め込む。

「ええ、つい今しがた」

「じゃあ、我々の可愛い陛下がいかに素晴らしかったか、私が報告するまでもないかな？」

「仰せのとおりで。祝着至極《しゅうちゃくしごく》に存じます」

「ふむ。リシェル様は本当に素晴らしい姫君だ。今日一日こき使われて、やっと休息を取られておられるとか……ゆっくり休まれていると良いがの。ところであんた」

老侯爵はがらりと口調を厳しいものに変えた。椅子に浅く腰かけ、組んだ両手で口元を隠していたアレクシオンは、老人へわずかに顔を向けた。まだ何かねちねちと叱られるのだろうか。

「あんたにはこの宮に部屋を手配してあげたから。今夜からここで寝泊まりしてね」

「は？　私の家はちゃんと……」

「はいはい、知ってますよ。家はあるけど、ほとんど帰ってないでしょ？　連日王宮の男だらけの屯所《とんしょ》に寝泊まりしおってからに。考えるだにムサいわい。こちらに用意した部屋はそれなりに行き届いていますから、安心してくださいよ」

「ちょっとご老人、勝手なことを」

「勝手ですとも。これは命令ですからね。あんたに拒否権はござんせん」

「……」

にべもなく撥《は》ねつけられたアレクシオンは、口をへの字に曲げた。美しい部屋の中に不穏《ふおん》な空気が立ち込める。エロルはいつの間にやら姿を消していた。

どうせこれも予定されていたことなのだろう。オーガスタも承知の上で、帰らないのかなどと白々しく聞いてきたのだ。これ以上何を言っても無意味である。

アレクシオンはすっかり諦めて肩を竦《すく》めた。

「わかりました。これも仕事のうちです」

「よろしい。ですが大体あんたね、もう少し女性について学ばれたらいかがなものでしょうか？」

「はぁ？　ご忠告痛み入りますが、そりゃまた護衛の仕事といったいどう繋がるので？」

「午後の二つの公務の間中、あんたは一言もリシェル姫に優しい言葉をかけなさらんかったろ？」

「私の仕事は護衛ですから」

「ああそうですか？　我々の無茶苦茶《むちゃくちゃ》な要請に応じて、あんないたいけな少女が身をすり減らして頑張っているのに、頼んだ側の大人として、かけるべき言葉はありませんかねぇ」

「貴方《あなた》もオーガスタと同じことを言う。言っときますが、あれを招聘《しょうへい》したのは私ではありませんぞ。俺は初めから反対していた」

「やれやれ、あんたモテないでしょう？」

むっときて口調を荒らげたアレクシオンに、侯爵はお手上げだという風にオーガスタを振り返る。

するとオーガスタも難しい顔をしてアレクシオンを見つめている。おそらく彼も同意見なのだろう。

「お言葉ながら、女には不自由していません」

「はぁなるほど。つまらない女性しか相手にしていないとこうなるのか？」

侯爵は聞こえよがしに呟《つぶや》いた。

「何かおっしゃいましたかな？」

「いやなんでも。さ、私はもうお暇《いとま》いたします。明日も仕事は山積みですからね。二人とも、お休みなさい」

惚《とぼ》けるアレクシオンにそう言い捨てて、侯爵はさっさと部屋を出ていった。

「お休みなさいませ」

返事もしないアレクシオンに代わって、オーガスタが丁寧に頭を下げる。

「……忌々《いまいま》しい爺《じい》さんだ！」

「お互い様でしょう。偏屈《へんくつ》も大概《たいがい》になされよ。でないと嫌われますよ？」

閉じた扉を睨《にら》みつけ毒づくアレクシオンに、オーガスタが追い打ちをかける。

——わかってるわ！

怒鳴り返したい気持ちを抑えてアレクシオンは黙った。彼とて本気で反省しているのだ。

——顔が真っ白だった。踵《かかと》だって真っ赤になっていたし、女官に心配させまいと気丈に振る舞っていたが、本当は痛かったのだろう。かわいそうに。

本当はもっと優しくしてやりたい。だが、最初の頃の態度が酷《ひど》かったとの自覚があるアレクシオンには、今更どんなふうに振る舞えば自然に見えるのか、悩ましいところだったのである。

＊

——はぁ～癒されるぅ。


大きな浴槽の中で手足を伸ばしながら、リシェルはほっと息をついた。

広々とした浴室は、白薔薇宮の中でリシェルが一番気に入っている場所かもしれない。

床には薔薇をモチーフにしたタイルが敷き詰められ、湯の中にはふんだんにハーブが浸《ひた》されている。

コルセットを外し、きつく結《ゆ》い上げられていた髪を解く時の解放感は女性にしかわからないだろう。身を縛るあらゆるものを脱ぎ捨てると、にわかに空腹感さえ押し寄せてくる。先ほどまでは露《つゆ》ほども感じなかったのに。

——単純だなぁ私。眠いし、疲れているのは確かなんだけど。

「ご気分はいかがですか？　あまり長湯されるとかえってしんどいですよ？」

カチュアが扉の向こうから声をかける。

「うん、もうすぐ出るね」

「何か軽いお食事を取られますか？　お腹に障《さわ》らないようなものをご用意いたしますが」

「ああ、じゃあ少しだけ。ごめんね？　カチュアもイビサも私と同じくらい働いたのに、まだ休めないなんて……私だけ」

「とんでもありません。私どもは合間合間に休んでおります。リシェル様が一番しんどい役目をされておりますわ。それよりリシェル様こそ、この頃あまりお食事を召《め》し上がられていないせいか、かなりお痩《や》せになられたのではございませんか？　さっき真っ青なお顔でよろめかれたのでびっくりしました。貧血かと思って」

「ちょっと眠くて脱力しただけだと思うけど……でももう平気」

「今日が宮中での初めてのお仕事でしたし……きっとご自分で思っておられる以上にお疲れなんだと思います。ねぇ、イビサ？」

カチュアは、湯上がりに足元にかける水を運んできた同輩に向かって言った。

「そうですよ。今夜は早く休んでくださいまし。それにしても……ぷ」

イビサは何やら笑いを堪《こら》えている。

「なぁに？　どしたの？」

「さっき、リシェル様がふらつかれた時の伯爵様のお顔が見ものでしたわ」

「え？」

「あっ！　そうそう、リシェル様と同じくらい青ざめられてて……」

カチュアもおかしそうに応じた。

似たような年頃の三人の娘達は、公務を離れた時にはすでに親しい友人のような間柄だ。

「あんなに慌てたシュトレーゼル伯爵様、初めて見ましたわ」

「まさかぁ」

アレクシオンの前に立っていたリシェルは、彼の顔は見ていないのだ。

「本当ですとも。いつも大抵むっつりして厳しそうなご様子ですのにね。いい男なのに残念だって思っておりましたの。それが……ねぇ」

「ねぇ。よく見ると端整な美丈夫《びじょうふ》ですよねぇ。お体もご立派だし」

「ふぅむ」

リシェルはアレクシオンの整った横顔を思い浮かべた。

「そうなんですよね。そうそう、実はまだ殿方達はお部屋の方に居座っておられるみたいなんですよ。さっき女官長が覗《のぞ》かれたみたいで」

「ひえ～。まだ何かおっしゃりたいことがあるのかなぁ？」

湯船の中でリシェルは大げさに身を竦《すく》ませた。

「きっとリシェル様のことを心底心配なさっているんだと思います」

カチュアがしみじみと考え込みながら呟《つぶや》いた。

「いやぁ、ありえないと思う。あの方、私のこと良く思ってないみたいだし」

「それこそありえないと思いますわ？　あの方、気に入れば気に入るほど、ぶっきらぼうになる人だと私は見ました。まぁ、お風呂から出られたら、お休みの挨拶《あいさつ》だけでもされてはいかがですか？　もし、お嫌なら女官長がリシェル様のご様子をお伝えするとは思いますけど」

「嫌という訳じゃないけど……」

あの合理的思考の持ち主がまだ居座っているということは、やはり何か言いたいことがあるのだろう。彼女達が言うように、自分の身を案じてとは思えないけれど、とリシエルは疲れと眠気で上手く働かない頭で考えた。

「じゃぁ……もしお風呂から上がってもまだおいでだったら、一言だけご挨拶するわ。なんだかんだいって今日一日お世話になったんだから」

「そうなさいませ」

二人の女官はそう言って微笑《ほほえ》んだ。

――という訳で。

アレクシオンは、湯上がりのリシェルをまともに見せつけられることになった。もちろん着ている部屋着は必要以上に肌を見せないものだし、髪も半乾きとはいえそれなりに整えられてはいたが。

「お待ちいただいていたと伺《うかが》いましたので。遅くなってすみません。ご心配おかけしました。お風呂に入って大分疲れが取れました」

「そうか。遅くまで居残ってすまん……今から食事か？」

「はい。やっと食べられそうになったので」

「そうか……よかった」

本当なら女官が付き添うのだが、リシェルは何かあったら呼ぶからと、食事の支度を終えた女官達を下がらせた。オーガスタもすでに下がっている。

女らしい装飾の美しい部屋の中で、黒い衣服をまとった大きな男は殊更《ことさら》浮き上がって見えた。本人も自覚はあるのか、一人で窮屈《きゅうくつ》そうに頑張っている。リシェルは失礼して食事用の卓についた。

「伯爵様もお食事……召《め》し上がられますか？　でしたら用意を……」

「いや、俺もすぐ失礼する。お前が元気になったんならいいんだ」

アレクシオンは用は済んだとばかりに立ち上がった。いくら使用人達が間近にいると言っても、男性がこんな時間まで婦人の居間に居座っているのは外聞が悪いのだろう。

「今日は……そのよくやったと思ってる。予想以上だった」

そう言ってアレクシオンはのろのろと扉に向かう。リシェルには、どういう訳かその背中が元気がないように見えた。

「お休み、また来る」

扉の前に立ったアレクシオンはほんの少し躊躇《ためら》っていたが、ノブに手をかけたまま、振り返ってそう言った。それを聞いたリシェルはぱっと顔を輝かせ、身軽に青年の方へ駆け寄る。

「伯爵様」

「な、なんだよ？」

「明日もどうぞよろしくお願いします。あの……一般参朝《さんちょう》、ちょっと怖くて」

「そりゃまぁ、初めてだものな」

「はい……私がおろおろしてたら、また叱ってください」

「……承知した」

短く応じた青年が部屋を出る。

「おやすみなさい」

リシェルも小さく呟《つぶや》いた。

＊

廊下に出たアレクシオンは、駆け出したい衝動を堪《こら》えるのがやっとだった。風呂上がりの娘は良い香りを漂《ただよ》わせていて、健全な成人男子にとっては目の毒だったが、よく辛抱できたと思う。しかし――

忌々《いまいま》しいくらい心が躍《おど》っている。自分は頼られているのだ。リシェルがあんなに疲れていたのに喜ぶなど、身勝手なものだ。

アレクシオンは今日のことを思い返してみる。

音楽家達との交流、退屈極まりない茶会。リシェルはよく頑張った。

「ああ、そうだ。いくらでも叱ってやる」

アレクシオンは一人ごちた。そう言えば今日初めて、あの娘から自分の名を呼ばれたのだった。

アレックス、と。

翌日。

朝、アレクシオンが自分に宛《あて》がわれた部屋を出てリシェルを迎えに上がった時、少女は酷《ひど》く緊張して応接室に座っていた。朝食はまともに食べられず、イビサをやきもきさせたらしい。予定の時間ギリギリまでリラックスさせたいという周囲の配慮なのだろう、化粧はうっすらと施《ほどこ》されてはいたが、まだ参朝《さんちょう》用の服装には着替えていない。迎えのアロウ侯爵はまだ来ておらず、リシェルはスピーチの内容を確認するように眼を閉じて口を動かしていた。

無理もない。エイティス国民にとって王室は平和と繁栄の象徴である。歴史も古く、初代の王は神格化さえされている。

月に一度の一般参朝は、地方から来る人達も合わせておよそ三千人が集まると言われている。下町にある芝居小屋の観客数の十倍以上である。しかも今回は前月中止した分、より多くの人々が参じると予想されていた。普通の少女なら震え上がって当然だろう。

そこに警備主任から電話で連絡が入った。アレクシオンが受話器を手に取る。

「何？　五千人だって⁉」

うっかり聞き返してしまい、アレクシオンは自分を殴りたくなった。はっと顔を上げたリシェルとまともに目が合う。

「いや……えっと、なんだ」

オーガスタが非難するように横目で睨《にら》むのも今回ばかりは仕方がない。だが、リシェルは顔色を失いながらも気丈に「わかりました」と頷《うなず》いた。

「……じゃあ私、そろそろ着替えてきます。シシィ、お願い」

「お任せを。すでに準備は整っております。陛下にすばらしい〝鎧《よろい》〟をつけさせていただきますわ！」

シシィは力強く頷き、針金のような体を翻《ひるがえ》し颯爽《さっそう》とリシェルを化粧室へと誘《いざな》った。

無力な男達を残し、女官に連れ添われて部屋を出ていくリシェルの足取りは、少し覚《おぼ》束《つか》ない。肩も震えているようだ。今まで泣いたり疲れたりした顔を見せたことはあっても、こんなに竦《すく》み上がっている姿は初めてだった。

「大通りに五千人か……畜生、参朝まであと一時間あまり……まだ増えるかもしれないな。いくら広場が大きいといっても危険だな。入場制限させた方がいいかもしれない。連絡してみる」

「お気の毒に。どんなにかご負担でしょう……あんなに青ざめられて」

アレクシオンの言葉にオーガスタも重い口調で言った。

「延期は……やはり無理でしょうか？」

「無理だろうな」

「ではせめて、あと少し遅らせる訳には……」

「それは爺《じい》さんでなけりゃ判断できないし……爺さんはまだ来ないか？」

「もうじきにお迎えにいらっしゃると思います。今、リシェル様のためにあちこちで心を砕いておられるようですし……」

「くそ、なかなか捕まらんのは、そのせいか……」

やはり男達は役に立たないようだった。

＊

「陛下、いかがでございましょう？」

女王専属美容師兼、服飾家であるシシィは、すでにリシェルに対し相当な思いを持っている。芸術家の彼女は、まだ子どものようなリシェルが、己《おのれ》の役割に対し、高い職業意識を持っていることに共感しているのだ。シシィはにっこりと笑うことで鏡の中のリシェルを鼓舞《こぶ》した。

「……」

リシェルは黙って鏡を見つめている。

さっきまで白い顔で座っていた、下町の女の子はもうどこにもいなかった。

髪は脇に一房《ひとふさ》を垂《た》らして、あとは昨日と同様、後頭部で緩《ゆる》く髷《まげ》に結《ゆ》われている。今日は少し趣向を変えて、所々にロールをあしらいながら華やかに、それでいて上品に結い上げられていた。飾りは黒髪に映える白百合《しらゆり》の簪《かんざし》だ。化粧は昨日よりは濃くし、顔立ちをはっきり見せている。元々大きな眼はさらに一回り大きくなったようだ。首には二連の真珠。衣装もやはり白を基調とした七分袖のワンピースだ。遠目からでも神々しく見えるように上品なデザインになっている。

「私の武装ですね」

リシェルは真面目な顔で頷《うなず》いた。

「私が腕によりを掛けてデザインしました、陛下のための〝鎧《よろい》〟でございます。さ、手袋を」

鎧とは、下着を含めた衣服であり、髪型であり、化粧である。それらは寸分の隙もなくリシェルを覆い尽くし、十七歳の平凡な少女を二十七歳の君主に変えてしまっている。そして、その美しい鎧の下でリシェルはその天分を存分に発揮すればいいという訳だ。

「では階下へ参りましょうか。皆待ちくたびれていることでしょう」

そう言って振り返ったリシェルを、女官達が感嘆の表情で見蕩《みと》れている。

リシェルは大階段をゆったりと下った。戦場に向かう英雄のように。

そしてホールで待ち構える男達を、薔薇色《ばらいろ》の微笑《ほほえ》みで薙《な》ぎ払ったのであった。

聖王宮大城門。白を基調にした壮麗なその建物は、門というより一つの宮である。

三百年以上前に建てられたものらしいが、長い年月の間に幾度も増築され、その度に規模を大きく、そして造形を複雑にしていったという。普通の建物なら三階ほどの高さのところにガラス張りのバルコニーが設けられており、その背後にはいくつもの塔を従えている。加えて両側に翼のように城壁を携《たずさ》えたそれは、一つの巨大な芸術作品と言えた。

門の前の巨大な広場には既に大勢の人が集まり、バルコニーに向けて手を振っていた。敬愛する君主の二カ月ぶりとなる参朝《さんちょう》であるため、いつもより大勢の市民が集まったのだ。

「皆の前に出る前に、こちらから様子を見ることができる。心構えをしたほうがいい」

アレクシオンが、バルコニーの手前の部屋にリシェルを誘《いざな》った。彼は女王専属の護衛官として、精鋭チームを率いている。

「見ておいた方がいい。この窓を覗《のぞ》いても外からはわからない。楽屋の小窓のようなものだと言えばわかるか？」

リシェルは言われるまま、窓の外を覗き込んで――目を見張った。

下から立ち昇る熱気に顔面を打たれてたじろぐ。

――ああ、すごい。

初めてエトアールに来た時に車で通った場所だったので、その広さは知っているつもりだったが、まさか自分が門の上に立ってそこを見下ろす日が来るなどとは想像もしていなかったのだ。

眼下に広がる大きな空間。上から見ると敷石が王家の紋章を描いているのがわかる。

そこに——

人が、人が、人が。

大勢の人が一斉にこちらを見上げている。その視線の先にあるのは紛《まぎ》れもなく自分なのだ。

こんなに大勢いるというのに、一人一人の顔かたちまでが見分けられるような気がする。

小さな女の子が父親に抱かれている。老夫婦がお互いを庇《かば》うように立っている。若者達の集団がこちらを指さしている。

——なんということだろう！

リシェルは尻もちを突きそうになるのを足を踏ん張って堪《こら》えた。

一人一人の発する思いが束となって下から押し寄せてくる。こんなちっぽけな自分に向かって。

それは巨大な質量であり、熱量であった。

——すごい。聞いてはいたけど、なんて熱くて眩《まぶ》しい眼差《まなざ》しと心なんだろうか。こんなにたくさんの人達の想いをアディは背負っていたんだわ。

重い、とても。そして、とてつもなく大切な心の塊《かたまり》。

ああ、アディ……アディーリア女王陛下！

貴女《あなた》はいつだって私を気遣って等身大で接してくれた。苦しければ投げ出していいとも言ってくれた。私なりに覚悟を決めたつもりでいたけれど、こんなに大変なことだったんだ、女王でいるということは。アディはそれを私に伝えようとしてくれていたんだ。馬鹿だ私は。そんなことも知らずに、小さな会談をいくつかこなしただけで力を振り絞った気でいたなんて。

眼を逸《そ》らすな！

密かに拳《こぶし》を握り、眼に力を込める。この思いの束を受け止めるのだ。

私は今、女王なんだから！

受け止める。弾《はじ》き返すのではなく、春風のように柔らかく受け止める。

リシェルはバルコニーに進み出て、ゆっくりと民衆に手を振った。

まるで愛《いと》し子を見守る母のごとき微笑《ほほえ》みがその頬に浮かぶ。

歓喜の声がどっと湧き起こる。まるで津波のようだった。

「腹に力を込めろ」

かすかに怯《ひる》むと、耳元でアレクシオンが囁《ささや》いた。リシェルは再び前を見据《みす》えて頷《うなず》く。彼の声は低くて落ち着いている。リシェルは彼が、この事態に少しも動揺していないのを悟った。

——私を支えてくれている。

彼の気遣いが胸に沁《し》みた。昂《たか》ぶっていた気持ちが凪《な》いでゆく。リシェルは笑みを湛《たた》えたまま、一歩一歩拡声器へ近づいていく。

——大丈夫。セリフはすっかり覚えているわ。ここは舞台なんだ。幸い胃は空《から》っぽだから声は出るはず。お腹に力を込めて言葉はゆっくりと。震えるなんてもってのほか。

さぁ、〝出〟よ！

リシェルは大きく息を吸い込んだ。

「皆様、よくぞいらしてくださいました。ありがとう」

再び歓声が湧く。その時——

広場に集まった観衆の背後から、歓声とは異なる叫び声がバルコニーまで響いてきた。

わああああっ！

きゃあああ！

押すな！　崩れる！

子どもが、子どもがいるのよ！

「なんだ！」

「まずい！　入場制限で広場に入り切らなかった民衆が、大通りから押し寄せているんだ」

驚いて固まっているリシエルの前に、アレクシオンを含めた護衛官達が飛び出す。騒ぎに乗じて、女王に対して何が仕掛けられるかわからないからだ。

この日の朝、大城門前広場には、混乱なく民衆を招き入れるためのゲートが設けられていたが、その手前にあるエトアール大通りに集まった民衆は五千人を超えた。

広場は広大だが、それでも限界がある。来た者全てを中に入れるのは危険だと判断し、いつもの参朝《さんちょう》と同じ、約三千人の人々にのみ入場を許した。それ以外は次の機会を待てということだ。半分くらいの民衆は大人しく従ったが、地方から来た人の多くは諦め切れずに大通りに溢れた。

今、その内の千人ほどが遠くから女王の姿を見て、前へ前へと押し寄せているのだ。

警備兵達が押さえようとしているが、御前で悪意のない民衆に銃を向ける訳にもいかない。使えば女王が命じたことになるからだ。そのため、皆必死で声を嗄《か》らして注意を促《うなが》し、体で押し返そうとしていた。

「危ない！」

「ゲートが破られるぞ！」

「陛下！　奥へお下がりください！」

リシェルの肩を掴んでアレクシオンが叫ぶ。広場は大混乱に陥《おちい》ろうとしていた。


「――皆様、どうか落ち着いてください」


「え!?」

アレクシオンが凍りつく。

「大丈夫です。私を見てください」

リシェルが拡声器に向かって話している。

「私はここにいます。だから大丈夫。皆様、私の声が聞こえますか？」

拡声器を通じて、豊かな声が広場に流れた。

押していた人々も押されていた人々もはっと顔を上げ、バルコニーに立つ小柄な女王を見上げている。アレクシオンは度肝を抜かれていたが、リシェルに眼で促《うなが》され、そっと手を解いた。

「すみません、先月お休みしたせいで、皆様を大変お待たせしたようです。でも大丈夫。後ろの方々も、もう少し下がってくださいませ。小さなお子様が泣いてるのが見えますよ。お隣の方と、ほんの片腕分だけ隙間を空けてくださいませ……こんな風に」

女王はそう言ってゆったりと腕を広げた。声にならないどよめきが立ち昇り、民衆が足元を見る。

泣いている子どもがいる。転んだ年寄りがいる。

それに気付いた人々は押し合いへし合いをやめ、隣の人との間に小さな隙間を作り始めた。

「大丈夫です。私の言うことを聞いてくださってありがとう」

リシェルは意識して『大丈夫』という言葉を幾度も使った。

「……それでは改めて。皆様、おはようございます。よく来てくださいました」

リシェルが再び口を開くと、潮が引くようにざわめきが収まった。

「皆様にお会いできて心から嬉しく思います。そして、先月はこの場に立てなかったことをお詫《わ》びいたします。実は少し体調が思わしくなかったのですが、今はすっかり回復いたしました。ご心配をおかけしましたが、この通り元気になっております。その間に

たくさんの温かい言葉や、励ましのお手紙をいただきました。ありがとう、本当にありがとう！」

拡声器を通して、朗々とした声が広場に流れる。

さっきまで騒いでいた人々が嘘のように静まり返っていた。そして、厚い防弾ガラスの向こうで小指ほどにしか見えないだろう、女王の姿に目を凝《こ》らしている。その光景は、この国の王室がいかに人々から敬愛の念を集めているかを示していた。

「すっかり寒くなってしまいましたね。お風邪など召《め》されませぬよう、お気をつけくださいませね」

リシェルはあらかじめ定められた草稿を〝女王のように〟読み上げるのではなく、アディーリアなら人々にこう語りかけるだろうと信じて言葉を紡《つむ》いだ。

いつしか、心がどんどん透明になってゆく。それはまるで二つの心が重なるような感覚だった。

——アディは今ここにいる。

——なんて女だ。

＊

アレクシオンは人々に語りかける小さな背中から目が離せない。

今朝会った時は、顔色を失って震えていたのに、五千人もの民衆をあっという間に鎮《しず》めてしまった。一体自分は、幾度この娘に驚かされればいいのか。

先ほど起こりかけた、数千人規模の大混乱。

それをたった一声で、こんな少女が。

——鎮めた。

「私の言うことを聞いてくださってありがとう」

アレクシオンの見ている前で、リシェルは何かを受け止めるように軽く腕を広げた。正面から陽を浴びているために、華奢《きゃしゃ》な影の輪郭が滲《にじ》んでいる。彼女は大きく息を吸い込んだ。

リシェルは、大丈夫という言葉を多用していた。その度に、群衆が目に見えて落ち着いていくのにアレクシオンは気が付いた。見たところ、大きな怪我人はいないようだ。

しかし、あのまま混乱が続いたら重傷者か、最悪圧死者が出たかもしれない。そんな事態になれば、周辺諸国はこぞって王室の過失を指摘するだろう。ゴシップ誌はこの日のことを面白おかしく書きたて、民衆の胸に王室への不信感を植えつけることにもなったかもしれない。一つ間違えたらとんでもない事態になってしまうのだ。

まさかそこまで予測した訳ではないだろうが、なんにせよ不測の事態だったことに違いはない。

——大した女王様だ。

アレクシオンは感嘆のあまり、リシェルの傍《かたわ》らで拳《こぶし》を握りしめた。

女王は歌うように語り続ける。

「皆様の温かい心と眼差《まなざ》しを確かに受け取りました。これからもこの国のために私は働きます。皆様もそれぞれの大切な人達のために一緒に働きましょう。そして国をもり立ててくださいませ。今日は本当にありがとう。次の機会もこの場所に立てることを楽しみにしております。その時までどうか元気でいてください」

言葉の締めくくりに胸の上で指を合わせるのはアディーリアの癖だった。軽く曲げた肘から指先まで何もかも寸分違わず、リシェルは女王になり切っている。人々の大歓声の波に深く頭を下げると、リシェルはゆっくりとバルコニーを後にした。

「陛下！　爺《じい》めは感動してございます！　よくぞ民を鎮《しず》めてくださった！」

バルコニーの裏にある控えの間に戻ると、感極まった老アロウがリシェルに駆け寄り、その手を取る。周囲の者も驚きと崇拝の表情で、リシェルに深く礼をしていた。

「え？　いいえ。大勢の人がいましたが、小さい子が転んで泣いているのが見えたので、つい——。でも、収まって良かったです。私、何かおかしなことを言いませんでしたか？」

「とんでもございません。皆、感に打たれた顔をしておりました。もちろん私どもも。素晴らしい寿《ことほ》ぎの言でございました」

　控えの間には侯爵の腹心である貴族達や大臣、主だった議員達までもがそろっており、侯爵の言葉に一様に頷《うなず》いた。おそらく国政を担《にな》う者達なのだろう。最初の接見練習の時に会った人もいれば、初めて会う人物もいる。皆、リシェルが影武者《かげむしゃ》であることは知っているようだが、その全ての顔に明らかな感嘆の色があった。

「ありがとう……爺や」

　もうここでは演技する必要はないのかもしれないが、そう簡単に意識を切り替えられるほどリシェルは器用な役者ではない。それに万が一、替え玉のことを聞かされていない人間が紛《まぎ》れていたらと思うと、すぐには素《す》の自分に立ち返れない。

　リシェルはスカートの中の膝《ひざ》の震えを押し隠して、用意された椅子に座った。周りの人々が口々に声をかけてくる。

「姫様、いや陛下。素晴らしゅうございました。一時はどうなることかと」

「感じ入りました。伺《うかが》ってはおりましたが、まさかこれほどとは……さすがでございます」

「私なぞは思わず涙が滲《にじ》んでしまいましたぞ……これは失礼」

そう言って目尻に手布を当てる者もいる。

「皆さん……ありがとう」

控え室とは楽屋のようなもののはずだが、リシェルの知る、衣装や小道具で雑然とした楽屋とは全く違う。広く豪華で、一瞬も気が抜けない。かけられた言葉にも、ただ品よく会釈《えしゃく》を返すだけだ。その所作もアディーリアそのものであったため、目を見張る人物もいる。

「さぞやお疲れでございましょう。あれほど多くの民衆を前にされたのだ。その上、混乱まで起きかけて……」

侯爵が労《いた》わりを込めて、小さな手を取った。緊張が収まらぬのか、彼女の細い指先が冷たい。

「ご気分は？」

「……大丈夫です」

確かに、わずか十分あまりの出来事にもかかわらず、これだけの緊張と疲労を感じたのは初めてだった。しかし、今は休めない。これからここで、今の演説についての考察が始まるのだ。昼食も兼ねて行えば、他の者にとっては手頃な休憩時間になるかもしれない。

リシェルはそんなことを考えながら、なおもアディーリアであろうとした。

「お怪我をされた方はいるのですか?」

「ただ今確認中です、医療チームが広場に参りましたゆえ。見ていた限りでは大した怪我人はいないようでしたが」

「手当てを受けた方々に、私からの見舞いの言葉をお伝えください」

「は！　早速伝えてまいります！」

アロウが眼で促《うなが》すと、その場にいた一人が飛び出していく。

「さぁ、陛下はしばらくお休みを。それから」

アロウ侯爵が言い終える前に、リシェルは突然何者かに肘を引かれ、少しだけ前につんのめった。

「え！」

「陛下、こちらへ」

アレクシオンが厳しい顔をして、リシェルを立たせる。

「シュトレーゼル伯爵！　いくら幼馴染《おさななじみ》の貴方《あなた》とはいえ、無礼だろう」

立派な口髭《くちひげ》を生やした議会議長（だったと思う）が、青年伯爵の態度に声を上げた。

「これは失礼を、閣下。ですが、陛下におかれましては午後の予定は特にありませんでしたな。陛下と私はこれにて失礼させていただきます。参朝《さんちょう》の考察は貴方《あなた》がただけでお願いいたします。そこで出たご意見ご感想は、後ほどアロウ侯爵閣下を通じてお知らせいただければ、我々側近が対処いたしましょうほどに。では方々、本日はこれにてご免！」

アレクシオンは一気にまくしたてると、呆気《あっけ》にとられているリシェルを引っ張って控室を出ていった。アロウ侯爵も、他の誰も彼を止めなかった。いや、止めたくてもアレクシオンの行動が素早すぎて、何もできなかったというのが正解だった。


「いやいやいや、これはまた。ははははは」

影武者《かげむしゃ》の女王と青年伯爵が部屋を出ていったあと、議会議長が笑い出した。

「やはりあの噂は本当なのですかな？　ご両人とも否定しておられたが」

「いやいや議長閣下、お間違えですぞ。ご両人とは伯爵と陛下のことだろうに、あの方は……」

「おお、そうであった。あまりに似ておられるのでつい。しかし、それはそれで……」

「ほうほう、そうですな」

「しかし若いとはいいですなぁ」

アレクシオンの突然の暴挙に毒気を抜かれた高官達が、大人の余裕で笑い合った。配られたお茶を手に改めて座り直し、主役がいないのをいいことに、思い思いの感想を述べ始める。

「しかし、あの姫……まさかあれほどとは思いませなんだ」

そう言ったのは、リシェルを初めて見た議員だ。

「然《しか》り。さすがにラウリアス殿下の忘れ形見」

「混乱する群衆をたったお一人で……まさに鶴《つる》の一声。私は足が震えましたぞ」

「あのままにしておいたら死人が出たやも知れぬ。まことよく収めてくださった」

「……アロウ殿は、リシェル姫は市井《しせい》でお育ちになったと言っておられたが、あれはまさに王家の血ではないですかな？」

議長が尋ねたが、応じたのは別の貴族だった。

「左様《さよう》、いかに庶民と交わろうと聖王家の血は薄まらぬ。まことに尊いお血筋よ」

だがアロウは即座に否定してみせる。

「いやいやいや、リシェル姫は確かに王家の血を引いておられますが、生粋《きっすい》の下町っ子だと思いますよ。私はね、それでいいと思うんです」

この場にいる者達は皆、〝王家の血を引く〟リシェルに好意的な意見を述べていたが、老侯爵の意見は少し違う。いかにリシェルが素晴らしかろうと、それは彼女個人の資質であって、血筋が成すものではない。

「外見や血筋に惑わされて、リシェル姫の本質を見損なわないように」

「ほう……よくわからんが、あんたが言うならそうなんだろう、アロウ侯爵殿。だが、確かにこれなら使える」

初めて口を開いたのは、現首相、ラース侯爵である。

「来月の終わりに控えているのは、ダーレ主催の国際会議だ。すでに本格的に準備が始まっている。ご老人、白薔薇宮のことは全て貴方《あなた》にお任せいたしますぞ」

ラース首相は、政府のご意見番ともいうべき老侯爵に重々しく言った。

しかし、アロウはきかん気な少年のように愛嬌のあるしかめ面で、一国の宰相を睨《にら》みつけた。

「その前に『使える』などと言う、無粋《ぶすい》で無礼な言葉を撤回していただきたいですな。ラース首相閣下。リシェル姫は道具ではないぞよ」

「おや、姫は納得済みのことと思うたに」

ラースは肩を竦《すく》める。

「リシェル姫はね、そうですよ。あの方はもう達観しておられるでしょうな。我々が思っているより、ずっと聡明な方だから。だが、それではあまりに私が心苦しい。あんた達が血筋のみに敬愛を向けているなら、それはかの姫のことを相当見誤っていることになる」

侯爵はそう言って、自分より年下の大貴族達を悪戯《いたずら》っぽく見渡した。

「あの姫はええ子じゃよ。誠実で一生懸命で。きっと育てられた環境が良かったのだろう。あんた方もそのことに感謝と尊敬の念を忘れんように。私は全力であの姫を支える。陛下にしていたようにな。あんた達もその覚悟で臨んでもらいたい」

それは、自慢の孫娘を誇らしげに語る、そこらの老人と全く同じ表情だった。

政治の第一線から退いたとはいえ、まだまだその存在感も見識の広さも衰《おとろ》えぬ、名政治家。その彼のリシェルに対する入れ込みように、居並ぶ重鎮《じゅうちん》達は思わず目を見合わせた。

「どうですかな？　首相閣下？」

「そうか、それほどの姫か。これは大いに無礼であった。すまなんだ。謹《つつし》んで撤回し、お詫《わ》びしよう」

「ありがとうございます」

一国の首相が丁寧に頭を垂れるのを、老侯爵はにこにこと受け止めた。

＊

リシェルの腕を握ったまま、アレクシオンはずんずんと廊下を進んでいく。どういう訳か、来た方向と反対の方角のようだ。控え室裏の人払いされている大廊下を直角に折れ曲がると、今度は酷《ひど》く殺風景な石造りの長い廊下に出た。がらんとしているせいか足音がよく響く。

「あのあの、伯爵様？」

踵《かかと》の高い靴で歩幅の大きなアレクシオンに何とかついていきながら、リシェルは声をあげる。

「なんだ？」

振り向きもしない。しかし、やや歩く速度が落ちる。向こうに人影が見えた。

「ここはどこですか？」

「内郭回廊だ。さっきいた正門から王宮主部を囲むように巡らされている。実を言うと白薔薇宮に戻るには、車で回るよりこの方が早いんだ。ほとんど一本道だからな」

本来ならば、正門から一旦車に乗って暁宮に戻り、そこからまたいくつもの宮殿を抜けていかなくてはならない。聖王宮はそれだけで一つの町と言えるくらいの規模を誇っているのだ。

廊下は長く、ややカーブしているものの、ずっと先まで見渡せる。時々左に曲がる廊下があるが、それらは王宮主要部へと繋がる渡り廊下なのだろう。

要所要所には二人組の衛兵が立っている。彼らは敬礼しつつも、通り過ぎる女王と側近である青年伯爵に一瞬驚きの眼を向ける。が、それ以上見てくることはなかった。

「大きいですね。それに長い」

物珍しそうに周りを見渡しながら、リシェルは呟《つぶや》いた。アレクシオンは衛兵の影が見えた時点でリシェルの少し後ろに下がって歩いている。

「ここは城壁の中だから」

アレクシオンは小声で言った。衛兵の存在を慮《おもんぱか》っているのだろう。さっきまできつく腕を掴んでいた手も、今はそっと肘に添えられているだけだ。

「ええ？　そうなんですか？　下から見ただけじゃあ、こんな風になってるなんてわかりませんね」

「襲撃に備えてそのように造ってある。見通しがいいのも、足音が響くのも、侵入者があればいち早く察知できるようにという配慮からだ。いざとなれば王宮に繋がる渡り廊下は落とせる仕組みになっている」

「へぇ～、やっぱりすごいお城なんですねぇ」

アレクシオンのわかりやすい説明に感心して、リシェルはまた周りを見渡した。

そう言えば他の建物に比べて装飾もずっと少なく、人が隠れられるような柱の凹凸《おうとつ》もない。やたらに明るいのは、窓を覆う帳《とばり》すら掛かってないからだと気付いた。

「こら、女王がへぇえとか言うな！」

「あ、すみません。でも、わざわざ人の少ない廊下を選んでくださったのではないですか？　私のために」

慌てて声を落としてリシェルは言った。

「なんでそう思う？」

「だって、あのままあそこにいたら、私が何かヘマをするかもしれないって連れ出してくださったのでしょう？　初めての方々も多かったし、信用を失ってはと」

正面を見据《みす》えたまま、リシェルは問いかけた。

「ヘマはしないだろうが、あんなうるさそうな爺《じい》さん達の注目の的になることもないと思ってな」

アディーリアならば、こののち、暁宮で昼食をとり、午後は財務省や内務省の高官との会議に出たり、書類に目を通したりと多忙を極めるはずだが、今のリシェルにそこまでの義務はない。昼食を済ませて白薔薇宮に戻るだけだった。だがたとえ食事だけにしても政治の中枢たる暁宮では他人の目があり、リシェルは女王の仮面を外すことができないのだ。失敗はしなくとも、今の彼女にはかなりの負担となる。アロウが引き止めなかったのはそういう訳だ。

「朝から飯も食ってなかったらしいし、潮時だったろ？」

「はい。実はそうです。さっきからお腹空いちゃって……舞台がハネるといつもこうなんです」

「ああ、初めて会った時もよく食っていたな」

「……覚えていらしたんですか？」

恥ずかしそうにリシェルは言った。

「俺は忘れたりはせん……何事も。細かいところまで」

「そうなんですか？　いいですねぇ。私は頭が悪くて台本を覚えるのも大変です」

「……なんでできたんだ？」

「え？」

アレクシオンの問いかけの意味がわからず、リシェルは首を傾《かし》げた。

「最初は人の多さにびっくりしていただろう？　おまけに突然騒動が起きかけて。なんでお前はあんな言葉が言えたんだ？」

「あ……ええと、そうですね。多分避難訓練のおかげですよ」

「避難訓練？」

思いもかけない言葉である。

「はい。下町の劇場で一番怖いのは火事です。客席は暗いし狭いので火事になってパニックになったら、とても危険なんです。昔一度、うちの劇場でもボヤがあったと聞いてますし」

「……それで？」

「上演中に何か起きたら、避難誘導も役者の仕事になるそうで……一年に一度、火災を想定して訓練をするんですよ」

「それで落ち着いていたのか？」

「そう見えました？　本当はドッキドキだったんですけど、小さい子が転んだのが見えて、なんとかしなくちゃって思いました」

「その割には堂々としていたぞ？　皆お前の指示に従っていた」

「ええ、びっくりしました。劇場の訓練でも私は見ていただけで、実際に指揮をとっていたのはアンゼル伯父さんと、フェビアンだったんですけど」

「……」

最後の言葉を聞いたアレクシオンは、不味《まず》いものを呑み込んだように顔をしかめた。

ここからはもう人がいないので、彼がまた先導する。

「ベテラン俳優になると、そりゃ誘導も上手で……いえ実際の火事になったらわからないですけど」

「だが、お前は見事に誘導していた。群衆心理の操作というのか……大丈夫だと繰り返して」

「あ、それも受け売りです。『大丈夫』っていうのは、魔法の言葉だって。それを聞くと人は安心するんだって」

「言う人にもよるんだろうがな……だが、お前は素晴らしかった。いい仕事だった」

アレクシオンはリシェルの肘に添えた手に力を込めた。

「裏では色々苦労があるんですよ……でも後《あと》はほとんど台本通りに話せましたね。ちょっと変えちゃいましたが、変ではなかったですか?」

「台本?」

「あ、草稿?　原稿かな?」

「原稿でいい。別に妙なことは言ってなかった。本当は、朝あんなに動揺していたからかなり心配したんだが、期待以上で俺は驚いている」

「良かった」

ぶっきらぼうな口調にはもう慣れたので、リシェルはなんとも思わなかった。ぶっきらぼうでも、言葉が少なくても、この人は嘘はつかない——そう思えるくらいにはこの青年のことを理解していたからだ。

「あのう……」

「なんだ？」

「できたらもう少しだけゆっくり歩いてもらえませんか？　踵《かかと》の高い靴にまだ慣れてなくて……すみません」

「だったら、この間みたいに抱え上げてやろうか？」

アレクシオンは意地悪く言った。

「それは困ります。頑張って歩きます！」

慣れない踵の高さで優雅に見えるように歩くのは、結構難しいのだ。今のうちにできるだけ練習しておかなければならない。

一方アレクシオンは歩調を落とし、リシェルに合わせてくれたが、やがてぽつりと言う。

「……嫌なのか？」

「嫌じゃないですよ?」

事実、背中に添えられた手は温かいし、頼もしい。見かけほど怖い人ではないことはもうわかったし、伯爵のことは嫌ではない。だが、アレクシオンはなおももごもごと言う。

「そうじゃなくて……俺に触れられるのが……」

「ん?」

「だから、お前が……いや、いい」

「伯爵様は嫌じゃないですか?」

リシェルはふと気になって尋ねた。

「何が?」

「私と手を握ったり、腕を組んだりするのが」

「……しょ、職務なら進んでそうする。なんでもする」

アレクシオンはそう答えたが、すぐにぽつりと言った。

「……馬鹿だ」

実のところ『要らぬ虚勢を張った』と後悔しているのだが、リシェルがそれを知る由《よし》もない。

「は?」

「いや……なんでもない。疲れたろう？　リシェル、手を」

アレクシオンが腕を差し出してくれる。リシェルは今の言葉が気になって、思わず尋ねる。

「……それは職務？」

「そうじゃない。悪かったから言葉尻を取るなって。今日はもう終わりだが、明日からの大まかな予定は頭に入っているか？」

半ば強引に話を戻されたものの、リシェルは素直に腕を預けて答える。

「はい。今週は子ども達の保育施設への訪問と、農業博覧会の視察。あとは、外国のお客様との懇談《こんだん》と……ああ、それと今月の終わりには夜会が。今のところこれが一番大変そうです」

リシェルにはまだ詳しく知らされてないが、来月に行われる国際会議に向けて、これから各国の使節が頻繁《ひんぱん》にエトアールを訪問する。政治的な案件は宰相や大臣達の仕事になるが、歓待の挨拶《あいさつ》や接待など、女王の出番が必要な場合もある。それで、一国ずつ個別に対応するのは負担だから、夜会を開いて一気に行《おこな》ってしまおうということになったのである。主催者は女王となる。

「ああ、それらについては俺も聞いている」

「夜会なんて初めてで想像もつきません。伯爵様はお出《い》でになったことはありますか？」

「アディの付き添いで何度かは。立場上ろくろく酒も飲めないし、気を遣うしで面倒なだけだ」

「伯爵様でも気を遣われるのですか？」

「お前……俺をなんだと思ってる？」

アレクシオンはぶっすりと言った。

「ふふふ……そうですよね。で、夜会にはたくさんの偉い方々がいらっしゃるのでしょう？」

「ああ」

着飾った政府関係者や産業界の重鎮《じゅうちん》達が集まる夜会は、外交や社交の場として大変重要だが、その分守る側には厄介な場だ。思わぬ人物が女王に近づく場合もある。護衛官たるアレクシオンの役割も重要になるだろう。しかし、リシェルの心配はそのようなことではなかった。

「ダンス……もありますよね？」

リシェルはおずおずと口にする。

「何曲かはな。外交だから断るのは場合によっては失礼になる。かといって全部受ける必要もない」

「そうなんですか。でも、もっと練習しなくちゃ。まだ踊れる曲が少ないし」

リシェルは難しい顔をした。

「どうした？　ダンスは嫌いか？」

「いえ、頑張ります。ご迷惑をかけないように」

「迷惑という訳じゃ……それにお前はもう頑張っているし……支えるのは俺達だ」

――この娘はまた、一途に努力するのだろう。そうして一つ一つ難局を乗り越えてゆくに違いない。

アレクシオンのそんな胸のうちを汲《く》み取ったかのように、リシェルはまた上を向く。

「はい。愚痴《ぐち》っている暇はないですよね。一つ一つ乗り越えないと……うん」

「おい、夜会でうっかり俺を伯爵様とか呼ぶなよ」

「あ、そうか」

二人が親しい関係にあることは、外国でも知られているらしい――事実はともかくとして。確かに「伯爵様」では拙《まず》いだろう。しかし、一旦演技に入ると、リシェルはそういうミスはしないのだ。

「大丈夫です、きっと」

「万が一ということもある。だから素《す》の時でも俺を名前で呼ぶように」

「やぁ、それは結構難しい課題ですねぇ」

リシェルは片手をひらひらさせて遠慮する。

「何事も練習だろ？　ほら言えよ」

「え〜、今ここでですかぁ？」

「語尾を伸ばすな。言え。ほらまた向こうに衛兵がいる。やるぞ」

アレクシオンの言う通り、次の衛兵の詰め所はすぐ目前だった。リシェルは焦った。

すでに数人の衛兵がこちらに気がついていて、驚きながらも敬礼をしている。

「陛下、さっきから難しい顔をなさっておられますが、お疲れですか？　私が内郭を通って戻ることを提案してしまったからでしょうか？」

アレクシオンはわざと畏《かしこ》まった声を出した。背の高い衛兵がちらりと視線をよこす。

――あ、もう急に！　意地悪なんだから！　だったら見てなさい！

リシェルは、つんと肩をそびやかした。

「いいえ大丈夫よ、アレックス。ただ事前にこちらに連絡しなかったから、悪いと思っていたのよ。皆さん、驚かせてしまってすみません。アレックスと私のちょっとした気分転換なのです」

リシェルは敬礼する衛兵達に声をかけた。

「は！　光栄でございます！」

「安心してお通りくださいませ、陛下！」

「ありがとう。ご苦労様です。さ、アレックス行きましょう。私、お腹が空いたわ」

「いい運動になりましたでしょう？」

「そうね」

二人はそのまま足を進める。衛兵詰所が見えないくらい遠ざかったところで、リシェルはほっと息をついた。横ではアレクシオンがにやついている。

――うわ～、緊張した～。なんなのこの人。

「上出来だ。三回も呼べたじゃないか」

「伯爵様ったら！　心の準備をしないと滅茶苦茶《めちゃくちゃ》緊張します～」

「そうだな。ただでさえ疲れているのに、試して悪かった」

「いいですけど～」

リシェルは後ろを強く意識した。

――こんな風に手を取り合って歩いている姿を見せて、衛兵にどう思われるか伯爵様は気にならないの？　それともわざと見せびらかしているのかしら？　いくら恋人同士ではないとアディが断言したって、こんなことをしていては噂が事実みたいに言われちゃう。

「あ」

――もしかして伯爵様はそれが狙いで、アディーリアがいない間に二人の仲を皆に認めさせようとしてる……とか？

だとしたら、かなり嫌だとリシェルは思った。しかしこれは全てリシェルの想像である。自分に対するアレクシオンの行動が、どういう意図によるものなのかがわからないから、こんなことを考えるのだろう。

「なんだよ。急に黙って。腹が減りすぎて口もきけなくなったか？　やっぱり抱いていくか？」

「結構よ！　アレックス」

リシェルは取り澄まして言った。声が廊下に響くように、お腹に力を込めて。

「……ちぇ」

アレクシオンはつまらなそうに言ったが、気を悪くした様子はない。

――やっぱりよくわかんないかも。悪い人ではないんだけど……

「次の角を曲がると白薔薇宮の右翼に出る」

しばらく沈黙が続いたあと、ぼそりとアレクシオンは告《つ》げた。暁宮を抜けるよりもよほど速かったようだ。これなら思った以上に早くご飯を食べられる。

「本当にすぐでしたね。ありがとうございます、伯爵様」

現金なもので、すっかり機嫌の良くなったリシェルが、アレクシオンに笑いかけた。

「う……」

「もう手を離してくださいな」

「え？　あ、うん」

リシェルの言葉にアレクシオンは、自分の手を引っ込めた。

「あんまり女王様に馴《な》れ馴れしくしては駄目ですよ。いくら幼馴染《おさななじみ》でも、私があとでアディに怒られますから」

「俺にはこれが普通なんだが……お前が嫌なら」

――あれ？　案外素直なんだわ。

「だから嫌じゃないですって。お名前も人前では愛称で呼ばせていただきます。さっきの練習で度胸もついたし」

「……そりゃどうも」

「おかげさまで、だいぶ気が楽になりました。伯爵様ってすごく怖いおじさんのイメージがあったんですけど、本当はお優しいんですね」

「おじ……」

アレクシオンは面食らったようにリシェルを見下ろした。

「あっ、すみません。おじ様ですね」

「……」

――どうしたのかしら。ショックを受けているようだけど……

「あのぅ……？」

「丁寧に言い直したって同じだ……俺はまだ二十五だ」

声が地《ち》を這《は》っている。

「えっ！」

今度はリシェルが驚く番だった。

大柄でいつも無愛想なこの男は、これまで彼女の周りにいた陽気な役者の青年達とは雰囲気が全然違っていた。その上、砂色の鋭い瞳はいつも高い位置にあって、心の中はいつもよくわからない。

――じゃあフェビアンとほとんど同年代なんだ。

リシェルは故郷《ふるさと》の〝友人〟を目の前の男に重ねた。随分受ける印象が異なるが、色々と違うのだから当然か、とリシェルは思い直す。

「……すみません、あまりにご立派なので、もっと年上かと思っていました」

素直に本音を吐きつつ、リシェルはとりあえず謝罪した。

「……別に」

——拙《まず》いわ。またご機嫌を損《そこ》ねちゃったかな。

力なく呟《つぶや》いた彼の態度を、怒っているのだと解釈したリシェルである。

「とにかく、今日の公務は終わりだ。飯を食ってゆっくり休め」

「そうですね。オーガスタが待ってくれているかなぁ」

「……」

「一緒にお昼を食べられますよね、伯爵様？」

そう問いかけると、アレクシオンは複雑そうな顔で頷《うなず》く。

やがて角を曲がると、白薔薇宮の優美な姿が渡り廊下のガラス越しに見えた。

「アレックスだ」

呟くアレックスを今度はリシェルが引っ張るようにして、二人は渡り廊下へと続く扉を潜《くぐ》った。

　エイティス聖王国の聖都エトアールに初めての雪が舞った朝が、女王アディーリアの手術の日だった。

　雪はほんのわずかの間強い風に吹かれていたが、積もるようなことはなく往来で遊ぶ子供達を喜ばせただけに終わり、昼前には太陽が顔を覗《のぞ》かせた。

　その日の夜、三つの公務を抱え、夕食さえ仕事場である暁宮でとらざるを得なかったリシェルは、遅くに白薔薇宮に戻ってようやく体を休めようとしていた。

　アロウからアディーリアの手術のことを聞かされたのは、その時だ。

「無事成功したようです」

　リシェルは大きく目を見開く。

「そ……うだったんですか」

「はい。今まで隠していて申し訳ありません」

「いいえ、そりゃもちろん気になっていましたけど、聞けば余計なことを考えたかもしれないから……それでいいのです」

「私もそう考えて黙っておりました。貴女《あなた》様はお優しいから」

「でも、よかった……それでアディの容態はどうなんでしょうか？」

　アロウ侯爵によると、女王は前日まですこぶる元気で、医師団との信頼関係も強固であったため術前の不安もさほどなく、体力も問題ない状態で手術に臨んだとのことだった。手術は十時間にも及んだものの、病巣《びょうそう》はきれいに摘出されて転移もなく、この分では予後の見通しも明るいということらしい。

「今はまだ麻酔で眠っておられます。ですがすぐにお元気になられますよ」

「でも」

そうは言っても頭を開いたのだ。たとえ命に別状はないとしても、元通りに動けるようになるまで時間がかかるだろう。素人でもそのくらいは想像できる。

リシェルはぎゅ、と両手を組んだ。

病院の名も場所も知らないリシェルには、良いイメージがちっとも浮かばない。

——誰か心から許せる付き添い人はいるのかしら？　お母様や、弟君は一緒なの？

本当にすぐに元気になるの？

顔を見にも行けない自分が無力で情けなかったが、どうすることもできず——

凍《い》てつく冬の夜空は曇っていて月さえ見えないが、バルコニーに出ずにはいられない。

何もできないが、せめて祈るぐらいは許されるだろう。

リシェルは公務で疲れているにもかかわらず、冷たい石の床に膝《ひざ》をつき、頭を垂《た》れた。

――ああ、アディ、アディ！　どうか……早く良くなられますように。一日も早くここに戻って、あのきれいな笑顔を見せて、凛《りん》とした立ち姿で私達を圧倒してほしい。

私の女王陛下！


「……おい、もう泣くな。酷《ひど》い顔だぞ」

「え？　あれ？」

意地の悪い言葉が上から降ってくる。リシェルは自分がいつの間にか泣いていたことに気付いた。

「伯爵様……」

「いつまでもこんなところにいては風邪を引く。自分の立場がわかっているのか？　お前まで倒れられては困るんだ」

「あ、そうか」

厳しい彼の声は、言葉ほどはきつく聞こえない。太い親指も乱暴に頬を拭《ぬぐ》ってくれたりする。彼に似つかわしくぶっきらぼうなやり方だが、かえって元気が出た。

「ほら、部屋に戻るぞ。皆が気にしている。泣いてる場合じゃない」

振り返ると、アロウ侯爵をはじめ、リシェルの仲間達が並んでこちらを心配そうに見つめている。

――そうだ、皆陛下のご容態で頭がいっぱいなのに、私まで彼らを煩《わずら》わせちゃいけない。

「さ、立て。冷えるぞ」

手袋をしていない大きな手が差し出される。

「ありがとうございます」

リシェルは元気を振り絞って応《こた》えた。自分で立とうとしていたのに、ひょいと引っ張られて、広い胸に鼻をぶつける。驚いて見上げると、思いのほか真剣な眼差《まなざ》しとぶつかった。相変わらず彼の表情は読めない。だが、自分を見下ろす厳しい顔が少しだけ柔らかくなったような気がした。

「暖かくしてゆっくり休め。明日も忙しい」

「はい！」

そうだ、私にはすることがある。

泣いて瞼《まぶた》を腫《は》らしている場合ではない。明日も大切な従姉《いとこ》から頼まれた役割があるのだ。

リシェルの瞳から零《こぼ》れた最後の涙が、白桃の頬を伝って落ちた。

＊

——ああ、泣いている。

アレクシオンは息を呑んだ。

あの時と同じ娘の涙。

あの日、小さな青い舞台で女王が静かに泣いていた。

大きな眼に透明な膜《まく》が盛り上がり、白い頬を伝い落ちる様《さま》まで覚えている。

この娘はいつもこんな風に泣くのだろうか？　自分ではない誰かを想って。

女の涙など、面倒なだけと今まで思っていたのに。

おかしい。なんでこうやって腕を差し伸べたくなるのを、拳《こぶし》を握って堪《こら》えなくてはならないのか。

口から零《こぼ》れる自分の言葉は、あまりに青臭く——すっかりお馴染《なじ》みとなった自己嫌悪に苛《さいな》まれる。

だが健気《けなげ》にも娘は立ち上がり、自分に礼を述べたのだ。明日もまたこの娘は、晴れやかな笑顔の裏で見えない努力を重ねていくのだろう。

アレクシオンにはその背を支えることしかできなかった。

＊

「リシェル様！」

オーガスタが端整な顔を気がかりそうに歪《ゆが》めて、リシェルに歩み寄る。だが、彼女はもう泣いてはいなかった。

「ありがとう、オーガスタ……侯爵様も。私は大丈夫です、陛下だってそうに決まっています！」

「ええ。そうですとも！」

「……さすがです。リシェル姫、貴女《あなた》が一番お強い。だからきっと陛下もすぐに良くなられます」

声に慈愛を滲《にじ》ませて、侯爵も言った。

リシェルは彼らの顔を見ていちいち頷《うなず》き、最後にアレクシオンを見上げた。

「伯爵様、ありがとうございます。伯爵様のお言葉で元に戻りました。おっしゃる通り、私なんかが泣いていてもなんの益にもなりません。カチュア、すみませんが瞼《まぶた》を冷やしたいです」

「すぐに冷たい布をお持ちいたします！」

同僚の言葉に、イビサも大きく頷く。

「私はお風呂のご準備を。今夜は薄荷油《はっかゆ》を落としましょう。温まりますし、気分爽快ですよ！」

動き始める女官達を見て、リシェルが大きく息をつく。

「ほんとうに、影武者《かげむしゃ》が病気になっちゃあ、笑いごとではないですよねぇ」

「違いますよ。影武者が、ではなくリシェル様が、ですよ」

オーガスタが優しく声をかけた。その手は彼女に熱い茶を飲ませようときびきびと動いている。

「皆、お二人を心から心配しているのです」

「二人とも相当強い女だけどな！」

オーガスタの言葉に、アレクシオンがリシェルに寄り添ったまま、憎まれ口を叩いた。横でアロウも頷く。

「左様《さよう》。たまには伯爵閣下も良いことを言うんだねぇ。その通りですぞ、リシェル姫。陛下なんぞ、入院中に病院の経営に興味を持たれて、手術の直前まで看護師に根掘り葉掘り尋ねるので困ると、婦長殿が笑っておりましたよ」

「びょういんのけいえい？」

侯爵の言葉にリシェルは思わず笑ってしまった。

いかにも現実主義者のアディーリアらしいエピソードだが、リシェルにはアディの気持ちがわかる。元気だったのも、病院の経営に興味を持ったのもおそらく本当だろうが、アディは周囲に気を遣っているのだ。皆が不安を押し隠す中、自分が不安に思っていることを悟られてはならないと。

おそらく侯爵を通じて、そんな様子がリシェルの耳に届くことまで予測していたに違いない。

――なんてアディらしいんだろう。こんな時まで私を気遣って……だけど心配いらないわよアディ、私なら大丈夫だから！　皆がついていてくれているし。

「伯爵様、ありがとうございました」

リシェルは皆が自分のために働いている様子を眺めながら、傍《かたわ》らの青年に言った。

「今度はなんだよ」

「いえどうもね。厳しくされる方が私、いいみたいです」

「は？」

「だからね、明日からまた私をびしびしごいてくださいって……ってそう思って」

「……」

「あれ？　伯爵様の方こそ変なお顔ですよ？　どうしました？」

「ちぇっ……すぐに立ち直りやがって。さっきまでめそめそ泣いてたくせに……つまらん」

「励ましたのはアレックス、貴方《あなた》よ」

リシェルはつんと顎《あご》を上げて言った。

「……その意気だ」

この時、アレクシオンの胸には、敗北感にも似た想いが広がっていた。

不愉快ではない。だが、不可解だった。そんな本人にも理解しがたい感情がリシェルに伝わる訳もなく——

——ああ、私幸せだ。ここに来て良かった。この人達に出会えて良かった。

皆がいてくれるから私は頑張れる。アディ、貴女《あなた》が戻る日のために、私は女王でいるわ！

「皆さん」

リシェルは立ち上がり、自分を取り囲む人々を見渡した。

沈んでいた瞳に強い光が宿る。乾きかけた涙の膜《まく》がランプの灯りを反射して、その瞳を青く染めた。

「明日もお願いいたします」

貴婦人の礼をとったリシェルはゆったりと微笑《ほほえ》む。

——女王の眼だ。

その場にいた全員がそう思った。

——さぁ、リシェル。お芝居はまだ序盤。最初の場面が終わっただけのこと。

すぐに次の幕が上がる。迷っている時間はないのよ。

リシェルはもう一度窓を振り返った。暗い冬空が広がる。

この夜の帳《とばり》が上がれば、次の舞台が始まるのだ。

書き下ろし番外編

女王の厨房《ちゅうぼう》

リシェルがアディーリアの影武者《かげむしゃ》を本格的に始めだしたある日のこと。

「え？　午後の予定がキャンセル？」

アレクシオンはオーガスタから告《つ》げられたリシェルの予定に驚いて聞き返した。

ここしばらく彼女は非常に多忙で、毎日午後に多いときで三つも予定が入っていたから、こんなことは非常に珍しかったのだ。

「ええ、どうやら市中では流感《りゅうかん》が流行《はや》っているようで、先方から辞退の連絡が入ったそうなのです」

「そうか。それは仕方がないな。流感だったらな」

アレクシオンは少しほっとしながら言った。

「ええ、リシェル様にお風邪を召《め》させるわけには参りませんから」

「それであれはどうしている？」

「はい。先ほどそのことをお伝えした時には、近代史のおさらいをしようとおっしゃっていました。滅多《めった》にない機会ですから少しはお休みになられるとよろしいのに。全くご熱心なお方です」

「ふぅん」

気の無い返事をして、リシェルに忠実なオーガスタをやり過ごしたアレクシオンだったが、あとで様子を見に行ってやろうと考える。

——たまには優しい言葉をかけてやるのもいいだろう。

あくまでも自分本意な青年である。

そういうわけで、かっきり一時間後。アレクシオンは女王の宮殿である白薔薇宮、最上階の部屋の前に立った。

ここは女王の私室なので、一応大きくノックして声をかける。

「リシェル、俺だ。入るぞ！」

……返事がない。もう一度扉を叩くが同様だ。女官すら出て来ない。

「……入るぞ！」

咳払《せきばら》いとともに、アレクシオンは思い切って扉を開けた。寝室ならともかく、入ってすぐは控え室、そして居間だからさほど問題はないだろう。そう自分に言い聞かせて。

「……って、あれ？」

居間には誰もいなかった。開け放してある書斎の扉から中を覗《のぞ》いても、分厚《ぶあつ》い本と帳面が広げてあるだけで、主《あるじ》の姿はない。どこにもいない。

起きていることは確実だから寝室には絶対にいない。病気という報告も聞いていない。

「リシェル？」

――まさか、勝手にどこかへ出かけたわけではないだろうな。

疑念が頭をもたげたアレクシオンは、部屋から飛び出すと奥の階段を駆け下りた。正面の階段を使ったとしたら、自分が気づかぬはずがないからだ。

――あいつ、どこへ行った！

女王の影武者《かげむしゃ》であるリシェルの護衛は、女王アディーリアから頼まれた彼の至高《しこう》の任務である。だから自分はリシェルの行動の全てを把握しておかねばならない。自分が把握していない行動など、あってはならない。

「ん？」

一階まで駆け下りた時、アレクシオンはこの高雅な白薔薇宮にあるまじき、妙な香りがあたりに漂《ただよ》っていることに気がついた。

――なんだ？　この匂いは。

決して悪臭ではない。いや、むしろ腹の虫を呼び覚ます類《たぐい》の香ばしい香りだ。

「ん？　この香りは？」

アレクシオンには覚えがあった。

あれはリシェルに初めて会った隣国ダーレの夜、場末のレストランに立ち込めていた匂いに似ている。奥から漂う匂いの元を辿って、アレクシオンは普段立ち入らない廊下を進んだ。

「ここは厨房《ちゅうぼう》じゃないか」

白薔薇宮には女王専用の厨房がある。公務により外で食事をとることも多い女王だが、朝食や休日にはこの宮で食事をとる。女王専属の料理人はいつも彼女の健康と好みに気を遣い、心を込めた食事を提供しているのだ。

だが普段はこんなこってりした匂いはしない。

不思議に思ったアレクシオンはノックもなしに大きな扉を開けた。

「……なんだこれ」

明るい厨房では、大きな白いエプロンをすっぽりかぶった娘が瞳を輝かせて立ち働いていた。

頭には白い帽子、顔にはマスク。ほとんど誰だか判別できないイデタチだ。だが、その瞳と、敏捷《びんしょう》な動きで、アレクシオンにはすぐにそれがリシェルだとわかった。

「お、おい……」

小さな腕に持った大きなボウルには大量の肉が入っている。彼女はそれを手袋をした手でぐにゅぐにゅとかき回していた。

「いい感じで鶏肉に味がしみてきたようです！」

周りには女官のイビサとカチュア、料理長、オーガスタまでがいて、にこにことリシエルを見守っている。

「本当はここまで脂身《あぶらみ》を落とさない方が美味《おい》しいんですけど、私、これ以上太るわけにはいかないんで、ほとんど取ってしまいました！　でもこの黒猫亭秘伝のタレを揉み込むと、絶対美味しくなるんですよ！　本当は一晩漬け込むんですけど、お肉を小さめに切ったから大丈夫でしょう！」

「そのタレのレシピを是非！」

料理長がメモを片手にリシェルに問いかける。

「それが実は私も正確には知らないんです。でも、いつも厨房《ちゅうぼう》をうろついてつまみ食いしていたから見よう見まねで作ってみました」

「リシェルさま、つまみ食いだなどと！」

オーガスタが珍しく噴き出している。

「以前の話ですよ～。さぁ、これから粉をまぶします。イビサ、カチュア手伝ってくれますか？」

「はい！」

「ただいま！」

すぐさま二人の女官がテキパキと動き出す。

「この調理台をお使いください！」

料理長も間に入ってわいわいと作業が始まり、アレクシオンは口を出す隙すらない。

「ああ、スパイスのいい匂いがいたしますね！」

「でしょう？　たっぷり入れますからね。お肉の臭みがこれでなくなるんです！」

娘は粉だらけになりながら、鶏肉と格闘している。

「さ、いよいよ揚げますよ！」

「あ、揚げるのは私が！　油が飛んで火傷《やけど》でもなさったら一大事ですから」

いつの間にかエプロンをつけたオーガスタが、普段の沈着さをかなぐり捨てたように飛び出してきた。

「いいえ、絶対油を跳ねさせたりしませんわ。コツがあるんです」

そう言いながら、リシェルは熱せられた油鍋に粉をつけた鶏肉を鍋の縁《ふち》から滑り込ませた。途端に油がしゅわしゅわと小気味いい音をたてる。

「ほら、こうすると大丈夫でしょう?」

これでも一応気を遣っているのだろう。リシェルは全身白い厨房《ちゅうぼう》服で固めていて、さながら小さな女戦士だ。

トランプを配るような優雅な手つきで、次々と肉を鍋に沈めていく。

本来なら止めなくてはいけない一同が、うっとりとその様子に見惚《みと》れている内に、やっとアレクシオンは口を挟む余地を見つけて、声をあげた。

「お前達……一体なにやってんだ?」

「あっ! 伯爵様!」

そこで初めて気がついたように、リシェルは入り口に立ちはだかっているアレクシオンを振り返った。

「こんなところで、なにされてるんですか?」

「俺のセリフだ。なにをやってる?」

二度目の問いかけと共に、アレクシオンはつかつかとリシェルの前にやってきて、滾《たぎ》っている油鍋を覗《のぞ》き込んだ。

「鶏肉の揚げ物を作ってるんです」

「なんでお前がそんなことをやってる？　せっかくの休みなんだろう？」

「休みだからですよ！　急に食べたくなったんです！　安心してください。このために
お昼ご飯も抜いちゃいました！」

「昼飯を？　なんで？」

「なんでって太らないようにですよ！　さぁ、最初に入れたのがいい色になってきまし
たよ？　ほら！」

つられて鍋を覗き込んでしまったアレクシオンである。

「え？　あ、ああ……でもお前」

「よし！　揚がりました。でもまだこれで終わりじゃないんですよ。熱々の上に、少し
酸っぱいタレをかけて、刻《きざ》んだ香味《こうみ》野菜を載せますからね！　見ててください」

そう言いながらリシェルはキツネ色に上がった鶏肉を順に取り皿に載せていく。

「わー、美味《おい》しそう！　リシェル様、手際がいいですねぇ」

「でも本当に火傷《やけど》には注意してくださいね」

「なるほど、酢に砂糖とソイソースを入れたタレを絡《から》めるとさっぱりするのか。普段こ

のような揚げ物はあまり作らないから参考になりました。陛下」

皆、口々に好きなことを言って、リシェルの作業を見守っている。

──こいつら絶対に俺のことを初めから気付いていて無視してたに違いない。

アレクシオンは涼しい顔でリシェルを見守っているオーガスタを憎々しげに睨《にら》みつけた。

「お酢に砂糖を加えるなんて、なかなかこちらではない発想でしょう？　こうして混ぜてとろみをつけて……でも焦がさないように。香草野菜《こうみ》は細かく刻《きざ》んで、たっぷりとね」

「お前……」

次第にアレクシオンも、大きなエプロンをつけて厨房《ちゅうぼう》を飛び回っているリシェルの姿から目が離せなくなった。こんなに楽しそうにしている彼女を見るのは久しぶりだった。

──ああ、だからか。

アレクシオンはやっと腑《ふ》に落ちた。

このところ公務がどんどん入って、リシェルはいつも気を張っていた。公務のない時間でも、合間の時間を使って学問や作法を学んでいたから、リシェルには自由な時間などほとんどなかったのだ。

それでも文句の一言も言わずに一生懸命に、彼女は理不尽に課せられた役割を全《まっと》うしていた。

——だから皆、あいつを止めなかったんだ。

予定外の休みが入って気が抜けたとき、リシェルは急に故郷の味を食べたいと思い立ったのに違いない。

ダメでもともと、おずおずと言い出したのが手に取るようにわかる。

周りの者達も普通なら休息を勧めるところだが、普段我儘《わがまま》を言わないリシェルのささやかな望みを叶えてやりたかったのだろう。

「さぁ、できました！　大きなお皿に入れた方が見栄えがしますでしょ！　これをみんなで食べるんです！」

普段は上品な料理が中央に載るだけの大皿の上に、ダーレの下町レストラン黒猫亭の名物料理「揚げ鶏の酢と香草風味」が山と盛られている。

「さぁ、ではこちらに。飲み物とサラダを用意しておきました」

料理長が厨房脇の大きな卓を指差す。そこには素敵なブランチのセットが準備されていた。

「わぁ！　いつの間に！　さぁ、みんなでいただきましょう。あ、よければ伯爵様もいかがですか？」

「俺はついでかよ！」

悪態をつきながらも、アレクシオンはリシェルの隣の席に座った。

「飲み物は配られましたね。ではリシェル様、お願いします」

オーガスタがいつものように微笑《ほほえ》みながら言った。

「はーい。それでは皆さん、いただきましょう！」

「いただきます！」

唱和の後、皆はてんでに大皿から料理を取り分けて食べ始める。これもダーレの下町風なのだ。

「リシェル様、美味《おい》しいですぅ」

「甘じょっぱくて、いくらでもいけますわ～」

「でしょう？　熱々をいただくのがいいのよ。どんどん食べてくださいね」

言いながらリシェルは自ら小皿に料理を取り分けてやっている。まるであの夜に戻ったようだった。

あの、初めて二人が出会った魔法のような夜に。

「……俺にも頼む」

アレクシオンはリシェルの前に皿を突き出した。

「喜んで！　今日はリシェルの奢《おご》りですからね〜、どんどん召《め》し上がれ！」

「……ああ、見かけは不細工だが、美味《うま》いな……リシェル」

「不細工は余計です〜」

これがほんのひと時の団欒《だんらん》だと、この場のすべてのものが知っている。

だから、この瞬間だけは楽しませてあげたい。この、健気《けなげ》な娘を。

アレクシオンはなんとも言えない感情を込めて、鼻に粉をつけたままの娘を見つめた。

「すまんな、口が悪くて。だが、美味い。たくさん盛ってくれ」

「はい！」


いつもは静まりかえっている白薔薇宮にあるまじき、賑やかな午後。僅《わず》かな幕間。

明日からまた、舞台の幕が上がるだろう。

そしてリシェルは、その中央で最高の女王を演じるのだ。

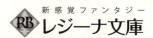

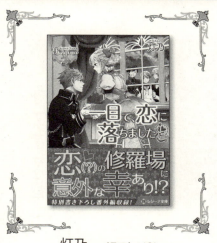

大好評発売中!!
RC Regina COMICS
異世界でカフェを開店しました。
1~4
原作
甘沢林檎
Ringo Amasawa
漫画
野口芽衣
Mei Noguchi
アルファポリスWebサイトにて
好評連載中!
異世界でカフェを開店しました。
1
トリップ先でLet'sクッキング!
地球のお料理召し上がれ。
創刊第2弾!
異世界クッキングファンタジー
待望のコミカライズ!
突然、ごはんのマズ～い異世界にトリップしてしまった理沙。もう耐えられない! と食文化を発展させるべく、カフェを開店。噂はたちまち広まり、カフェは大評判に。精霊のバジルちゃんや素敵な人達に囲まれて異世界ライフを満喫します!
B6判・各定価:本体680円+税
シリーズ累計42万部突破!
アルファポリス 漫画
検索

本書は、2015年10月当社より単行本として刊行されたものに書き下ろしを加えて文庫化したものです。

レジーナ文庫

シャドウ・ガール1

文野《ふみの》さと

2017年 7月20日初版発行

文庫編集－西澤英美・塙綾子
発行者－梶本雄介
発行所－株式会社アルファポリス
〒150-6005 東京都渋谷区恵比寿4-20-3 恵比寿ｶﾞｰﾃﾞﾝﾌﾟﾚｲｽﾀﾜｰ5階
TEL 03-6277-1601（営業） 03-6277-1602（編集）
URL http://www.alphapolis.co.jp/
発売元－株式会社星雲社
〒112-0005東京都文京区水道1-3-30
TEL 03-3868-3275
装丁・本文イラスト－上原た壱
装丁デザイン－ansyyqdesign
印刷－大日本印刷株式会社

価格はカバーに表示されてあります。
落丁乱丁の場合はアルファポリスまでご連絡ください。
送料は小社負担でお取り替えします。

ISBN978-4-434-23488-0 C0193